D1692407

www.lenos.ch

Leila Aboulela

anderswo, daheim
Erzählungen

*Aus dem Englischen
von Irma Wehrli*

Lenos Verlag

Die Übersetzerin
Irma Wehrli, geboren 1954 in Liestal. Studium der Anglistik, Germanistik und Romanistik. Schwerpunkt ihrer Übersetzungstätigkeit sind englische und amerikanische Autoren des 19. Jahrhunderts und der klassischen Moderne (Hardy, Wilde, Kipling, Mansfield, Hawthorne, Whitman, Cather, Wolfe u. a.). Für ihre Übertragung des Romans *Of Time and the River* von Thomas Wolfe wurde ihr 2011 das Zuger Übersetzer-Stipendium zugesprochen, 2017 wurde ihr die Ehrendoktorwürde der Universität Basel für ihr Gesamtwerk als Kulturvermittlerin verliehen. Für den Lenos Verlag übersetzte sie *When the Emperor Was Divine* von Julie Otsuka und *Minaret* von Leila Aboulela.

Die Übersetzerin und der Verlag danken der Schweizer Kulturstiftung Pro Helvetia für die Unterstützung.

prohelvetia

Titel der englischen Originalausgabe:
Elsewhere, Home
Copyright © 2018 by Leila Aboulela
First published in the UK by Saqi Books, 2018

Erste Auflage 2022
Copyright © der deutschen Übersetzung
2022 by Lenos Verlag, Basel
Alle Rechte vorbehalten
Satz und Gestaltung: Lenos Verlag, Basel
Umschlagbild: vectortwins/Shutterstock
Printed in Germany
ISBN 978 3 03925 023 3

Inhalt

Altes und Neues	7
Das Museum	37
Andenken	64
Sommerlabyrinth	89
Der Strauss	110
Faridas Augen	132
Madsched	144
Der Junge aus dem Kebabshop	155
In Erwartung	173
Der Mann der Aromatherapeutin	183
Von Früchten	188
Bunte Lichter	213
Die Circle Line	224
Dank	235
Anmerkungen der Übersetzerin	237

Altes und Neues

Ihr Land verstörte ihn. Es erinnerte ihn an das erste Mal, als er einen menschlichen Knochen angefasst hatte, diese ergreifende Einfachheit, diese Stärke. So war die Gegend von Khartum; ein beinfarbener Himmel, eine Klarheit in der Wüstenluft, Kargheit. Eher streng und somit statisch. Er hingegen wurde von Gefühlen getrieben, darum war er hier, darum hatte er Grenzen und Meere überquert und ging nun durch einen Schwall heisser Luft von der Gangway zum Terminal. Sie wartete auf ihn vor dem Eingang zum Flughafen im landesüblichen Gewand, einem blassorangefarbenen Tob, der sie noch schlanker machte, als sie schon war. Ich darf dich nicht küssen. Nein, lachte sie, das darfst du nicht. Er hatte vergessen, wie quicklebendig sie war und wie glücklich sie ihn machte. Sie redete und fragte ihn aus: Bist du gut gereist, bist du hungrig, ist dein ganzes Gepäck angekommen, waren sie am Zoll nett zu dir, ja, ich habe dich auch vermisst. Ihre Stimme stockte, als sie das sagte, denn trotz ihres Zutrauens war sie scheu. Komm, jetzt gehen wir meinen Bruder begrüssen. Sie betraten einen chaotischen, staubigen Parkplatz, wo die Sonne auf den Autos glitzerte.

Ihr Bruder lehnte an einem klapprigen Toyota. Er war schlaksig und hatte einen gekränkten Blick. Er wirkte irritiert. Vielleicht weil er seine Schwester einerseits loswerden wollte und er andererseits Bedenken hatte, dass sie einen Fremden heiraten wollte. Wie nahm er ihn denn jetzt wahr, durch diese schmalen Augen, wie beurteilte er ihn? Da kam ein Europäer ihm die Hand schütteln und *salamu alaikum* murmeln, und natürlich trug er Jeans und ein weisses Hemd, aber für einen Ausländer war er eher zurückhaltend.

Sie sass vorn neben ihrem Bruder. Er sass hinten mit seinem Rucksack, der nicht in den Kofferraum passte. Die Autositze waren schäbig, eine dünne Staubschicht lag über allem. An den Staub werde ich mich gewöhnen, sagte er sich, aber nicht an die Hitze. Er könnte ein frisches Lüftchen vertragen und den gewohnten Geruch nach Regen. Und wenn er sie doch nur neben sich hätte. Es irritierte ihn plötzlich, und er fand es unfair, dass man sie auf diese Weise trennte. Sie drehte den Kopf nach ihm und lächelte, als ob sie Bescheid wüsste. Du ahnst ja gar nicht, wie sehr ich nach dir verlange, lag es ihm auf der Zunge, du hast keine Ahnung. Aber das konnte er nicht sagen, vor allem auch darum nicht, weil der Bruder Englisch verstand.

Es war wie eine Fahrt auf dem Rummelplatz. Die Fenster heruntergelassen; da waren Stimmen, ein Lärm und ein Hupen, Menschen liefen einfach über die Strasse, verharrten in der Mitte und berührten die Autos mit den Fingern, als ob diese gutmütige Kühe wären. Jeder dieser Passanten konnte ihn mühelos durchs Fenster schlagen, ihm Uhr und Sonnenbrille entreissen und nach der Brieftasche im Hemd schnappen. Er wollte das Fenster hochkurbeln, aber es ging nicht. Sie drehte sich um und sagte: Es klemmt, tut mir leid. Ihre Ruhe bedeutete ihm, nicht so nervös zu sein. Ein Trupp Schuljungen lief auf dem Gehsteig, einer starrte ihn grinsend an und winkte. Es fiel ihm auf, dass alle aussahen wie sie und die gleiche Hautfarbe hatten; die Frauen waren gekleidet wie sie und bewegten sich mit der gleichen Langsamkeit, die ihm so exotisch vorgekommen war, als er sie in Edinburgh spazieren gehen sah.

Alles ist neu für dich; sie drehte sich um und blickte ihn freundlich an. Der Bruder sagte etwas auf Arabisch.

Das Auto entfernte sich vom belebten Markt zu einer breiten, schattigen Allee. Schau, sagte sie, nimm deine Brille ab und guck. Dort ist der Nil.

Ja, da war der Nil, von einem Blau, das er noch nie gesehen hatte, ein Kinderblau, ein Traumblau. Gefällt er dir?, fragte sie. Sie war stolz auf ihren Nil.

Ja, er ist wunderschön, antwortete er. Doch kaum hatte er es gesagt, bemerkte er die starke Strömung; der Fluss war nicht unschuldig und harmlos. Bestimmt lauerten Krokodile unter der Oberfläche, hungrige, grausame Tiere. Er konnte sich einen Unfall ausmalen; Blut, Tod und Gebeine.

Und da ist dein Hotel, sagte sie. Ich habe im Hilton für dich gebucht.

Sie war stolz, dass es in ihrem Land ein Hilton gab.

Der Wagen rollte die Zufahrt hinauf. Ein Gepäckträger in grellgrüner Uniform und steifem Turban öffnete den Schlag, bevor er es selbst tun konnte. (Zudem war der Wagen in einen Unfall verwickelt gewesen, und die eingebeulte Tür liess sich nur von aussen öffnen.) Der Gepäckträger nahm seinen Rucksack, und mit dem Bruder gab es ein kleines Hin und Her darum, wer den Kofferraum öffnen und den Koffer herausnehmen durfte. Sein Gepäck bestand hauptsächlich aus Geschenken für ihre Familie. Sie hatte ihm am Telefon erklärt, was und wie viel er besorgen solle. Es würde sie kränken, hatte sie erklärt, wenn du mit leeren Händen kommst; sie würden denken, dir liegt zu wenig an mir.

Die Hotellobby mit dem prickelnd kühlen Blasen der Klimaanlage, der Live-Musik und ihrer weiten Marmorfläche war eindrucksvoll. Er fühlte sich irgendwie besänftigt und selbstsicherer nach der holprigen Fahrt. Als der Bruder weg war, um das Auto zu parken, und eine Schlange vor dem Empfang entstand, hatten sie plötzlich Zeit zum Reden.

Ich brauche ein Ausreisevisum, erklärte sie, um das Land verlassen und mit dir zurückkehren zu können. Um das Ausreisevisum zu bekommen, muss ich einen Grund angeben, warum ich das Land verlasse.

Weil du meine Frau bist, sagte er, und sie lächelten über das Wort.

Meine Frau sein wirst. *Inschallah,* so Gott will.

Inschallah.

Genau, sagte sie, wir werden nicht heiraten und einfach weggehen können. Wir werden ein paar Tage warten müssen, bis die Papiere bereit sind. Und die britische Botschaft ... das ist eine Geschichte für sich.

Ich verstehe nicht, was das Problem ist, sagte er.

Oh, seufzte sie, die Leute heiraten, und dann reisen sie ab in die Flitterwochen. Aber wir können das nicht tun, wir müssen hier rumhängen und zwischen dem Innenministerium, dem Passamt und der britischen Botschaft hin- und herrennen.

Ich verstehe, sagte er, ich verstehe. Brauche ich auch ein Ausreisevisum?

Nein, du bist Gast hier, du kannst gehen, wann du willst. Aber ich brauche ein Visum, ich brauche einen Grund zum Weggehen.

Okay.

Sie sahen einander an, und dann sagte er: Ich glaube nicht, dass dein Bruder mich mag.

Ach nein, er will sicher nicht unfreundlich sein … wart's nur ab.

Zum ersten Mal war er ihr im sudanesischen Restaurant bei der neuen Moschee von Edinburgh begegnet. Sein alter Chemielehrer hatte ihn nach dem Freitagsgebet dorthin mitgenommen. Als sie die Speisekarte brachte, empfahl sie ihnen die Erdnusssuppe, eine Spezialität des Hauses, aber sein Lehrer wollte den Hummussalat, und er bestellte lieber die Linsensuppe, weil er die kannte. Er war von Natur aus vorsichtig und wollte zwar Neues, wurde aber von einem unbestimmten Misstrauen zurückgehalten. Es reichte vorerst, dass er das Nile Café betreten hatte, er mochte sich nicht auch noch mit seltsamen Geschmäckern herumschlagen.

Er nahm ihre Schritte wahr, als sie aus der Küche die Treppe heraufkam. Sie trug eine Hose und ein braunes Kopftuch, das im Nacken verknotet war. Sie hatte sehr dunkle, mandelförmige Augen. Nach diesem Tag ging er regelmässig allein ins Nile Café. Es lag günstig, nahe beim Zoologischen Institut, wo er als Labortechniker arbeitete. Er fragte sich, ob er nach Chemikalien roch, als sie sich vorbeugte und den Couscous vor ihn auf den Tisch stellte.

Sie kamen ins Gespräch, weil im Restaurant nicht viele Gäste waren und sie Zeit hatte. Das Lokal war neu, und es hatte sich noch nicht herumgesprochen, dass es gut war.

Inzwischen haben wir ein paar Leute von der Moschee, erzählte sie ihm. Vor allem der Freitag ist ein guter Tag.

Ja, es war auch Freitag, als ich zum ersten Mal herkam und dir begegnete. Sie lächelte freundlich.

Er erzählte ihr, dass er früher nicht einmal gewusst hatte, dass das grosse Gebäude neben dem Restaurant eine Moschee war. Es gab keinen Hinweis darauf. Ich dachte, es sei eine Kirche, sagte er, und sie lachte und lachte. Er gab ihr ein Extratrinkgeld an jenem Tag; es kam nicht oft vor, dass man über seine Witze lachte.

Wäre sein alter Chemielehrer nicht gewesen, wäre er nie zur Moschee gegangen. An einer Bushaltestelle ein Gesicht, das er seit Jahren nicht mehr gesehen hatte. Ein Gesicht, das mit einem guten Gefühl verbunden war, mit einer Zeit der Ermutigung. Die Oberschule, die Leichtigkeit, mit der er Laborberichte verfasst hatte. Sie erkannten einander auf Anhieb. Wie geht es Ihnen? Was machen Sie jetzt? Sie waren mein bester Schüler.

An der Haupt- und an der Oberschule war er Klassenbester gewesen, ein kluges Köpfchen. Er trat zu den Standardprüfungen in den drei Naturwissenschaften an und bekam dreimal die Bestnote, und dasselbe geschah, als er die höheren Prüfungen ablegte. Es gebe überhaupt keinen Grund, weshalb er das Medizinstudium nicht mit links schaffen sollte, sagten seine Lehrer. Aber dann kam er bis ins dritte Studienjahr und fiel durch, fiel nochmals durch und war draussen. Er wurde psychologisch betreut, und seine Eltern ermutigten ihn, aber niemand verstand wirklich je, was da schiefgelaufen war. Er war ebenso verstört über sein Versagen wie alle anderen. Sein Elan war auf einmal verschwunden, wie amputiert. Wozu das alles, was soll's?, fragte er sich. Er stellte sich die Tabufragen. Und tatsächlich – und das war das Schlimmste daran – waren es diese Fragen, die alle Dämme brechen liessen.

Rapple dich wieder auf, sagte man zu ihm. Und er rappelte sich schliesslich tatsächlich auf, und eine Freundin half ihm dabei, aber sie fand dann Arbeit in London und entglitt ihm. Er war dem Medizinstudium einfach nicht gewachsen. Es ist eine Schande, fand man allgemein. Die Leute hatten Mitleid, aber gleichzeitig verpassten sie ihm ein Etikett und steckten ihn in eine Schublade: Er war ein Studienabbrecher, ein Versager.

Eines Tages, als sie ihm seinen Mittagsteller mit Aubergine und Hackfleisch servierte, fragte er sie, ob sie mit ihm auf Arthur's Seat[1] gehen wolle. Sie war noch nie dort oben gewesen. Es war windig, ein Sommerwind, der die Hüte der Touristen forttrug und ihre Haare zauste. Doch weil ihr Haar bedeckt war, wirkte sie proper und wie leicht entrückt von allen anderen. Das machte den Ausflug weniger unbeschwert, als er es sich vorgestellt hatte. Sie erzählte ihm, sie sei frisch geschieden, nach sechsmonatiger Ehe. Sie lachte, als sie von sechs Monaten und nicht sechs Jahren sprach, aber er wusste, dass es sie schmerzte – man sah es ihren Augen an. Du hast wunderschöne Augen, sagte er.

Das sagt jeder, erwiderte sie. Er wurde rot und wandte den Blick zum Grüngrau der Häuser ab, das Edinburgh ausmachte. Sie hatte über ihre Scheidung sprechen wollen und war nicht auf Komplimente aus gewesen.

Sie unterhielten sich ein wenig über die Burg. Dann erzählte er ihr von seiner Freundin, nicht von der netten, die in den Süden gezogen war, sondern von der davor, die ihm den Laufpass gegeben hatte. Er konnte jetzt darüber lachen.

Sie sagte, ihr Mann habe sie gegen seinen Willen geheiratet. Nicht gegen ihren Willen, betonte sie, sondern gegen seinen Willen. Er war in eine Engländerin verliebt, aber seine Familie war dagegen gewesen und schickte ihm das Geld nicht mehr, das er brauchte, um sein Studium in Edinburgh fortzusetzen. Sie dachten, ein sudanesisches Mädchen wie sie würde ihn seine Freundin vergessen lassen, mit der er zusammengelebt hatte. Sie irrten sich. Alles ging vom ersten Tag an schief. Es ist eine dumme Geschichte, sagte sie mit den Händen in den Taschen.

Hast du ihn geliebt?, fragte er. Ja, das hatte sie, sie hatte ihn lieben wollen. Von seiner englischen Freundin hatte sie nicht gewusst. Nach den Flitterwochen, als er sie nach Edinburgh gebracht hatte und sich auf einmal so seltsam benahm, hatte sie ihn zur Rede gestellt, und er hatte ihr alles gestanden.

Stell dir vor, sagte sie, seine Familie gibt mir jetzt die Schuld an der Scheidung. Sie sagen, ich war nicht schlau genug und hätte mich nicht ausreichend bemüht. In ganz Khartum bringen sie mich ins Gerede. Darum will ich auch nicht zurück. Aber ich werde es letztlich müssen, wenn mein Visum abläuft.

Ich bin froh, dass ich nicht schwanger bin, fuhr sie fort. Jeden Tag danke ich Allah dafür, dass ich nicht schwanger wurde.

Danach sprachen sie über den Glauben. Er erzählte ihr, wie er Muslim geworden war. Er sprach von seinem ehemaligen Chemielehrer – wie sie nach ihrem Treffen wieder in ihre alte Lehrer-Schüler-Beziehung zurückgefallen waren. Sie hörte fasziniert zu und fragte ihn aus. Welcher Religion er denn davor angehört habe. Er sei Katholik gewesen. Ob er immer an Gott geglaubt habe. Ja. Warum um alles in der Welt er denn konvertiert habe.

Sie schien fast überrascht zu sein von seinen Antworten. Sie verband den Islam mit ihrer dunklen Haut, ihrem afrikanischen Blut, ihrer persönlichen Schwachheit. Es leuchtete ihr nicht wirklich ein, warum einer wie er sich den Elenden dieser Welt anschliessen wollte. Aber er sprach voller Ergriffenheit. Es brachte sie dazu, ihn richtig anzuschauen, wie zum ersten Mal. Deinen Eltern wird das wohl nicht gefallen, sagte sie, und deinen Freunden? Sie werden es nicht schätzen, dass du dich verändert hast. Das sage sie ganz ehrlich.

Und sie hatte recht. Einen Freund hatte er nach einer schmerzlichen, unnötigen Auseinandersetzung verloren, ein anderer zog sich zurück. Seine Eltern konnten nur mit Mühe ihr Entsetzen verbergen. Sie hatten sich seit seinem Studienabbruch um ihn Sorgen gemacht und befürchtet, dass er in Arbeitslosigkeit, Drogen und Depression abgleiten könnte, jene Unterwelt, die neben ihrem tätigen Mittelstandsleben brodelnd dahintrieb. Erst vor einer Woche hatte der Nachbarssohn sich erhängt (wegen Drogen natürlich, und tagelang hatte er nicht geduscht). Es gab da eine verborgene Seuche, die es auf junge Männer abgesehen hatte.

Trotz ihrer Bedenken wegen seines Übertritts zum Islam mussten seine Eltern schliesslich zugeben, dass er gut aussah; er hatte ein wenig zugenommen und eine Gehaltserhöhung bekommen. Wenn er nur aufhören würde, über Religion zu reden. Diese spekulative, unfassbare, der spirituellen Welt zugehörige Seite seines Wesens verstanden sie nicht. Wenn er bloss die Religion nicht erwähnen würde, fiele es ihnen leichter, sich vorzumachen, dass sich nichts geändert habe. Er war gefestigt genug, um ihnen den Gefallen zu tun. Und beglückt, dass die Fragen, die er einmal gestellt hatte – wozu das alles, was hat das alles für einen Sinn und warum weitermachen? –, jene Fragen, die die Wände um ihn hatten einstürzen lassen und ihn beinahe unter sich begruben, zu ihrem Recht kamen. Es waren Fragen, auf die es Antworten gab, Antworten, die zu neuen Fragen führten, neue Türen öffneten und ihn drängten, die Dinge anders zu betrachten; als hielte man einen Würfel in der Hand und drehe ihn immerzu oder als ginge man um eine hohe Säule herum und betrachte sie von der gegenüberliegenden Seite. Wie anders sie dann war und doch auch gleich.

Als er sie seinen Eltern vorstellte, war der Nachmittag ein voller Erfolg. Wir wollen heiraten, sagte er und las die Erleichterung in den Augen seiner Mutter. Es fiel seinen Eltern leichter, zu akzeptieren, dass er eine Muslima liebte, als dass er den Islam liebte.

Vom Balkon seines Hotelzimmers blickte er hinaus auf den Nil. Sonnenschein so hell, dass er schimmernde Lichtfäden sah. Palmen, Boote, der tiefblaue Fluss. Ob sein Wasser wohl kühl war oder lau, fragte er sich. Er war schläfrig. Das Telefon klingelte, und er ging wieder hinein und schob die getönte Glastür hinter sich zu.

Ihre glückliche Stimme wieder. Was hast du gemacht, warum schläfst du nicht, alle schlafen um diese Zeit am Nachmittag, es ist Siestazeit, du musst doch erschöpft sein. Hast du daran gedacht, Dollarscheine mitzubringen – keine Pfund und auch keine Reiseschecks? Du darfst nicht im Hotel essen, das wird schrecklich teuer, du sollst nur hier bei uns zu Hause essen. Ja, wir werden dich dann abholen. Du kommst zum Abendessen und wirst meine Eltern kennenlernen. Vergiss die Geschenke nicht. Wirst du von mir träumen?

Er träumte, er sei noch im Flugzeug. Eine Stunde später wachte er durstig auf, blickte nach oben und sah einen kleinen Pfeil, den man an die Zimmerdecke gekritzelt hatte. Wozu war der Pfeil da? Draussen auf dem Balkon verblüffte ihn der Kontrast. Der Sonnenuntergang hatte den Himmel weich gezeichnet, rosa und zartorangefarbene Ränder in den Westen gemalt. Der Nil war freundlich, am Himmel zeigten sich schon ein paar Sterne, die Luft war frischer. Vögel stiessen herab und schossen kreuz und quer durch das weite Rund.

Er hörte den Adhan[2]; zum ersten Mal im Leben hörte er ihn im Freien. Er war nicht so grossartig, wie er gedacht hatte, oder so plötzlich. Er schien mit dem Vogelgezwitscher und dem verblassenden Himmel zu verschmelzen. Mit der untergehenden Sonne als Kompass begann er zu bestimmen, wo Mekka war. Genau östlich oder sogar etwas nordöstlich wäre es jetzt und nicht im Südosten wie von Schottland aus. Er stellte fest, wo Osten war, und als er ins Zimmer zurückkehrte, verstand er den Zweck des an die Decke gemalten Pfeils. Er sollte den Hotelgästen die Richtung nach Mekka weisen. Nach dem Gebet ging er nach unten und suchte den Swimmingpool. Das Wasser, in dem er schwamm, war warm und roch nach Chlor. Die Dämmerung dauerte nicht lange. Im Handumdrehen war der Himmel tiefpurpurrot geworden, mit gleissenden Sternchen. Zum ersten Mal war er unter einem Nachthimmel geschwommen.

Ihr Haus war grösser, als er erwartet hatte, und schäbiger. Es war voller Menschen – sie hatte fünf Geschwister, mehrere Neffen und Nichten, einen Onkel, der aussah wie Morgan Freeman, nur älter und kleiner, und eine Tante, die auf einem Seilbett in der Ecke schlief. Der Fernseher plärrte. Ihre Mutter lächelte und bot ihm Süssigkeiten an. Ihr Vater unterhielt sich mit ihm in stockendem, gebrochenem Englisch. Alle starrten ihn neugierig und erfreut an. Nur der Bruder wirkte gelangweilt, er lag ausgestreckt auf einem weiteren Seilbett und stierte an die Decke.

So, jetzt hast du meine Familie gesehen, sagte sie und zählte die Namen ihrer Schwestern, Nichten und Neffen auf. Die Namen schwammen in seinem Kopf. Er lächelte und lächelte, bis seine Gesichtsmuskeln sich verkrampften.

Jetzt hast du gesehen, wo ich aufgewachsen bin, sagte sie, als hätten sie damit eine Hürde genommen. Ihm wurde zum ersten Mal bewusst, was sie nie gehabt hatte: einen eigenen Schreibtisch, ein eigenes Zimmer, einen Schrank, einen Frisiertisch, eine Tasse, eine Packung Kekse nur für sich. Sie hatte immer als Teil einer Gruppe, als Teil ihrer Familie gelebt. Wie fühlte sich das an? Er wusste es nicht. Er kannte sie nicht gut genug. Er hatte ihr Haar noch nicht gesehen, er wusste noch nicht, wie sie aussah, wenn sie weinte und wenn sie am Morgen erwachte.

Nachdem sie fertiggegessen hatten, ergriff sie das Wort: Mein Onkel kennt ein englisches Lied. Sie lachte erneut und setzte sich auf die Sofalehne. Er will es dir vorsingen.

Morgan Freemans Doppelgänger richtete sich in seinem Sessel auf und sang: »*Cricket, lovely cricket, at Lord's where I saw it. Cricket, lovely cricket, at Lord's where I saw it.*«[3]

Alle lachten. Nach seinem Vortrag war der Onkel ausser Atem.

Sie unternahmen Ausflüge, die sie organisierte. Sie machten eine Bootsfahrt, ein Picknick im Wald und besuchten den Kamelmarkt. Auf jedem dieser Ausflüge waren ihr Bruder, ihre Schwestern, die Nichten und Neffen und ihre Freundinnen dabei. Nie waren sie allein. Ihm fiel Michael aus *Der Pate* ein, der mit seiner Verlobten auf die Hügel Italiens stieg, begleitet von bewaffneten Leibwächtern und ihren zahlreichen Verwandten, und dazu der unvergessliche Soundtrack. So ähnlich war es, nur ohne die Pistolen. Und statt der sanften Hügel war da flaches Buschland, die Ausläufer einer Wüste.

Er beobachtete sie: wie sie einen Neffen im Arm trug, wie sie lächelte, wie sie eine Grapefruit schälte und ihm ein Stück davon anbot, wie sie mit ihren Freundinnen kicherte. Er machte unzählige Fotos. Sie gab ihm seltsame Früchte zu essen. Eine hiess *dum*[4] und war braun, so gross wie eine Orange und fast so hart wie Stein, mit holzigem Geschmack und faserigem Fleisch. Man nagte nur an der äusseren Schicht und kaute sie, das meiste daran war der Kern. Eine andere Frucht hiess *gunguleiz*[5], war sauer und scharf, weisse, kalkige Stücke, an denen man lutschte, die schwarzen Kerne spuckte man aus. Trinktamarinde, *kerkadah, turmus, kebkebeh, nabaq*[6]. Erdnusssalat, gefüllte Auberginen, *moulah, kisra, waikah, muluchija*[7]. Speisen, die er schon im Nile Café gegessen hatte, und andere, die neu waren.

Unermüdlich sagte sie zu ihm: Hier, probier das mal, es schmeckt gut, versuch's.

Können wir nicht mal allein sein, nur mal eine Weile?

Meine Familie ist sehr streng, vor allem weil ich geschieden bin, sie sind sehr streng, sagte sie, aber ihre Augen lächelten.

Lass dir doch was einfallen.

Nächste Woche nach der Hochzeit wirst du mich jeden Tag sehen und bald genug von mir haben.

Du weisst, dass ich nie genug von dir haben werde.

Woher soll ich das wissen?

Sie konnte stundenlang flirten, wenn sich eine Gelegenheit bot. Aber jetzt gab es keine, weil es unklar war, ob ihr Onkel mit geschlossenen Augen und nickendem Kopf in seinem Sessel döste oder die Ohren spitzte.

Mitten am Vormittag in der Gumhurijastrasse, nachdem sie Ebenholz für seine Eltern gekauft hatten, spürte er ein Zerren an seiner Schulter, drehte sich um und sah, dass sein Rucksack aufgeschlitzt war und sein Pass fehlte. Und auch seine Kamera. Er fing an zu schreien. Beruhige dich, sagte sie, aber er konnte sich nicht beruhigen. Es war nicht bloss Ärger – auch wenn davon genug da war –, sondern der Ausbruch schwelender Ängste, ein wahr gewordener Albtraum. Ihr Bruder hatte das Auto auf einem Schattenfleck in einer Nebenstrasse geparkt. Sie standen jetzt davor, ihr Bruder war angespannter denn je, sie niedergeschlagen, und er umklammerte seinen geplünderten Rucksack. Er trat gegen den Autoreifen und wünschte dies und das zum Teufel. Wütend war er und darauf aus, Ort und Zeit und Missetat zu verfluchen. Die ganze Strasse stand still und sah dem Fremden beim Ausrasten zu, als beobachteten sie eine Szene aus einem amerikanischen Film. Ein Auto fuhr vorbei, und der Fahrer reckte den Hals, um besser zu sehen, und lachte. Bitte, sagte sie, lass das, das ist mir peinlich. Er hörte sie nicht. Ihre Stimme kam nicht gegen das Zornesrauschen in seinen Ohren an.

Wir müssen zur britischen Botschaft gehen und ihm einen neuen Pass besorgen, sagte sie zu ihrem Bruder.

Nein, zuerst müssen wir auf den Polizeiposten und Anzeige erstatten. Ihr Bruder stieg ins Auto und wischte sich den Schweiss auf seiner Stirn mit den Ärmeln ab.

Steig ein, sagte sie zu ihm. Wir müssen zum Polizeiposten fahren und melden, dass man dir den Pass gestohlen hat.

Er stieg wutschnaubend ins Auto.

Der Polizeiposten war ein überraschend freundlicher Ort. Es war schattig und kühl. Ein Bungalow und diverse Nebengebäude. Sie wurden gut behandelt und bekamen Wasser und Tee. Er lehnte den Tee ab und sass schmollend da. Weisst du, wie viel diese Kamera gekostet hat?, zischte er. Und sie ist nicht mal versichert.

Sie zuckte die Achseln und war weniger schockiert über den Vorfall als er. Vom Tee besänftigt, begann sie ihn zu necken. Sie werden dem Dieb, der deine Kamera gestohlen hat, die Hand abhacken. Bestimmt, das werden sie tun. Ihr Bruder lachte mit ihr.

Ich weiss wirklich nicht, was daran so komisch sein soll.

Verstehst du keinen Spass?, sagte sie, und ihre Stimme klang spitz. Dann fuhren sie schweigend zur britischen Botschaft und mussten sich dort in eine lange Schlange einreihen.

Das Botschaftspersonal druckste herum. Es hörte ungern von gestohlenen Pässen. Und als eine Frage zur anderen führte, waren sie auch nicht erbaut, von einer Hochzeit in einigen Tagen zu hören. Sie fragten sie und ihren Bruder darüber aus: allgemeine, banale Fragen, aber sie fühlte sich befleckt und kleingemacht davon.

Als sie wieder vor die Botschaft traten, war sie alles andere als ruhig. Was haben die sich denn dabei gedacht, was wollten die mir unterstellen – dass ich deinen Pass gestohlen hätte, als würde ich darauf brennen, dorthin zurückzukehren?

Was soll das denn heissen?

Es soll das heissen, was es heisst. Du denkst wohl, du tust mir einen grossen Gefallen, wenn du mich heiratest?

Nein, das denke ich nicht, ganz bestimmt nicht …

Die aber schon. Die schon, so wie sie geredet haben. Haben mich angegrinst, und du hast es nicht einmal bemerkt!

Okay, okay, beruhige dich.

Ein kleiner Junge berührte seinen Arm, er bettelte. Schwielige Faust, schwarze Haut, die wegen Unterernährung gräulich wirkte, ein Auge von dickem Schleim überzogen. Er zuckte vor der unangenehmen Berührung zurück, kramte in seinen Taschen und zupfte einen Zweihundertdinarschein hervor.

Bist du verrückt, sagte sie, ihm so viel zu geben? Dafür wird er noch ausgeraubt. Sie öffnete ihre Tasche und gab dem Jungen stattdessen ein paar Münzen und eine Orange.

Als sie ins Auto stieg, erzählte sie ihrem Bruder von dem Bettler, und beide lachten spöttisch. Ihn auf Arabisch auslachen – das war der Gipfel der Frechheit.

Vielleicht kannst du dann zum Benzin etwas beitragen, sagte der Bruder schleppend, wenn du noch so viel Geld übrig hast. Ich habe nämlich viel Sprit verbrannt dafür, dass ich dich und deine Verlobte herumkutschiere.

Gut, wenn das alles ist! Er zückte die Noten aus seiner Brieftasche und knallte sie neben die Handbremse.

Danke, sagte ihr Bruder, doch als er das Notenbündel an sich nahm, starrte er darauf, als wäre es nicht viel und als hätte er eindeutig mehr erwartet.

Sie seufzte und blickte aus dem Fenster. Es war, als hätte der Diebstahl alle Bosheit in ihnen ans Licht gebracht.

Er war versucht zu sagen: Lasst mich beim Hotel raus. Er war versucht, aufzugeben und anderntags nach Schottland abzureisen. Das würde sie dafür bestrafen, ihn auszulachen, das würde ihr weh tun. Aber er bat nicht darum, abgesetzt zu werden. Er gab nicht auf. Natürlich, er hatte keinen Pass und könnte nicht reisen, aber etwas anderes hielt ihn hier.

Als sie zurückkehrten, befand sich das Haus in Aufruhr. Es war kaum wiederzuerkennen der vielen Leute wegen, die ganz verzweifelt waren und schockiert. Eine Frau schob die Möbelstücke beiseite, eine zweite warf eine Matratze auf den Boden; überall war ein einziges Schluchzen und Heulen, und ein paar heisere Stimmen bellten Befehle. Ihr Onkel, Morgan Freeman, war gestorben, in seinem Sessel entschlafen.

Einen Moment lang blieben die drei in der Mitte des Zimmers stehen, starr vor Ungläubigkeit. Der Bruder begann mit lauter Stimme Fragen zu stellen.

Das wär's, zischte sie, mit der Hochzeit ist es jetzt aus, doch nicht mitten in dieser Trauerzeit, nie, niemals. Und sie brach in Tränen aus.

Bevor er reagieren konnte, nahm ihn ihr Bruder beiseite und sagte, das Haus sei nun den Frauen vorbehalten, wir müssen nach draussen gehen. Komm schon.

Der Garten war zu dieser Tageszeit die Hölle, die Sonne versengte das Gras und wurde von den Betonplatten der Garage reflektiert. Wie kostbar Schatten in diesem Erdteil doch war, wie rasch man einen Streit beiseiteschieben konnte, wie rasch man die Toten zu Grabe trug. Wo war er denn nun, der Onkel, der *Cricket, lovely cricket* gesungen hatte? Wohl irgendwo drinnen, wo er mit Seife gewaschen, parfümiert und dann in Weiss gehüllt wurde; so also kam das Ende, ohne Vorboten. Er war nahe daran, ohnmächtig zu werden in dieser Sonne, ohne Pass, ohne sie, ohne die Versicherung, dass aus ihrer Hochzeit noch etwas werden würde. Es konnte einfach nicht wahr sein. Aber es war so, Minute um Minute verstrich, und er stand noch immer im Garten. Wo war ihr Bruder jetzt, der eben noch jede seiner Bewegungen überwacht hatte, während sie ihn mit Aufmerksamkeit, Ratschlägen und Plänen eindeckte? Jetzt war sie da drin, versunken in Trauerriten, von denen er keine Ahnung hatte. Gut, er könnte immer noch gehen, sich unbemerkt verdrücken. Er würde zur Hauptstrasse laufen und ein Taxi anhalten – etwas, was er noch nie getan hatte, weil sie und ihr Bruder ihn Tag für Tag mitgenommen und am Hotel abgesetzt hatten. Tod, der Vernichter der Freuden.

Der Leichnam wurde weggebracht. Da lag er in weissen Tüchern, und sein Gesicht schlafend, tief schlafend, wiederzusehen war ein Schock. Die geschwungenen Nasenflügel und Lippen, der schöne Kontrast des weissen Haars auf der dunklen Haut. Er fand sich mit ihrem Bruder im Auto wieder, wo er den inzwischen gewohnten Platz im Fond einnahm; zwei Männer pferchten sich neben ihn, ein älterer Mann sass vorn. Die kurze Fahrt zur Moschee, die Reihen der Männer. Er hatte das besondere Gebet für die Toten schon einmal in Edinburgh gesprochen – für ein totgeborenes Baby. Man kniete nicht dazu, es war kurz und kühl. Hier war es auch rau, die Ventilatorflügel wirbelten von der Decke, und es roch nach Schweiss und Eile.

Sie fuhren aus der Stadt zum Friedhof hinaus. Er fragte sich nicht mehr, warum er sie begleitete, es schien ihm das Richtige zu sein. Im Auto entstand eine neue Ungezwungenheit zwischen ihnen, eine Art Bindung, weil sie zusammen gebetet hatten. Sie begannen von der Todesbekanntmachung zu sprechen, die nach den Nachrichten im Radio gesendet würde, und von den Nachrufen in der Zeitung am folgenden Tag. Er hörte halb auf das Arabisch, das er nicht verstand, und halb auf die Zusammenfassung auf Englisch, die jemand improvisierte, sobald ihnen seine Anwesenheit einfiel.

Ein sandiger Wind wehte durch diese ebenerdige Heimstatt, ein Daheim ohne Wände und Türen. Unser

Familienfriedhof, sagte ihr Bruder unvermittelt zu ihm. Wenn er sie heiratete und nach Edinburgh mitnahm, würde man trotzdem von ihm erwarten, dass er sie hierherbrächte, wenn sie – Gott bewahre! – sterben sollte? Ach, warum hatte er so klägliche Gedanken? Schliesslich wurde ein Loch ausgehoben in der Erde, man hätte meinen können, ihnen gefiele das Wühlen im Dreck, so inbrünstig schaufelten sie. Er wischte sich mit dem Hemdsärmel den Schweiss von der Stirn – allmählich verhielt er sich ja wie sie, denn wann hätte er sich je in Edinburgh das Gesicht mit den Hemdsärmeln getrocknet? Er lechzte nach einem Glas kaltem Wasser, aber jetzt senkten sie den Onkel ins Grab. Sie legten ihn in eine Nische und betteten ihn so, dass die Erde nicht auf ihn fiele, wenn sie das Grab zudeckten.

Drei Tage lang sass er dann im Zelt, das im Garten für die Männer aufgeschlagen worden war. Es stellte sich eine Art Normalität ein: Trauergäste kamen in Scharen, die Frauen gingen ins Haus und die Männer ins Zelt. Ständig wurde Wasser, Kaffee, Tee gereicht, und die Fliegen summten. Die Metallstühle standen nicht mehr in Reih und Glied, sondern locker im Kreis oder dicht beieinander, wenn alte Freunde sich wiedergefunden hatten, und da und dort hörte man ein Lachen. Was wird jetzt aus deiner Hochzeit?, fragte man ihn. Er zuckte die Schultern – mochte gar nicht davon reden, war erschlagen von dem, was geschehen war, und wie betäubt von der Trennung von ihr, wie sie die Trauersitten anscheinend verlangten. Im Zelt waren die Männer sich einig, dass der Verstorbene einen schönen Tod gehabt habe: kein Krankenhaus, keine Schmerzen, keine Intensivstation, und er war ja schon in den Achtzigern, was wollte man um Gottes willen mehr? So tröstete man sich wundersam im Zelt. Er schickte sich in die neuen Gewohnheiten. Nach dem Frühstück im Hotel spazierte er am Nil entlang, und wenn er am Präsidentenpalast vorbei war, winkte er einem Taxi, das ihn zu ihrem Haus brachte. Er begegnete ihr nie, und sie rief ihn nie an. Nach dem Tag im Zelt und seinem Mittagsmahl mit ihrem Bruder und dessen Freunden bot ihm einer der Männer an, ihn zum Hilton zurückzufahren. Spätabends oder frühmorgens ging er dann schwimmen. Tag für Tag konnte er unter Wasser die Luft länger anhalten. Wenn er spazieren ging, sah er Armeefahrzeuge voll junger Soldaten in grüner Uniform. Der Bürgerkrieg im Süden dauerte schon jahrelang, und kein Ende war absehbar – im Lokalfernsehen spielte man patriotische Gesänge und Märsche. Die Bücher, die er gelesen hatte, und die besondere britische Ausprägung des Islams, der er begegnet war, hatten ihn Anmut und Vernunft erwarten lassen in einem muslimischen Land. Stattdessen fand er Melancholie, einen sinnlichen Ort, das Leben auf die nackten Tatsachen reduziert.

Am dritten Abend nach der Beisetzung wurde das Zelt abgebaut; die gebotene Trauerzeit war vorüber.

Ich will mit dir reden, sagte er zu ihrem Bruder, vielleicht könnten wir einen Spaziergang machen.

Sie gingen eine Strasse entlang, die ins Schweigen des bevorstehenden Sonnenuntergangs getaucht war. Nur wenige Autos glitten vorüber. Er sagte: Ich kann nicht mehr lange bleiben. Ich muss wieder zurück zu meiner Arbeit in Schottland.

Tut mir leid, dass eure Hochzeit ins Wasser gefallen ist, sagte der Bruder.

Aber weisst du … Ich kann nicht so ohne weiteres wiederkommen. Ich finde, wir sollten mit unseren Plänen vorwärtsmachen …

Wir können aber in einer Zeit wie dieser nicht feiern.

Es braucht keine grosse Feier zu sein.

Du weisst aber schon, dass sie beim letzten Mal ein grosses Hochzeitsfest hatte?

Nein, das wusste ich nicht. Sie hat es mir nicht erzählt.

Ich mache mir selbst Vorwürfe, stiess ihr Bruder plötzlich hervor, dieser fiese Kerl, er hat ihr übel mitgespielt. Ich wusste es ja, verstehst du, es gab Gerüchte, dass er mit dem Mädchen was habe, aber ich nahm sie nicht ernst, dachte, es sei nur ein Flirt und er würde von ihr die Finger lassen, wenn er erst verheiratet sei.

Sie gingen daraufhin stumm weiter, man hörte bloss ihre Schritte auf dem bröckelnden Asphalt. Durch die Häuser ringsum huschten Schatten, man hörte Stimmen und das Trotten und Bellen streunender Hunde.

Schliesslich sagte ihr Bruder: Ich denke, die Hochzeit könnte in meiner Wohnung stattfinden. Aber nur die Hochzeit, kein Fest …

Nein, nein, ein Fest braucht es nicht …

Ich werde mit meinen Eltern sprechen, ob sie das gutheissen.

Ja, bitte, und nach der Hochzeit …?

Nach der Hochzeit kannst du sie mitnehmen in dein Hotel ...

Gut.

Aber ihr Vater muss einverstanden sein.

Ja, natürlich.

Sein Gang war nun befreiter, aber es gab noch eine Hürde.

Weisst du, sagte ihr Bruder, wir haben viel Geld verloren durch ihre Heirat mit diesem Mistkerl. Sehr viel Geld. Und jetzt werd ich wieder – auch nur für ein kleines Fest in meiner Wohnung – Getränke und Süssigkeiten kaufen und für dies und jenes bezahlen müssen.

An einer Strassenecke floss Geld zwischen ihnen. Er gab ihrem Bruder einen Fünfzigdollarschein um den anderen und hörte erst auf, als er spürte, dass es genug war.

Danke, aber sag ihr lieber nichts davon, ja? Meine Schwester war immer schon empfindlich, und sie sieht einfach nicht, wie viel alles kostet.

Seine Hand zitterte leicht, als er seine Brieftasche einsteckte. Er hatte schon eine Brautgabe entrichtet (eine bescheidene, deren Höhe sie bestimmt hatte), und er hatte in guten Treuen Geschenke mitgebracht. Nun fühlte er sich gedemütigt, als hätte man ihn hinters Licht geführt oder als hätte er seinen Kostenanteil sträflich unterschätzt. Oder als ob er für sie bezahlt hätte.

In der Nacht vor der Hochzeit schlief er unruhig und oberflächlich, so dass ihm die Nacht länglich und dumpf vorkam. Einmal empfand er im Schlaf eine lebhafte, aber unbestimmte Trauer, und als er erwachte, wünschte er sich seine Eltern herbei und dass er nicht allein wäre und ganz allein heiraten müsste. Wo blieben die Junggesellenparty, die kirchliche Trauung, Einladungskarten, ein Empfang und Reden? Sein älterer Bruder hatte kirchlich geheiratet und dazu den Kilt der Familie getragen. Es war ein sonniger Tag gewesen, und seine Mutter hatte einen blauen Hut aufgehabt. Er erinnerte sich an den unerwarteten Sonnenschein und an die Fotos. Von diesen Bräuchen hatte er sich abgewandt, sie zurückgegeben, als wären sie nur geliehen und gehörten ihm gar nicht. Er bereute nichts, aber er war nun über das Stadium der Ablehnung hinaus, hatte den Eifer des Neubekehrten abgebrannt, war weniger stolz und eher bereit, sich einzugestehen, was er vermisste. Nein, seine Eltern hätten ihn nicht begleiten können. Sie waren der Hitze, den Stechmücken und den verkrüppelten Bettlern auf der Strasse nicht gewachsen, all den Übeln, vor denen selbst ein gutes Hotel nicht schützte. Lass sie in Frieden, und danke ihnen bescheiden im Dunkeln für den grosszügigen Scheck, den sie mitgegeben hatten.

Er träumte, er werde verfolgt von dem Mann, der seinen Rucksack aufgeschlitzt und ihm den Pass und die Kamera gestohlen hatte. Er erwachte schweissgebadet und durstig. Es war drei Uhr morgens, noch nicht einmal Tag. Er betete und zwang sich zur Einkehr und Konzentration auf das, was er zu wem sagte. Zu dieser nachtschlafenden Stunde, bevor der Morgen dämmerte, war alles still, sogar sein Kopf, der sonst vor Tatendrang summte, und selbst seine jugendlich stürmischen Gefühle. Da war nichts als kostbare Stille und Geduld, Geduld, bis die Tür aufgehen und man in Verbindung treten würde und die tröstliche Nähe da war. Er hatte einmal in der Moschee vernommen, dass es Tages- und Jahreszeiten gebe, da Allah die Gebete allesamt vollständig und auf der Stelle erhöre – also könnte man vielleicht beten und käme gerade richtig, man würde bitten, und es würde einem sogleich gegeben.

Als der Morgen schon dämmerte, schlief er ein und war erhitzt wie von einem Fieber. Doch fühlte er sich wieder besser, als er spät vom Klingeln des Telefons erwachte und ihre helle Stimme sagen hörte: Ich bin so aufgeregt, dass ich nun bald ins Hilton kommen werde zu dir. Ich bin noch nie in einem Hilton gewesen, ich kann's nicht erwarten.

Es handelte sich nur noch um Stunden.

Die Wohnung ihres Bruders lag in einem Neubaugebiet, etwas verlassen und abseits. Einer ihrer Cousins hatte ihn im Hotel abgeholt, und jetzt kämpften sich beide die Treppe hoch. Das Treppenhaus war aus Sand und noch nicht gefliest oder betoniert; es roch durchdringend nach Farbe und Ödnis. Die Wohnung selbst war einfach und sauber, ein paar Topfpflanzen, ein grosses Foto von der Kaaba. Die Männer, ihr Bruder, ihr Vater, diverse Verwandte und Nachbarn, die er aus den Tagen im Trauerzelt kannte, sassen im Vorderzimmer, gleich neben der Tür. Die Frauen waren in den hinteren Räumen. Er sah sie nicht und sah auch die Braut nicht.

Händeschütteln und ein allgemeines Gemurmel in einer fremden Sprache. Der Imam trug eine weisse Dschallabija[8], einen braunen Umhang und einen grossen Turban. Er betete mit ihnen das Maghrib[9], und danach begann die Feier. Bloss war sie nicht sehr feierlich, sondern eher eine Vertragsunterzeichnung zwischen dem Bräutigam und dem Brautvater. Der Imam schob das Dattelschälchen auf dem Kaffeetisch beiseite und begann ein Formular auszufüllen. Datum nach dem westlichen und dem islamischen Kalender. Betrag der Brautgabe (in der ursprünglichen Höhe und ohne die zusätzlichen Dollars, die ihr Bruder an der Strassenecke eingestrichen hatte). Name der Braut. Name des Vaters, der sie vertrat. Name des Bräutigams, ohne Vertretung.

Aber das ist kein muslimischer Name. Der Imam legte die Feder nieder und lehnte sich in seinem Stuhl zurück.

Zeig ihm deine Bescheinigung von der Moschee in Edinburgh, drängte der Bruder, den Schein, den du mir nach deiner Ankunft gezeigt hast.

Ich kann nicht, sagte er, der wurde gestohlen oder ist rausgefallen, als man mir meinen Rucksack geplündert hat.

Egal, seufzte der Bruder und wandte sich an den Imam. Er ist ganz sicher Muslim. Er hat doch mit uns gebetet. Hast du ihn nicht eben beim Gebet gesehen, hinter dir?

Hab ich denn etwa Augen hinten am Kopf? Man lachte … aber nicht lange.

Lass gut sein, Scheich, sagte einer der Gäste, wir sind hier alle versammelt zu dieser Hochzeit, *inschallah.* Wir haben alle diesen Fremden beten gesehen, nicht nur gerade eben, sondern auch in den Trauertagen. Machen wir jetzt doch keine Schwierigkeiten.

Hör zu, er wird die Fatiha[10] für dich rezitieren, sagte der Bruder, nicht wahr? Aufmunternd legte er ihm die Hand auf die Schulter. Komm schon, Scheich, sagte ein weiterer Gast, diese Leute feiern ja nicht einmal oder haben eine Party. Sie sind in einer schwierigen Lage, mach es ihnen nicht noch schwerer. Der Bruder der Braut hat bezeugt, dass er ein amtliches Dokument gesehen hat, das sollte genügen.

Es wird keine Probleme geben, *inschallah,* wagte sich jemand vor.

Gut, er soll rezitieren, sagte der Imam und wandte den Blick ab.

Er schwitzte jetzt. Nein, nicht alle Augen waren auf ihn gerichtet, manche blickten auch weg, um ihre Belustigung zu verbergen oder weil sie peinlich berührt waren. Er richtete sich auf, die Ellbogen auf den Knien.

Im Namen des barmherzigen und gnädigen Gottes, flüsterte ihm ihr Bruder ein.

Im Namen des barmherzigen und gnädigen Gottes, wiederholte seine Stimme leiser, aber doch laut genug. Lob sei Gott, dem Herrn der Welten, und dann folgte der Rest, ein gestammelter Buchstabe nach dem anderen, ein zögerndes Wort um das andere.

Stille und eine kratzende Feder. Er reichte ihrem Vater die Hand. Und wieder die Fatiha, jetzt sagte sie jeder selber auf, murmelte schnell, sagte mit erhobenen Händen amen und wischte sich das Gesicht.

Glückwunsch, nun haben wir sie dir gegeben. Jetzt gehört sie ganz dir.

Als er sie sah, als er den Flur hinunter zum Frauengemach schritt und die Tür aufging und er sie sah, brachte er nichts hervor als o mein Gott, ich kann es nicht glauben! So als wäre sie es und gleichzeitig doch nicht. Ihre vertraute Stimme sagte seinen Namen. Die dunklen Mandelaugen lächelten ihn an. Aber ihr Haar war lang und umfloss ihre Schultern (sie hatte es chemisch glätten lassen), und sie trug Make-up, das sie erstrahlen liess, von einem verborgenen Glanz. Ihr Kleid schimmerte rot und war ärmellos, sie war nicht dünn …

Gott, ich kann es nicht glauben! Und die paar Umstehenden kicherten. Ein Schleier lag über dem Raum vom Weihrauch, den sie abbrannten, und der Wohlgeruch stieg ihm zu Kopf, und ihm wurde schwindlig, betörend der Stoff ihres Kleids, und wie verwandelt sie doch war und welche Fülle sie versprach. Er hustete.

Stört dich der Weihrauch?

Durch den Nebel schlug jemand vor, dass sie beide sich hinaussetzen sollten auf den Balkon. Es sei kühler dort, nur ein Weilchen, bis man das Taxi zum Hotel bestellt habe. Er folgte ihr hinaus ins schwüle Dunkel, eine Verschwiegenheit, für die es weder Türen noch Vorhänge brauchte, und der zeitlose afrikanische Himmel thronte über der Stadt drunten.

Sie plauderte nicht wie üblich. Er konnte den Blick nicht von ihr wenden, und das machte sie scheu und sprachlos. Er wollte ihr sagen, wie schön sie sei, und von der Hochzeit reden und von den letzten paar Tagen, an denen er sie so vermisst habe, aber er fand die Worte nicht, keine Worte. Er blieb stumm, etwas wie ein Glanz verschlug ihm die Sprache.

Schliesslich sagte sie: Siehst du das Hennamuster auf meinen Händen? Es ist hell genug.

Im matten Licht der Sterne entdeckte er zarte Blätter und Strudel.

Ich werde Handschuhe tragen, sagte sie, wenn wir nach Schottland zurückkehren. Ich werde Handschuhe tragen, um nicht alle zu schockieren.

Nein, das brauchst du nicht, sagte er, es ist wunderschön.

Es war seine Stimme, die sie fragen liess: Alles in Ordnung? Ist dir nicht gut? Sie legte ihm die Hand auf Wange und Stirn. So weich war sie also, so roch sie also, das war ihr Geheimnis. Ohne zu überlegen, sagte er: Es war hart für mich in den letzten paar Tagen. Bitte hab Mitleid mit mir.

Und ob, flüsterte sie, und ob.

Das Museum

Zunächst scheute sich Schadia, ihn um seine Notizen zu bitten. Der Ohrring war schuld. Und das lange, glatte Haar, das er mit einem Gummiband zusammenhielt. Sie hatte noch nie einen Mann mit Ohrring und so langem Haar gesehen. Aber sie hatte auch noch nie solche Kälte, so viel Regen erlebt. Sein Silberohrring gehörte zur Seltsamkeit des Westens, war noch ein Kulturschock mehr. Sie starrte ihn in den Vorlesungen an, wenn ihre Augen vom weissen Gekritzel an der Wandtafel weggliten. Meistens verstand sie kaum etwas. Nur die Schreibweise war vertraut. Aber wie passte alles zusammen? Wie führte eine Formel zur nächsten? Ihre Unwissenheit und die bevorstehenden Prüfungen schreckten sie, und sie würde ihnen am liebsten entfliehen. Sein langes Haar schillerte zwischen mattem Blond und unterschiedlichen Brauntönen. Es erinnerte sie an eine Puppe, die sie als Kind gehabt hatte. Stunden hatte sie damit zugebracht, ihr Puppenhaar zu kämmen und zu bürsten. Sie hatte von so glattem Haar geträumt. Wenn sie einmal ins Paradies käme, hätte sie solches Haar. Wenn sie rannte, würde es hinter ihr herflattern, und wenn sie den Kopf senkte, würde es wie Seide herabfliessen und über die Blumen im Gras streichen. Sie sah seinen Pferdeschwanz tanzen, als er schrieb und dann zur Tafel aufblickte. Ihr war, als erwachte ihre Puppe nach Jahren auf einmal wieder zum Leben, und ihre Tagträume im Unterricht bedrückten sie und dass sie rein gar nichts begriff.

An den ersten Tagen des Semesters, als der Masterkurs in Statistik begann, fühlte sie sich wie ein Spielball gewaltiger Wellen. War wie zerschlagen, als sie sich auf dem Weg zu all den Hörsälen verirrte, mit dem Kopiergerät kämpfte und in der Bibliothek nichts finden konnte. Selbst das Hören, Essen und Sehen fiel ihr schwer. Ihre Augen waren angstvoll geweitet und tränten vor Kälte. Der Kurs setzte einen bestimmten Hintergrund voraus, einen Hintergrund, der ihr abging. Darum geriet sie ins Schwimmen, sie und ihre afrikanischen Mitstudenten, die beiden jungen Türkinnen und die Männer aus Brunei. Als dieses Trüppchen aus der Dritten Welt sich in strengen schottischen Gängen seine Sorgen zuflüsterte, die Mädchen nervös kichernd, sagte Asafa, der kleingewachsene, rundgesichtige Äthiopier, mit ernster Stimme: »Letztes Jahr, erst letztes Jahr hat sich ein Nigerianer aus genau diesem Kurs das Leben genommen. Hat sich die Pulsadern aufgeschnitten.«

Wir und sie, dachte sie. Die unweigerlich Erfolgreichen und die sich mühselig Abstrampelnden, die nur mit Glück durchschlüpften. Zwei schicksalhafte Gruppen. Der weise, grosszügige Asafa (er war der Älteste) beugte sich vor und flüsterte Schadia zu: »Diese Spanierin da ist gut. Sehr gut.« Seine Augäpfel waren röter als Schadias. Er besänftigte seine Sorgen jeden Abend im Pub der Uni; sie weinte bloss. Sie stammten aus Nachbarländern, doch er war noch nie im Sudan und Schadia noch nie in Äthiopien gewesen. »Aber in Aberdeen treffen wir uns!«, hatte sie gequiekt, als sie dies herausfanden, und heftig losgeprustet. Geteilte Angst konnte auch euphorisierend wirken.

»Dieser Bryan«, sagte Asafa, »ist top.«

»Der mit dem Ohrring?«

Asafa lachte und fasste sich an sein eigenes ungeschmücktes Ohr. »Der Ohrring will gar nichts heissen. Er wird mit Auszeichnung abschliessen. Er hat sein Grundstudium hier gemacht, hat mit ›sehr gut‹ bestanden. Das verschafft ihm einen Vorteil. Er kennt alle Dozenten, er kennt das System.«

Also kam sie auf die Idee, Bryan um die Vorlesungsnotizen seines Abschlussjahrs zu bitten. Wenn sie ihr Wissen über stochastische Prozesse und Zeitreihen festigte, könnte sie den neuen Stoff vielleicht besser bewältigen, mit dem man sie Tag für Tag bombardierte. Sie beobachtete ihn, um zu entscheiden, ob er zugänglich war. Verglichen mit den höflichen malaysischen Studenten hatte er keinen Anstand. Er nuschelte und hing in der Bank und zeigte keinen Respekt vor den Dozenten. Er sprach mit ihnen, als ob sie seinesgleichen wären. Und er alberte herum. Wenn er ein Blatt in den Papierkorb werfen wollte, zerknüllte er es und zielte mit dem Ball von seinem Platz auf den Korb. Verfehlte er ihn, so brummelte er nur. Sie fand ihn unreif. Trotzdem war er im Kurs der einzige Überflieger.

Die Hochglanzbroschüre für ausländische Studierende hatte ihnen die »berühmte britische Zurückhaltung« erklärt und durchblicken lassen, sie könnten noch dankbar sein, weiter südlich sei es schlimmer und man sei weniger »gastfreundlich«. In der Cafeteria, wenn sie mit Asafa und den anderen Kaffee trank, sah das Bild des »gastfreundlichen Schottland« dann allerdings anders aus. Badr, der Malaysier, blinzelte Tränen weg und flüsterte: »Gestern hat man uns die Fenster eingeschmissen; jetzt hat meine Frau Angst davor auszugehen.«

»Diebe?«, fragte Schadia, und ihre Augen waren am weitesten aufgerissen.

»Rassisten«, sagte die junge Türkin mit dem kessen Lippenstift, und die Worte tropften wie Silber aus ihrem Mund und wie Eis.

Weisheiten von Asafa, die in ihr versammeltes Schweigen fielen: »Diese Leute denken, ihnen gehört die Welt ...«, und um sie herum die Aura des toten nigerianischen Studenten. Sie schämten sich für ihren unbekannten Bruder. Er hatte nachgegeben, war eingebrochen. In der Cafeteria setzte sich Bryan nie zu ihnen. Und sie setzten sich nie zu ihm. Er sass allein da und las manchmal das Lokalblatt. Wenn Schadia an ihm vorüberging, lächelte er nicht. »Diese Leute sind sonderbar ... Einmal grüssen sie dich und dann wieder nicht ...«

Eines Freitagnachmittags, als nach den »Linearen Modellen« allgemeiner Aufbruch herrschte, nahm sie ihren Mut zusammen und sprach Bryan an. Er hatte Pickel auf Kinn und Stirn, war grösser als sie und rastlos, als hätte er es eilig, woandershin zu gehen. Er legte seinen Taschenrechner ins Etui zurück und steckte seinen Kugelschreiber ein. Sie fragte ihn nach seinen Notizen, und in seinen blauen Augen hinter der Brille war eine Leere, die sie noch nie gesehen hatte. Was sollte dieses

Erstaunen? Hielt er sie etwa für ein Insekt? War er verblüfft, dass sie sprechen konnte?

Seine Antwort war bloss ein Gemurmel, aneinandergereihte Wörter – so gross war seine Bestürzung. Mit dem Fuss stiess er seinen Stuhl wieder unter den Tisch.

»Wie bitte?«

Er sprach langsamer und Wort für Wort: »Ich bringe sie dir am Montag mit.«

»Danke.« Sie sprach ja besser Englisch als er! Wie erbärmlich. Alles an ihm war erbärmlich. Tag für Tag trug er dasselbe Hemd: grau-weiss gestreift.

An den Wochenenden verliess Schadia das Wohnheim nie, und wenn sie kein Ferngespräch von zu Hause bekam, sprach sie auch mit niemandem. Da blieb Zeit genug, um an die Donnerstagabende in Khartum zu denken, an eine Hochzeitsfeier, die sie mit Farid in seinem roten Mercedes besucht hatte. Oder an den Klub, in den sie mit ihren Schwestern gegangen war. Dann hatten sie am Pool gesessen und Limonade mit Eis getrunken, inmitten weissgekleideter Kellner. Manche Gäste gingen nachts schwimmen und tauchten ins Wasser ein, das so dunkel war wie der Himmel droben. Hier, am landesüblichen Wochenende von Samstag und Sonntag, wusch sich Schadia das Haar und ihre Kleider. Sie war unzufrieden mit ihrem Haar. Es kräuselte sich vom feuchten Wetter wieder, kaum hatte sie es mit der Brennschere glattgezogen. Unterdessen hatte sie aufgegeben und trug es die ganze Zeit im Knoten, straff vom Gesicht zurückgekämmt und die Locken mit Nadeln und Vaseline-Tonic gebändigt. Diese Frisur gefiel ihr eigentlich nicht, dieses gewellte Haar, und ihre Augen wirkten im Spiegel zu gross. Im Spiegel der öffentlichen Toilette am Ende des Flurs las sie: »Das ist das Gesicht einer HIV-Kranken.« Sie hatte ihrer Schwester von diesem Spiegel geschrieben, er war fremd und exotisch wie der Hagel und Autos, die auf der linken Strassenseite fuhren. Aber nicht geschrieben hatte sie, dass ihr bei einem Blick in den Spiegel war, als hätte sie ihr Aussehen in Khartum zurückgelassen.

An den Wochenenden erstellte sie eine Liste ihrer Ausgaben, die sich auf so viel Pfund Sterling beliefen, dass man in der Heimat eine Familie damit hätte ernähren können. Und nach all diesen Auslagen würde sie ihre Prüfungen vielleicht doch nicht bestehen und müsste mit leeren Händen nach Hause zurückkehren, ohne Abschluss. Die Schuld war so kalt wie der Nebel in dieser Stadt. Er kam von überall her. Eines Tages vergass sie das Morgengebet. Sie war schon an der Bushaltestelle, als es ihr einfiel. Der Morgen verlief albtraumhaft wie manche Nächte, in denen sie träumte, sie sei splitternackt auf die Strasse hinausgetreten.

Am Abend, als sie sich über mehrdimensionale Skalierung beugte, klingelte das Telefon im Flur. Sie eilte hinaus an den Apparat. Farids muntere Begrüssung: »Hör mal, Schadia, Mama und die Mädchen möchten mit dir reden.« Liebe Worte von seiner Mutter: »Man hört, es sei so kalt bei dir ...«

Schadia war mit Farid verlobt. Farid war ein Gesamtpaket, das man mitsamt 7Up-Lizenz, Papierfabrik, dem

Anwesen, das er baute, mit seinen Schwestern und der verwitweten Mutter erwarb. Schadia würde sie alle heiraten. Sie würde glücklich sein und ihre Mutter glücklich machen. Ihre Mutter verdiente Glück nach dem vielen Pech in ihrem Leben. Ein Ehemann, der sie wegen einer anderen Frau verlassen hatte. Sechs Mädchen, die sie grossziehen, ausbilden und verheiraten sollte. Man bemitleidete ihre Mutter. Aber Gott sei gepriesen: Ein Mädchen war hübscher als das andere, fanden viele. Und klug waren sie auch: Zahnärztin, Apothekerin, Architektin – und alle mit vorzüglichen Manieren.

»Wir haben gerade das Haus besichtigt«, fuhr Farid fort. »Es macht Fortschritte, jetzt werden schon die Fliesen gelegt ...«

»Wunderbar, wunderbar« – ihre Stimme klang rau, weil sie den ganzen Tag mit niemandem geredet hatte.

»... die Badezimmergarnituren. Wenn ich sie für uns und die Mädchen und Mama alle in derselben Farbe nehme, kriege ich sie mit Rabatt. Blau, den Mädchen gefällt Blau am besten«, hallte seine Stimme zwischen den Kontinenten wider. Über Meilen um Meilen.

»Blau ist hübsch. Ja, nimm sie doch alle in derselben Farbe.« Er baute einen Wohnblock, kein Haus. Das Erdgeschoss war für seine Mutter und die Mädchen gedacht, bis sie heirateten, und im ersten Stock würde er mit Schadia wohnen. Die Wohnungen der Mädchen in den beiden obersten Stockwerken würden vorerst vermietet.

Als Schadia sich mit Farid verlobt hatte, war er der Sohn eines reichen Mannes, der Franchisenehmer für

7Up war und eine Papierfabrik besass, die ein Monopol auf Hygienebinden hatte. Farids Schwestern mussten nie welche kaufen, und überall im Haus standen Pinky-Schachteln direkt aus der Fabrik herum. Aber dann erlitt Farids Vater plötzlich einen Herzschlag, kurz nach der opulenten Verlobungsparty im Hilton. Und nun würde Schadia sogar den reichen Mann persönlich heiraten. »Was hast du für ein Glück«, sagte ihre Mutter, und Schadia rieb sich Seife in die Augen, damit Farid denken sollte, sie habe um seinen Vater geweint.

Es gab keinen Moment, in dem sie am Telefon über ihr Studium hätte sprechen können, und keinen Raum für ihre Ängste. Farid interessierte sich nicht für ihr Studium. »Es ist sehr grosszügig von mir, dass ich dich im Ausland studieren lasse«, hatte er bloss gesagt. »Andere Männer hätten das nicht geduldet …« Es war ihre Mutter gewesen, die unbedingt wollte, dass sie studiere, einen höheren Abschluss in Grossbritannien erwarb und dann nach der Heirat berufstätig war. »So verschaffst du dir bei deinen Schwiegereltern Respekt«, hatte ihre Mutter gesagt. »Sie haben zwar Geld, aber du wirst einen Abschluss haben. Es soll dir nicht gehen wie mir. Ich habe abgebrochen, um deinen Vater zu heiraten, und jetzt …«

Viele Gespräche endeten schmerzlich, indem ihre Mutter sagte: »Niemand leidet wie ich«, und Schadia liess den Kopf hängen. Nachts schluchzte die Mutter im Schlaf, und Schadia und ihre Schwestern erwachten davon.

Nein, für ihre Sorgen war während des Ferngesprächs kein Platz. Lieber über das schottische Wetter reden.

Und sich Farid vorstellen, wie er üppig transpirierte und sein Bauch auf die Hemdknöpfe drückte. Sie hatte ihm wegen seines Übergewichts schon oft erfolglos in den Ohren gelegen. Aber seine Mutter kochte einfach zu gut – auch beide Schwestern waren zu schwer. Über die Fernleitung hörte sie dem neuesten Klatsch aus Khartum zu wie einem Hörspiel im Radio.

Am Montag schob ihr Bryan wortlos zwei Ordner über den Tisch zu, als ob er ihr nicht nahekommen und nicht mit ihr reden wollte. Am liebsten hätte sie gesagt: »Ich nehme sie erst, wenn du sie mir anständig überreichst.« Doch trotz der Kränkung sagte sie nur: »Vielen Dank.« Schliesslich hatte sie Manieren. Und war wohlerzogen.

Wieder auf ihrem Zimmer und an ihrem Schreibtisch, entdeckte sie die klarste Handschrift, die sie je gesehen hatte. Sparsam beschriebene, saubere Blätter. Eine deutliche, runde Kinderschrift: die perfekten Notizen. Sie brach in Tränen aus darüber und weinte grundlos. Sie weinte, bis eine Träne auf eine Seite tropfte, die Tinte verschmierte und eine Formel verwischte. Mit einem Taschentuch tupfte sie sie trocken, aber das Papier löste sich auf und wurde durchscheinend. Sollte sie sich wegen des Flecks entschuldigen? Und sagen, sie habe Wasser verschüttet, es habe auf das Blatt geregnet? Oder sollte sie lieber schweigen und hoffen, ihm würde nichts auffallen? Sie tadelte sich wegen dieser Bedenken. Ihm machte es ja auch nichts aus, jeden Tag dasselbe Hemd zu tragen. Sie verschwendete ihre Gedanken an ihn. Er war nur ein unreifer, verschlossener Junge. Wahrscheinlich kam er aus einer Kleinstadt, und seine Eltern waren vermutlich arm, aus der Unterschicht. In Khartum verkehrte sie nie mit solchen Leuten. Ihre Mutter wollte, dass sie sich nach oben orientierte. Wie sonst sollten sie und ihre Schwestern eine gute Partie machen? Sie musste jetzt die Notizen studieren und durfte der Schrift des Jungen keine Träne mehr nachweinen. Seine Handschrift hatte schliesslich nichts mit ihr zu tun, rein gar nichts.

Verstehen, nachdem man erst nichts verstanden hat, ist wie sich lichtender Nebel, wie ein Bild, das man auf einmal scharf sieht, und wie fehlende Teilchen endlich am richtigen Ort. Bruchstücke fügen sich zu einem lebendigen Ganzen, zu einem Fundament, auf dem sich aufbauen lässt. Seine Notizen gaben ihr das benötigte Wissen und stopften die Lücken. Sie kämpfte sich hindurch, überflog sie nicht einfach mit achtlosem Unverständnis, sondern nahm sie auf und machte sie sich zu eigen, bis sie in den späten Nachtstunden so darin versunken war, dass sie jedes Gefühl für Zeit und Raum verlor, und als sie schliesslich einschlief, zu Epsilon und Gamma wurde und zu einer Variablen, die im diskreten Raum vom Zustand i zum Zustand j wechselte.

Es fühlte sich natürlich an, mit ihm zu sprechen. Als ob sie ihn nun, da sie Stunden und Tage mit seiner Handschrift verbracht hatte, irgendwie kennen würde. Sie vergass ihren Groll, dass er ihr seine Ordner einfach so über den Tisch zugeschoben hatte, und all die grusslosen Begegnungen.

Im Computerraum, als die Übung zu den Statistikpaketen aus war, trat sie zu ihm und sagte: »Danke für die Notizen. Sie sind wirklich gut. Vielleicht falle ich doch nicht durch. Vielleicht habe ich doch noch eine Chance zu bestehen.« Ihre Augen waren gereizt von all den durchwachten Nächten. Sie war müde und dankbar.

Er nickte, und sie unterhielten sich ein wenig über die Poisson-Verteilung und die Warteschlangentheorie. Alles war klar in seinem Kopf, sein Gehirn war eine durchsichtige Glasscheibe, auf der alle Begriffe sauber und deutlich dastanden. Heute schien ihm wohler dabei zu sein, mit ihr zu reden, obwohl er immer noch von einem Fuss auf den anderen trat und ihren Blick mied.

»Trinken wir einen Kaffee?«, sagte er.

Sie blickte zu ihm auf. Er war gross, und sie war es nicht gewohnt, mit Blauäugigen zu sprechen. Dann machte sie einen Fehler. Vielleicht weil sie letzte Nacht so lange aufgeblieben war. Und vielleicht gab es auch andere Gründe dafür: für den Fehler, von einer Ebene zur anderen zu wechseln.

»Ich mag deinen Ohrring nicht«, sagte sie.

Der Ausdruck in seinen Augen war neu: nicht mehr ausweichend, sondern fokussiert. Er griff sich mit der Hand ans Ohr und zerrte den Ring ab. Sein Ohrläppchen war rot und wund ohne den Silberschmuck.

Sie kicherte ängstlich, weil er nicht lächelte und gar nichts sagte. Sie schlug die Hand vor den Mund und fuhr sich dann über Stirn und Augen. Das war schiefgelaufen, und es war zu spät, um den Fehler wiedergutzumachen. Unbekümmert und verwegen trat sie die Flucht nach vorn an: »Ich mag dein langes Haar nicht.« Er wandte sich ab und lief davon.

Am nächsten Morgen kam sie zu den »Multivariaten Verfahren« zu spät, aufgelöst vom Laufen im Regen. Der Professor, dessen Namen sie nicht mit Bestimmtheit wusste (drei von ihnen hiessen McIrgendwas), lächelte ungerührt. Alle Dozenten in ihren Tweedjacketts und blankgeputzten Schuhen waren entspannt und umgänglich. Manchmal fragte sie sich, wie der fahrige Bryan, wenn er tatsächlich eine akademische Laufbahn einschlug, sich in einen solchen Professor verwandeln sollte. Aber es ging sie ja nichts an.

Wie die meisten Mitstudenten sass sie in jeder Vorlesung auf demselben Platz. Bryan sass eine Reihe vor ihr, und darum sah sie immer sein Haar. Aber er hatte es geschnitten – da war kein Pferdeschwanz heute! Bloss sein Nacken und der Kragen des grau-weiss gestreiften Hemds.

Man musste sich Notizen machen. *In der Diskriminanzanalyse dient eine lineare Kombination von Variablen als Grundlage, um die einzelnen Fälle Gruppen zuordnen zu können ...*

Es gab da in ihr mehrere Schichten. Irgendwo tief drinnen unter dem Lack der Eitelkeit, im unversehrten Kern, war ihr siedend heiss vor Scham, und sie dachte, das ist nur für mich, er hat sich das Haar für mich schneiden lassen. Aber es gab noch andere, frivolere und oberflächlichere Schichten. Voll Gekicher und dem

Wunsch anzugeben. Weisst du was? Du kannst dir nicht vorstellen, was dieser Idiot getan hat!

Berechnen Sie einen gewichteten Mittelwert der Variablen ... Die Gewichte werden so geschätzt, dass die Gruppen sich möglichst gut trennen lassen.

Nach dem Unterricht kam er herüber und sagte todernst, ohne ein Lächeln: »Meine Haare sind ab.«

Ein Teil von ihr lachte innerlich und hätte am liebsten losgeprustet, du dummer Junge, dummer Junge, du, als ob ich das nicht sehen würde!

Sie sagte: »Sieht gut aus.« Das war das Falsche, und sie spürte, dass ihr Gesicht glühte, und zwang sich zum Wegschauen, damit sie seine Reaktion nicht mitbekam. Aber es stimmte, er sah gut aus so und anständig.

Als sie ihre Kaffeetassen in der Hand hielten und sich nach einem freien Tisch umsahen, hätte sie zu Bryan gleich sagen sollen: »Komm, wir setzen uns zu Asafa und den andern.« Aber ein Fehler folgt auf den nächsten. Am anderen Ende der Cafeteria sah die Türkin sie zusammen und zog ihre perfekten Brauen hoch; Badr begegnete Schadias Augen und wandte hastig den Blick ab. Schadia sah Bryan an, und er war anders, ganz anders ohne den Ohrring und den Pferdeschwanz, irgendwie verwandelt. Ein wenig Zitronensaft auf die Pickel ... aber es ging sie ja nichts an. Vielleicht sahen die Jungs, die Badrs Fenster einschlugen, Bryan ja ähnlich, nur mit grimmigeren Augen und ohne Brille. Sie musste ihn von sich wegstossen. Sie musste ihn dazu bringen, sie zu verabscheuen.

Er fragte sie, woher sie komme, und als sie antwortete, sagte er: »Wo ist das?«

»In Afrika«, höhnte sie. »Weisst du, wo das ist?«

Seine Nase und seine Wangen unter dem Brillenrand wurden rot.

Gut, dachte sie, gut. Jetzt wird er mich in Ruhe lassen.

»Ich weiss schon, dass der Sudan in Afrika ist«, sagte er. »Wo genau, wollte ich wissen.«

»Im Nordosten, südlich von Ägypten. Und wo kommst du her?«

»Aus Peterhead. Nördlich von hier. Am Meer.«

Kaum zu glauben, dass es nördlich von Aberdeen noch etwas gab. Es kam ihr vor, als seien sie schon in der nördlichsten Ecke der Welt. Dass man sich unter seinem »am Meer« kein Sonnenbaden und keine Sandstrände vorstellen durfte, wusste sie bereits. Schon eher konnte man an wolkenverhangene Himmel denken und bleiche, mürrische Leute, die an einer Felsenküste schlotterten.

»Und dein Vater arbeitet in Peterhead?«

»*Aye.*«[11]

Da war sie mit dem properen Englisch des BBC World Service aufgewachsen und kam nach Grossbritannien, wo manche Leute für »ja« dasselbe Wort benutzten wie auf Arabisch.

»Was ist er denn von Beruf, dein Vater?«

Erstaunen lag in seinem Gesicht und in seinen blauen Augen. »Mein Dad ist Schreiner.«

Solche Leute heuerte Farid für die Arbeit am Haus an. Und kommandierte sie herum.

»Und deine Mutter?«, fragte sie.

Er zögerte ein wenig und rührte mit einem Plastiklöffel in seinem Kaffee. »Sie ist Verkehrshelferin.«

Schadia grinste in ihren Kaffee und nahm ein Schlückchen.

»Mein Vater ist Arzt, Facharzt«, sagte sie stolz.

Ihr Vater war Gynäkologe. Und die Frau, die er geheiratet hatte, war eine seiner Patientinnen gewesen. Schadias Freunde hatten immer Witze über die Tätigkeit ihres Vaters gerissen, schmutzige Zoten, die sie zum Lachen brachten. Das war jetzt alles so schäbig.

»Und meine Mutter«, übertrieb sie etwas, »stammt aus einer sehr bedeutenden Familie. Einer Herrscherfamilie. Wenn ihr Briten uns nicht kolonialisiert hättet, wäre meine Mutter jetzt eine Prinzessin.«

»Du hast den Gang einer Prinzessin«, sagte er.

Was für ein einfältiger, dummer Junge! Sie fuhr sich mit der Hand über die Stirn und sagte: »Du findest mich also eingebildet und stolz?«

»*Noo,* das hab ich nich gemeint, gar nich …« Der Zuckerbeutel, den er aufriss, fiel ihm aus der Hand, und sein Inhalt rieselte über den Tisch. »*Ah shit … sorry …*« Er wollte den Zucker auflöffeln, stiess dabei gegen seine Tasse und verschüttete etwas Kaffee.

Sie kramte nach einem Taschentuch, beugte sich vor und saugte den Fleck auf. Mit dem feuchten Tuch liessen sich die Zuckerkörner leicht aufsammeln.

»Danke«, murmelte er, und sie schwiegen. In der Cafeteria war viel los, Gesprächsfetzen summten und brummten durcheinander, Tabletts und Teller klapperten. In Khartum war sie ungern mit Farid allein. Sie zog es vor, wenn sie mit anderen zusammen waren, mit ihren Familien oder ihren vielen gemeinsamen Freunden. Wenn sie je trotzdem allein waren, stellte sie sich vor, ihre Mutter sei da und könne sie hören, und sprach mit Farid mit diesem Publikum im Kopf.

Bryan redete mit ihr und sagte etwas von Rudern auf dem Dee. Er war in einem Verein und ging an den Wochenenden rudern.

Schadia war geübt darin, sich den Leuten angenehm zu machen. Es war keine Kunst, ihnen zu gefallen. Zustimmen, das Gespräch nie an sich reissen und mit der Wahrheit geizen. Aber hier war einer, bei dem man all diese Regeln gar nicht zu befolgen brauchte. Sie sagte zu ihm: »Der Nil ist viel gewaltiger als der Dee. Ich habe deinen Dee gesehen, der ist ja gar nichts, nur ein besserer Bach. Es gibt zwei Flüsse namens Nil, den Blauen und den Weissen, benannt nach ihrer Farbe. Sie kommen aus dem Süden, aus zwei verschiedenen Gegenden. Sie fliessen meilenweit, durch Länder mit unterschiedlichen Namen, und wissen nicht, dass sie sich einmal begegnen werden. Ich denke, sie werden es müde, alleine dahinzuziehen, es ist doch so weit bis ans Meer. Sie wollen ans Meer, damit sie ausruhen und ihren Lauf beenden können. In Khartum gibt es eine Brücke, und unter dieser Brücke treffen die zwei Ströme aufeinander, und wenn man auf der Brücke steht und hinunterschaut, sieht man, wie die beiden Wasser ineinanderfliessen.«

»Hast du manchmal Heimweh?«, fragte er, und jetzt fühlte sie sich erschöpft von all dem Gerede von einem

Fluss, der sich ausruhen will im Meer. Sie hatte noch nie so gesprochen.

»Dinge, die ich vermissen sollte, vermisse ich nicht. Dafür vermisse ich andere, von denen ich nicht gedacht hätte, dass ich sie vermissen würde. Den Adhan zum Beispiel, den muslimischen Gebetsruf von der Moschee, ich weiss nicht, ob du den kennst. Den vermisse ich. Er weckte mich immer im Morgengrauen. ›Beten ist besser als schlafen‹, hörte ich und schlief trotzdem weiter – ich stand nie auf, um zu beten.« Sie senkte den Blick auf ihre Hände auf dem Tisch. Das Geständnis brachte ihr keine Erleichterung, und es blieb nichts als sein naives Lächeln, mit einer Art Verwunderung in den Augen.

»Wir haben den Islam in der Schule gehabt«, sagte er. »Ich hab 'ne Reise nach Mekka gemacht.« Er legte seine Handflächen auf den Tisch.

»Was!«

»In einem Buch.«

»Oh.«

Der Kaffee war ausgetrunken. Sie sollten jetzt aufbrechen. Sie sollte noch in die Bibliothek gehen vor der nächsten Vorlesung und Prüfungen aus Vorjahren kopieren. Asafa, der sich immer so sehr bemühte, hatte ihr gezeigt, wo diese zu finden waren.

»Was ist deine Religion?«, fragte sie.

»Weiss nich, hab wohl keine.«

»Das ist ja furchtbar! Wirklich ganz furchtbar!« Ihre Stimme klang allzu laut und allzu betroffen.

Er wurde wieder rot und schlug mit dem Löffel gegen die leere Tasse.

Schluss mit aller Höflichkeit, er sollte sie ruhig verabscheuen. Schon bevor man ihm die Fenster einschlug, hatte Badr gesagt, dass man hier im Westen den Islam hasse. Sie stand auf, um zu gehen, und sagte schnippisch: »Warum wirst du dann nicht Muslim?«

Er zuckte die Achseln. »Ich hätt ja gar nix dagegen, nach Mekka zu fahren; ich hab dieses Buch gemocht.«

Ihre Augen füllten sich mit Tränen. Sie liessen sein Gesicht verschwimmen, als er sich erhob. Da hasste man den Islam im Westen, und er ... »Danke für den Kaffee«, sagte sie und ging. Er folgte ihr.

»Schadija, Schadija« – er sprach ihren Namen falsch aus, auf drei Silben statt zwei –, »es gibt da doch dieses Afrikamuseum. Ich bin noch nie da gewesen. Wenn du mitkommen möchtest morgen ...«

Wer sich schuldig gemacht hat, findet weder Schlaf noch Ruhe. Sie hätte nein sagen sollen, nein, ich kann nicht gehen, ich muss zu viel nacharbeiten. Die Schuldigen finden keinen Schlaf, Erinnerungen aus einem anderen Kontinent steigen auf. Die neue Frau ihres Vaters, glücklicher als ihre Mutter, weniger sorgenvoll. Wenn Schadia zu Besuch kommt, bietet sie Obst in einer Glasschale an, eisgekühlte Orangen und Guaven, eine Wohltat bei der Hitze. Schadias Vater hatte keine Scheidung gewollt, hatte die Familie nicht verlassen wollen – er wollte zwei Ehefrauen, keine Scheidung. Aber ihre Mutter war zu stolz, sie kam aus einer einst vermögenden Familie, die einen »Namen« hatte. Über die neue Frau sagt ihre Mutter, sie sei ein »Luder«, eine »Hure«, »Abschaum«, »ein Niemand«.

Morgen brauchte sie ja nicht im Museum aufzutauchen, auch wenn sie zugesagt hatte. Sie hätte Bryan sagen sollen, dass sie verlobt war, es beiläufig erwähnen. Was erwartete er von ihr? Europäer hatten andere Regeln und schroffere, harsche Sitten. Wenn Farid das wüsste ... und ihre verborgenen Gedanken kennen würde, wie Schlangen ... Vielleicht war sie eine Verräterin, wie ihr Vater. Ihre Mutter fand ihren Vater doch falsch. Manchmal war auch Schadia falsch. Sass sie mit Farid im Auto, sagte sie manchmal berechnend: »Ich muss Essen einkaufen, wir brauchen Nachschub zu Hause.« Im Geschäft bezahlte er dann alle Einkäufe, und sie sagte: »Nein, das ist doch nicht nötig, du bist allzu grosszügig, das macht mich verlegen.« Mit dem gesparten Geld kaufte sie dann eine Bluse für ihre Mutter, Nagellack für ihre Mutter, eine Zeitschrift und importierte Äpfel.

Es war sonderbar, von ihrem Schreibtisch aufzustehen, ihr Zimmer abzuschliessen und an einem Samstag auszugehen. Im Flur klingelte das Telefon. Es war Farid. Wenn er wüsste, wohin sie gerade gehen wollte ... Die Schuld war wie ein hartgekochtes Ei, das ihr in der Kehle stecken blieb. Wie ein kalter Eierkloss.

»Schadia, ich möchte, dass du einige Einrichtungsgegenstände für die Badezimmer besorgst. Wasserhähne und Handtuchhalter. Ich schicke dir eine genaue Liste von dem, was ich will, und das Geld ...«

»Ich kann nicht, ich kann nicht.«

»Was soll das heissen, du kannst nicht? Du brauchst nur in ein beliebiges grosses Warenhaus zu gehen ...«

»Ich kann nicht. Ich wüsste ja nicht, wohin mit diesen Dingern und wie ich sie schicken soll.«

Es knackte in der Leitung, und sie konnte ein Flüstern hören, Farid schien leicht irritiert. Er war wohl um diese Tageszeit an der Arbeit, und Glasflaschen füllten sich mit hellem Sprudel, »7Up« stand auf Englisch und Arabisch darauf, in weissen Lettern auf dem dunklen Grün.

»Du kannst gediegene Sachen besorgen, Sachen, die es hier nicht gibt. Gold wäre gut. Es würde passen...«

Gold. Goldene Toilettensitze!

»Man kommt doch schon in die Hölle, wenn man aus goldenen Schüsseln isst, und du willst auf Gold sitzen!«

Er lachte. Er war es gewohnt, seinen Willen durchzusetzen, und fühlte sich nicht so leicht bedroht. »Soll das ein Scherz sein?«

»Nein.«

Seine Stimme wurde ruhiger: »Dieser Anruf kostet...«

Jaja, sie wusste schon. Er hätte sie eben nicht ziehen lassen sollen. Sie war alldem nicht gewachsen, sie kam mit der Belastung nicht klar. Wie dieser Student aus Nigeria.

»Schadia, goldfarben, kein echtes Gold. Das liegt im Trend.«

»Allah wird uns bestrafen dafür; es ist nicht richtig...«

»Seit wann bist du so religiös geworden?«

Bryan wartete auf sie auf der Museumstreppe, eine vertraute Gestalt vor dem seltsamen Grau der Stadt mit ihren Strassen, auf denen mitten am Nachmittag die Autoscheinwerfer leuchteten. Er trug ein frisches Hemd und ein marineblaues Jackett. Ohne sie anzuschauen, sagte er: »Ich hab schon langsam gedacht, du kommst nicht mehr.«

Das Museum kostete keinen Eintritt, es war niemand am Einlass, der ihnen Tickets aushändigte. Bryan und Schadia gingen auf weichen Teppichen, dicken blauen Teppichen, so dass Schadia am liebsten die Schuhe ausgezogen hätte. Als Erstes sahen sie einen Schotten aus der Viktorianischen Zeit. Er sass auf einem Stuhl, umgeben von Besitztümern aus Afrika, überquellenden Truhen, und eine alte Landkarte lag wie zufällig auf dem Boden der Glasvitrine. Alles Licht im Raum kam von diesem und anderen Glasschränken und schimmerte auf dem Wachs. Schadia wandte sich ab; das lebensecht strähnige Haar, sein entschlossener Blick und seine Pose wirkten abstossend. Ein Held, der einst ausgezogen und wiedergekehrt war, mit geraubten Schätzen beladen und bereit zum Rapport.

Bryan begann jede Vitrine gewissenhaft zu mustern und las die Tafeln an den Wänden. Sie folgte ihm und fand ihn fleissig, aufmerksam und fleissig, darum bekam er so gute Noten. Sie beobachtete den konzentrierten Blick, mit dem er alles betrachtete. Sie musste sich anstrengen, um die Tafeln zu lesen, und fand es schwierig, den Inhalt aufzunehmen. Sie hatte schon so lange nichts mehr gelesen, was nicht zu den Anforderungen des Studiums gehörte. Aber sie gab nicht auf, sie murmelte die Worte vor sich hin und bewegte dazu die Lippen ... *Während des achtzehnten und neunzehnten Jahrhunderts leistete der Nordosten Schottlands einen unverhältnismässig grossen Beitrag an die Welt, indem er so viele fähige und engagierte Persönlichkeiten hervorbrachte ... Im Dienste des Empire gaben sie und empfingen, veränderten andere und wurden selbst verändert und kehrten oft mit handfesten Erinnerungen an ihre Erfahrungen zurück.*

Die handfesten Erinnerungen waren hier ausgestellt und trotzten den Jahren. Ihre Augen flogen über die von Zeit und Ort losgelösten Objekte. Eisen und Kupfer, kleine Statuen. Nichts hatte mit ihr zu tun, mit ihrem Leben daheim und all dem, was sie vermisste. Hier herrschten Europas Sicht und seine Klischees über Afrika: kalt und alt.

Sie hatte das matte Licht und das gedämpfte Schweigen nicht erwartet. Ausser Schadia und Bryan waren da nur noch ein Mann mit einer Mappe und eine Dame, die sich Notizen machte. Möglich, dass es noch andere gab, im zweiten Stock, ausser Sichtweite. Eine elektrische Einrichtung, die Heizung oder die Beleuchtung, brummte wie eine Klimaanlage. Dadurch fühlte sich Schadia wie in einem Flugzeug ohne Fenster, abgesondert von der Welt da draussen.

»Der sieht dir ähnlich, findest du nicht?«, sagte sie zu Bryan. Sie standen vor dem Porträt eines Soldaten, der im ersten Jahr dieses Jahrhunderts gestorben war. Die Ähnlichkeit lag an der Farbe von Augen und Haar. Aber Bryan gab keine Antwort, stimmte ihr nicht zu.

Er war in die Bildlegende vertieft. Als sie einen zweiten Blick auf das Porträt warf, erkannte sie ihren Irrtum. Diese Kraft in den Augen, Entschlossenheit, ging Bryan ab. Ja, in jenen fernen Tagen hatte man einen starken Glauben gehabt.

Lebensgeschichten von Entdeckern, die in Edinburgh unterrichtet worden waren. Sie wussten, was sie nach Afrika bringen wollten: das Christentum, Handel, Zivilisation. Und sie wussten, was sie mitnehmen wollten: Baumwolle, gewässert vom Sambesi und vom Blauen Nil. Sie trottete hinter Bryan her, spürte seine Aufmerksamkeit und sein Interesse an dem, was ihm vor Augen war, und dachte, wir würden nicht gut rüberkommen zusammen auf einem Foto.

Sie berührte das Glas einer Vitrine mit Papyrusrollen und Kupfertöpfen. Sie presste Stirn und Nase gegen das kühle Glas. Käme sie in die Vitrine hinein, würde sie kein gutes Ausstellungsstück abgeben. Sie war fehl am Platz: zu modern und zu viel Mathematik im Kopf.

Nur der Teppich in seinem Petrolblau gefiel ihr. Sie war in dieses Museum gekommen, weil sie Sonne und Fotos vom Nil erwartet hatte, eine Linderung ihres Heimwehs, eine Botschaft, einen Trost. Aber die Botschaften waren nicht für sie bestimmt oder für ihresgleichen. Ein Brief aus Westafrika von 1762 ging von einem Angestellten an seinen Arbeitgeber in Schottland. Der Angestellte tauschte europäische Waren gegen afrikanische Schätze. *Es war sehr schwierig, mich den Eingeborenen verständlich zu machen, selbst mit Hilfe eines Dolmetschers, weil man sie so selten danach fragt, aber sie versprachen alle, etwas zu bringen, und strahlten mich an und sagten, ich sei ein guter Mann, weil ich ihr Land so liebte ...*

Weil ich mein Land so liebe. Sie sollte nicht hier sein; hier gab es nichts für sie. Sie wollte Minarette sehen und schwankende Boote auf dem Nil und Menschen. Menschen wie ihren Vater. Oft hatte sie im Wartezimmer seiner Klinik gesessen, inmitten der Schwangeren, mit einem Ziehen im Herzen, weil sie ihn in ein paar Minuten sehen würde. Sein Zimmer, die Klimaanlage, der Geruch seiner Pfeife, sein weisser Mantel. Wenn sie ihn umarmte, roch er nach Listerine-Mundspülung. Er wusste nie, wie alt sie war oder was sie studierte. Sechs Töchter, wie konnte er da auf dem Laufenden bleiben? Seine Konfusion bedeutete Freiheit für sie, viele Spielchen und Neckereien. Sie besuchte seine Klinik heimlich und schwindelte ihrer Mutter etwas vor. Sie liebte ihn mehr als ihre Mutter. Ihre Mutter, die alles für sie tat, ihr Zimmer aufräumte und ihr Kleider aus dem *Burda*-Magazin nähte. Schadia war fünfundzwanzig, und immer noch wusch ihre Mutter all ihre Sachen von Hand, selbst ihre Schlüpfer und BHs.

»Ich weiss, warum sie gegangen sind«, sagte Bryan. »Ich kann ihre Reiselust verstehen.« Endlich redete er. Sie hatte ihn noch nie so leidenschaftlich gesehen. Er sprach mit leiser Stimme: »Sie mussten weggehen, fort von hier ...«

»Um dem scheusslichen Wetter zu entkommen ...« Sie machte sich lustig über ihn. Sie wollte ihn herabsetzen. Die Imperialisten, die ihre Geschichte befleckt hatten, waren in seinen Augen Helden.

Er sah sie an. »Um zu entkommen …«, wiederholte er.

»Sie gingen aus Eigennutz«, sagte sie. »Die Leute gehen doch, weil es ihnen auf irgendeine Weise nützt …«

»Ich will auch weggehen«, sagte er.

Sie erinnerte sich, wie er die Handflächen auf den Tisch gelegt und gesagt hatte: »Ich habe eine Reise nach Mekka gemacht.« Stolz hatte in seiner Stimme gelegen.

»Ich hätte woandershin gehen sollen zum Studium«, fuhr er fort. »An einen neuen Ort, irgendwo da unten im Süden.«

Er stagnierte, anders als sie. Sie zappelte und kämpfte um ein Papier, auf dem stand, dass man ihr den Master of Science einer britischen Universität verlieh. Für ihn ergab sich dieser Studiengang wie von selbst.

»Komm mit«, sagte er und nahm sie am Arm. Niemand hatte sie berührt, seit sie ihre Mutter zum Abschied umarmt hatte. Seit Monaten schon war sie in diesem Land, und niemand hatte sie berührt.

Sie entzog ihm ihren Arm und lief schnell weg, die Treppe hoch. Die Metallstufen dröhnten unter ihren Füssen. Sie eilte die Treppe hoch ins nächste Stockwerk. Kanonenrohre, eine ganze Reihe Kanonen nahm sie aufs Korn. Sie hatten nur darauf gewartet, sie wegzupusten. Jahrhundertealte schottische Waffen, Feuerkraft im Dienste des Empire.

Silbermündungen, schmutzig grau angelaufen. Sie mussten einst hübsch geglänzt haben, unter einer fernen Sonne. Wenn sie sie jetzt wegpusteten, wohin würde sie fliegen, wo niedersinken? Ein Fenster blickte auf den feindseligen Himmel hinaus. Sie fröstelte trotz der Wolle, die sie trug, trotz all der Kleiderschichten. Die Hölle ist nicht nur ein loderndes Feuer – ein Teil davon besteht aus grimmiger Kälte, grausamem Eis und Schnee. Im schottischen Winter erhascht man einen Blick auf diese verborgene Welt und fühlt ihren Hauch in den Knochen.

Da war eine Bank, und sie setzte sich. Niemand war auf dieser Etage. Sie war allein mit den Zeichnungen von Dschungeltieren und den Worten an der Wand. Denen eines Diplomaten in Äthiopien 1903, Asafas Heimat lange vor Asafas Geburt. *Es fällt schwer, sich etwas Befriedigenderes oder Lohnenderes vorzustellen als eine Löwenhatz. Wir ritten hochgemut zum Lager zurück. Archie hatte ganz recht mit seiner Bemerkung, nun seien wir erstmals seit unserem Aufbruch wirklich in Afrika gewesen – im richtigen Afrika mit seinem Busch, den nur die Wildtiere bewohnen, und seinen Savannen, wo überall Herden von Antilopen grasen, so weit das Auge reicht.*

»Schadija, weine nicht.« Er sprach ihren Namen immer noch falsch aus, weil sie ihm die richtige Aussprache noch nicht beigebracht hatte.

Er setzte sich neben sie auf die Bank, und die verschwommenen Umrisse seines blauen Jacketts hielten die Kanonen und die Antilopenherden, die über die ganze Wand galoppierten, fern. Sie sollte erklären, dass ihr leicht die Tränen kamen und er kein so sorgenvolles Gesicht zu machen brauchte. Seine verlegene Stimme: »Warum weinst du?« Er wusste es nicht, er verstand nicht. Er begriff gar nichts, konnte kein Ersatz sein ...

»Die erzählen Lügen in diesem Museum«, sagte sie. »Glaub ihnen nicht. Es ist ganz verkehrt. Es geht nicht um Buschland und Antilopen, es geht um Menschen. Wir haben auch Dinge wie Computer und Autos. Wir haben 7Up in Afrika, und einige Leute, wenige, haben Badezimmer mit goldenen Wasserhähnen … Ich sollte nicht hier sein mit dir. Du solltest nicht mit mir reden …«

»Museen können sich ändern«, sagte er, »und ich mich auch …«

Er wusste nicht, dass das ein steiler Weg wäre, für den sie nicht die Kraft hatte. Er verstand es nicht. Es gab da so viele Dinge, Jahre und Landschaften, Abgründe. Wäre sie stark gewesen, hätte sie ihm alles erklärt, unermüdlich erklärt. Sie hätte ihm die Fremdsprache geduldig beigebracht mit ihren Buchstaben, die so geschwungen waren wie Epsilon und Gamma, die er aus der Mathematik kannte. Sie hätte ihm gezeigt, wie man Wörter von rechts nach links las. Wäre sie nicht so klein gewesen in diesem Museum, sondern richtig stark, hätte sie ihm zu einer echten Reise nach Mekka verholfen, nicht bloss einer in einem Buch.

Andenken

Sie brachen früh auf, vor Sonnenuntergang. Es war nicht die richtige Zeit für einen Besuch, doch eine lange Fahrt stand bevor, und seine Schwester Manaal sagte, sie würde das Haus des Malers in der Dunkelheit nicht wiedererkennen. Der Wagen glitt aus dem schattigen Einstellplatz in die grelle Nachmittagssonne hinaus, die Strassen waren leer und erinnerten in ihrer Stille an die frühen Morgenstunden.

Seit seiner Ankunft mit dem Flugzeug aus Schottland vor zwei Wochen war Jassir nicht mehr zu dieser Tageszeit ausgegangen. Stattdessen hatte er nach dem Mittagessen in seiner alten Dschallabija Siesta gehalten. Dann lag er auf einem der Betten an den Wänden des Wohnzimmers, spielte mit dem Zahnstocher in seinem Mund und sprach mit Manaal, ohne sie anzuschauen. Sie lag auf dem Bett rechtwinklig zu seinem, die Füsse an seinem Kopf, so dass sie sie hätte ausstrecken und mit den Zehen sein Haar zausen können, wären sie noch Kinder gewesen. Und das Kind Jassir wäre mit seinen Fersen über die weisse Wand gefahren und hätte darauf braune Flecken hinterlassen, für die man ihn dann bestraft hätte. Jetzt unterhielten sie sich zwanglos, sondierten gemeinsame Interessen, erinnerten sich an Vergangenes und liessen sich über Bekannte aus, während der Luftkühler hie und da sanft an den Bettlaken zupfte und die Essensdünste sich verzogen. Dann schwoll das Brummen des Luftkühlers an, beherrschte den Raum und vertrieb ihre Gedanken, so dass sie einnickten und schliefen, bis schon der ganze Garten im Schatten lag.

In dieser Hinsicht hatte sich Jassir mühelos in das Leben von Khartum wiedereingefügt, nach fünf Jahren auf den Bohrinseln der Nordsee, lauten Helikopterflügen zum Dyce Airport[12] und zurück und einer grauen See, so aufgewühlt wie der Himmel. Fünf Jahre lang immer zwei Wochen auf der Insel und zwei Wochen bei Emma in Aberdeen. Dort gab es keine Nachmittagsnickerchen, und hier konnte er sich dennoch hinlegen und wissen, dass die Rhythmen, die der Luftkühler ihm einflüsterte, seinem Herzen bekannt und vertraut waren. Gleich nach seiner Ankunft hatte er den Luftkühler mit frischem Stroh befüllt. Er hatte sich draussen auf eine umgedrehte Pepsi-Kiste gestellt, das schmutzige Lochblech mit einem Schraubenzieher aufgezwängt und das Innere von Spinnweben und viel Staub befreit: von puderigem, frischem Staub und festen Fusseln, die jede Ähnlichkeit mit Sand eingebüsst hatten. Der alte Strohwisch war über die Jahre geschrumpft und dunkel und stachelig geworden, weil er die ganze Zeit dem Wasser ausgesetzt gewesen war. Er ölte die Wasserpumpe und legte den neuen Strohwisch ein. Sein Geruch erfüllte das Haus tagelang, die Luft, die ausgeblasen wurde, war kühler. Dafür hatte ihm seine Mutter gedankt und wie früher dafür gebetet, dass er nur guten Leuten begegnen möge. Es stimmte schon, dass er in seinen Beziehungen stets eine glückliche Hand gehabt hatte und auf Leute traf, die ihn voranbringen konnten. Früher waren das Lehrer gewesen und jetzt sein Boss, seine Kollegen und Emma.

Aber von Emma sprach seine Mutter als »deine Frau – wie heisst sie noch gleich?«. Sie nannte Emmas Namen nie. Er »fiel ihr einfach nicht ein«. Das wäre auch so gewesen, wenn Emma Jane, Alison oder Susan geheissen hätte, wie eine beliebige Frau von »draussen«. Von ausserhalb der Vielzahl von Namen, die seine Mutter kannte und auf die sie ansprach. Das war seine Strafe – nicht mehr und nicht weniger. Er nahm sie an wie der Nomade die Dürrezeiten, die sein Vieh hungern lassen, und wartete ab, wartete, bis der Mangel ausgestanden war und endlich der Regen fiel. Manaal lächelte verlegen, wenn ihre Mutter so redete. Und als hätte die Zeit den Altersunterschied zwischen ihnen ausgelöscht, wagte sie einen leisen Widerspruch. »Lass ihn doch, Mama«, flüsterte sie dann und vermied jeden Blickwechsel in der Befürchtung, dass ihre Worte, statt zu beruhigen, den allseits gefürchteten Ausbruch auslösen könnten. Manaal hatte Emma zwei Jahre zuvor in Aberdeen getroffen. Doch was sie von Emma erzählt und mit welchen Worten sie versucht hatte, die Abneigung zu verscheuchen, in der seine Mutter gefangen war, wusste er nicht.

Für Jassir war Emma Aberdeen. Und Festland nach der See. Das wahre Leben nach den abgezirkelten Umrissen der Bohrinsel. Eine Art Freiheit. Vor Emma war sein Leben an Land unstet gewesen und hatte nie seinen Erwartungen entsprochen. Und es war so wichtig für die Arbeiter auf den Plattformen, dass dieser Landurlaub erfüllend genug war, um für die Plackerei zu entschädigen. Eine Zauberformel war gefragt, ein gewisser Ausgleich, den er nicht fand. Bis er eines Tages wegen zweier Plomben zum Zahnarzt musste und mit vom Procain betäubten Lippen den Namen Emma lallte, der in arabischer Schrift auf dem Goldkettchen um den Hals der Sprechstundenhilfe geschrieben stand.

»Deine Frau – wie heisst sie noch gleich?«, sagte seine Mutter, als wollte sie eine Tatsache unbeholfen wegwischen und beschädigen. Eine Tatsache, eine Geschichte: Drei Jahre zuvor fuhr er Emma zur Entbindungsstation in Foresterhill, mitten in einer dämmerigen Sommernacht, wo sie eine Tochter gebären sollte, die dann erst am Nachmittag des folgenden Tages zur Welt kam. Samia war immer wieder anders, wenn er sie zwei Wochen lang nicht gesehen hatte. Ihr Wachstum war ein Gradmesser für die Zeit wie kein anderer. Zwei Wochen auf der Plattform, dann zwei Wochen mit Emma und Samia und wieder zwei Wochen auf der Plattform; Emma fuhr ihn zum Heliport, die Kleine im Kindersitz im Fond. Eine Tatsache, eine Geschichte. Hier jedoch, wenn Manaals Freunde zu Besuch kamen, manche mit Kleinkindern, manche mit guten Jobs hoch auf der Karriereleiter, hing eine »Schau nur, was du verpasst hast«-Atmosphäre ums Haus. Eine Atmosphäre, die weder ausgelassen noch melancholisch war. Er hatte daraus mit der Ernüchterung, die mit der Wahrheit einhergeht, geschlossen, dass seine Mutter sich vorstellte, er könne Emma und das Kind einfach verlassen und heimkehren, und diese fünf Jahre wären bloss eine Verirrung, eine vergessene Zeit. Er könnte eine von Manaals Freundinnen heiraten, eine, die es nicht störte, dass er schon einmal verheiratet gewesen war und ein Kind zurückgelassen hatte, dort irgendwo in Europa. Eine Braut, die das alles als männliche Erfahrenheit hinnahm. Sie würde »erfahren« mit Nachdruck sagen, wenn sie mit ihren Freundinnen sprach, und dazu verstohlen lächeln.

Die Strassen waren still, und darum waren auch Jassir und Manaal still, als würden sie durch ihr Reden jene stören, die in den Häusern ruhten. Jassir fuhr langsam, Kiesel spritzten unter den Rädern hervor, und er bemühte sich, den Schlaglöchern auszuweichen. Die offenen Fenster liessen den Staub herein, aber wären sie geschlossen, würden sie noch ersticken. Von ihrem Haus in Safia fuhren sie über die Brücke nach Khartum, und es war geschäftiger dort, mehr Autos und mehr Fussgänger auf den Strassen. Dieser Teil der Fahrt, der Einlass nach Khartum, erinnerte ihn an das Blue-Nile-Kino, etwas unterhalb der Brücke. Er dachte daran, wie er als Student spätabends vom Kino zurück zur Kaserne spaziert war, so wurde sein Wohnheim genannt, weil es einst der Armee gedient hatte. Dann war er mit seinen Freunden in einer Art Hochstimmung unterwegs gewesen, ganz erfüllt vom Film, den er eben gesehen hatte. Streifen wie *A Man for All Seasons, Educating Rita, Chariots of Fire.*[13]

Sie hatten noch weit zu fahren, an Extension, am Flughafen und an Rijad vorbei zu den Neubausiedlungen Taif und al-Maamura. Kein sehr vernünftiges Unterfangen, eine Wochenration Benzin ging drauf, und es war sogar möglich, dass der Maler nicht zu Hause und die ganze Fahrt vergebens war. Trotzdem war Manaal optimistisch. »Sie werden schon da sein«, sagte sie. »*Inschallah*. Vor allem wenn wir früh genug ankommen, bevor sie irgendwohin ausgehen.« Es gab kein Telefon in al-Maamura; in dem neuerrichteten Viertel gab es bisher weder Strassenbezeichnungen noch Adressen.

An jenem Morgen hatte er erwähnt, er wolle vielleicht ein Gemälde oder zwei kaufen und nach Aberdeen mitnehmen, und Manaal hatte Ronan K. vorgeschlagen. Er war Engländer, und seine Frau gab privaten Englischunterricht (Manaal war einst ihre Schülerin gewesen). Als er jetzt im Auto mehr über ihn wissen wollte, sagte sie: »Er sass jahrelang herum und hatte keine Arbeit, vielleicht malte er. Ich wusste nichts davon, bis das Hilton ihn mit ein paar Bildern für die Cafeteria beauftragte. Keiner weiss, warum die beiden hier leben. Sie sind entweder verrückt oder Spione. Jeder hält sie für Spione.«

»Ihr seid alle ständig auf Sensationen aus«, sagte er. »Was gibt es hier schon auszuspionieren?«

»Sie sind immerhin nett«, sagte sie. »Ich hoffe, es sind keine Spione.«

Jassir schüttelte nur den Kopf und hielt es für zwecklos, vernünftig mit ihr zu reden.

Die Idee mit den Bildern stammte nicht von ihr, sondern von Emma. Emma sprudelte vor Ideen und neuen Einfällen – es war eine der Eigenschaften, die er an ihr bewunderte. Jassir verstand nicht viel von Malerei. Wenn er einen Raum betrat, so fielen ihm die Bilder an den Wänden nicht auf, und er hielt sie insgeheim für unnötig. Aber so dachte er über viele von Emmas Anschaffungen. Was ihm als Luxus erschien, fand sie notwendig. Wie die Bambi-Tapete in Samias Zimmer, die passend zu den Vorhängen gekauft werden musste, die wiederum zur Tagesdecke passen sollten und zu Thumper[14] auf dem Kopfkissenbezug. Zudem gab es ein Bambi-Video, ein Kinderbuch, ein Stehauf-Bilderbuch. Er brummelte jeweils, aber sie überredete ihn. Sie erwähnte dann, wie sie als Kind im Kino geweint habe, als Bambis Mutter erschossen wurde. Alles Popcorn konnte die Tränenflut und den Rotz aus der Nase nicht aufhalten.

Diesmal hatte Emma gefragt: »Was kannst du aus Khartum fürs Haus mitbringen?« Sie assen gerade Müsli und sahen fern.

»Nichts. Da gibt's nichts«, sagte Jassir.

»Was kaufen die Touristen denn, wenn sie da hinfliegen?«

»Touristen fliegen da nicht hin«, sagte er. »Es ist kein Touristenziel. Die einzigen Ausländer dort arbeiten.«

Nur einmal, als Jassir noch an der Uni war, hatte er einen britischen Journalisten getroffen. Dieser trug Shorts, was komisch aussah, weil niemand sonst Shorts trug ausser beim Sport. Er hatte sich mit Jassir und ein paar seiner Freunde unterhalten.

»Es muss doch etwas geben, was man kaufen kann«, sagte Emma. »Holzschnitzereien oder Körbe…«

»Es gibt einen Laden, der Sachen aus Elfenbein verkauft. Elefanten aus Elfenbein und dergleichen.«

»Nein. Kein Elfenbein.«

»Und was würdest du zu einer Handtasche aus Krokodilleder sagen?«

»Nein, pfui Teufel!«

»Oder Schlangenhaut?«

»Hör auf damit, ich meine es ernst.«

»Straussenfedern?«

»Nein, keine toten Tiere! Lass dir was anderes einfallen.«

»Es gibt einen Perlenmarkt. Jemand hat mir mal davon erzählt. Ich weiss aber nicht, wo der ist. Ich werde es herausfinden müssen.«

»Wenn du mir Perlen mitbringst, kann ich hier eine Halskette daraus machen lassen.« Emma mochte Halsketten, aber keine Armbänder oder Ohrringe. Das Goldkettchen mit ihrem Namen auf Arabisch stammte von einem Exfreund, einem Bohringenieur, der von den Ölplattformen im Oman aus an verschiedenen Standorten gearbeitet hatte.

»Überleg's dir und komm mit. Du kannst die Malariapillen nehmen und Samia den Sirup, und es braucht nur ein paar Impfungen …«

»Das nennst du ein paar Pikser! Typhus, Gelbfieber, Cholera, Tuberkulose! Und Samia könnte von dieser Sandmücke gestochen werden, von der uns Manaal erzählt hat, als sie hier war. Sie ist doch erst drei. Das ist es nicht wert – vielleicht mal, wenn sie älter ist …«

»Bist du nicht neugierig, zu sehen, wo ich aufgewachsen bin?«

»Ein wenig schon, aber – ich weiss nicht – was Gutes von dort hab ich noch nie gehört.«

»Es geht doch nur um zwei Wochen Urlaub. Damit meine Mutter dich und Samia kennenlernt, und du kannst dich mal umsehen ...«, sagte er und machte den Fernseher aus.

»Bilder«, sagte sie, »die solltest du besorgen. Du kannst Bilder von allem mitbringen, von dem du findest, es könnte mich interessieren. Oder du machst einfach viele Fotos und kaufst mir die Perlen.«

Er kaufte die Perlen, aber Fotos machte er keine. Davor hatte er sich gescheut, als brächte er es nicht fertig, in seinem Haus, in seiner alten Schule abzudrücken oder in den Kinos, die den Glamour des Lebens im Ausland verbreiteten. Als Manaal ihre Bekanntschaft mit dem englischen Maler erwähnte, begeisterte er sich deshalb für die Idee, obwohl es sein letzter Abend in Khartum war. Morgen würde er wieder nach Hause fliegen. Er hoffte, er könnte ein paar Bilder für Emma mitnehmen. Sie würde sich um den passenden Ort für jedes kümmern: an dieser Wand oder an jener. Sie kümmerte sich mehr um alles als er. Sogar um Samia kümmerte sie sich mehr. Auf jedes Bäuerchen und Wimmern der Kleinen war Emma eingestellt. Im Vergleich zu ihr waren Jassirs Gefühle für Samia blockiert und konnten nicht fliessen. Manchmal fühlte er sich überflüssig neben den beiden und dachte, sie kämen auch ohne ihn zurecht. Das taten sie ja schliesslich auch, wenn er auf der Bohrinsel war. Sie hatten ihr eigenes Leben zwischen Spielgruppe, Kinderturnen und Duthie Park. Als Manaal nach Aberdeen kam, sagte sie oft: »Emma macht es so gut mit dem Kind. Sie redet mit ihm wie mit einer Erwachsenen.«

Während sie die Flughafenstrasse hinunterfuhren, fragte sich Jassir, ob Manaal zu seiner Mutter auch so Positives gesagt hatte. Oder ob sie ihr bloss vom ersten Tag ihres Besuchs in Aberdeen erzählt hatte. Von damals, als sie die Arme nach dem schlafenden Kind ausgestreckt und Emma gesagt hatte: »Nein, lieber nicht. Sie wird sich erschrecken, wenn sie aufwacht und merkt, dass eine Fremde sie hält.« Der Ausdruck auf Manaals Gesicht war ihr während des ganzen Besuchs geblieben, als sie erschauderte in Emmas Pullovern, die zu weit und zu gross für sie waren. Dann, als wäre sie in dieser Kälte verloren, fiel seine Schwester in Winterschlaf und schlief und schlief in den Nächten und während eines Grossteils des Tages. Bis Emma zu bemerken begann, sie müsse krank sein und etwas stimme mit ihr nicht, irgendwas hat sie, warum sonst schläft sie so viel, Jassir, warum?

Weil er Manaal beschützen wollte, hatte er bloss mit den Schultern gezuckt – die frische Luft in Aberdeen vielleicht – und nicht erklärt, dass seine Schwester schon immer so gewesen war, rasch müde, und dass sie sich in den Schlaf vergrub, wenn ihr das Leben allzu konfus wurde. Als sie den Flughafen hinter sich gelassen hatten und nach Rijad einbogen, sagte Manaal unvermittelt, sie schaue wohl besser noch bei ihrer Freundin Sahra vorbei, um sicherzugehen, dass sie das richtige Haus fänden. Sahras Mutter, eine Bulgarin, sei gut mit Mrs K. befreundet und wisse, wo das Haus sich befinde.

»Ich dachte, das wüsstest du auch?«

»Schon, aber doppelt genäht hält besser. Und es liegt auch am Weg.«

»Ist es nicht noch zu früh, um an fremde Türen zu hämmern?«

»Nein, es ist ja bald fünf. Und ausserdem sind ihre Eltern weg – sie sind auf dem Haddsch.«

»Wer? Die Bulgarin? Das ist aber nicht dein Ernst.«

»Doch, *wallahi*[15]«, Manaal wirkte amüsiert über sein Erstaunen. »Sahras Mutter betet und fastet im Ramadan. Wir neckten sie bei meinem letzten Besuch damit, sie werde sich wohl das Haar bedecken und lange Ärmel tragen, wenn sie vom Haddsch zurückkehre. Und sie sagte: ›Nein, niemals, dafür ist euer Land zu heiss; es ist ein Glutofen.‹« Manaal imitierte ihr grammatikalisch fehlerhaftes Arabisch mit bulgarischem Akzent, und Jassir musste lachen. Er dachte an Sahras Vater, einen Mann, der seine ausländische Frau für den Islam gewinnen konnte, und Jassir musste ihm Stärke und Selbstvertrauen zubilligen.

Das Haus, vor dem Manaal ihn anhalten hiess, war von einer hohen Mauer umgeben. Die Wipfel der Bäume, die dahinter wuchsen, neigten sich über die Mauer und spendeten dem Gehsteig Schatten. Manaal trommelte gegen die Metalltür – eine Glocke fehlte. Sie trommelte mit ihren Handflächen und spähte durch eine Türritze, um zu sehen, ob jemand kommen würde.

Jassir öffnete die Autotür, um etwas Luft hereinzulassen, doch es ging kaum ein Hauch. Das Plastik von Manaals Sitz war geplatzt, und gelber Schaum quoll hervor.

Das Fenster hatte einen feinen, langen Sprung, der aussah wie der Nil auf einer Landkarte, und eine hintere Tür klemmte und liess sich nicht öffnen. In Aberdeen käme dieses Auto nicht durch die Kontrolle, dachte er, es würde als nicht verkehrstüchtig erachtet. Hier läuft es nur noch dank der Baraka[16].

Das Auto hatte schon bessere Tage gesehen, als sein Vater noch lebte. Damals war es solide und machte etwas her. Jetzt zeugte sein Verfall mehr als sonst etwas vom Lauf der Zeit, von den langen Jahren von Jassirs Abwesenheit. Er hatte seiner Mutter und Manaal angeboten, ihnen ein neues zu kaufen. Tatsächlich war dies eines der vielen Themen während seines Aufenthalts gewesen: ein neues Auto, das reparaturbedürftige Haus, die bröckelnde Gartenmauer, warum zieht ihr aus dieser Bruchbude nicht aus in ein neues Haus? Aber seine Mutter und seine Schwester neigten dazu, sich mit den Dingen abzufinden. So auch damit, dass Manaal kürzlich ihre Stelle verloren hatte. Sie hatte seit ihrem Schulabschluss bei einer dänischen Hilfsorganisation gearbeitet und in deren Hauptsitz im Souk Two Berichte geschrieben. Als man die Tätigkeit im Süden reduziert hatte, wurde Personal abgebaut. »Schau dich nach einer neuen Stelle um«, riet er, »oder hast du etwa bestimmte Pläne, von denen ich noch nicht weiss?« Sie sagte lachend: »Nach deiner Abreise werde ich mit der Suche beginnen, und, nein, es gibt keine bestimmten Pläne. Es ist noch keiner am Horizont aufgetaucht.«

Das war ein Scherz zwischen ihnen. Es ist noch keiner am Horizont aufgetaucht. Das schrieb sie am

Schluss ihrer Briefe, Briefe auf Arabisch, die Emma nicht lesen konnte. Jahr für Jahr. Sie war inzwischen sechsundzwanzig, und er spürte einen Anflug von Angst hinter den Worten. »Jeder Studienabgänger ist im Ausland und verdient Geld, damit er zurückkehren und ein hübsches Mädchen wie dich heiraten kann«, hatte er kürzlich zu ihr gesagt. »Ach ja?«, hatte sie mit einem Anflug von Sarkasmus gesagt, der nicht zu ihr passte.

Von der Tür von Sahras Haus blickte Manaal zu Jassir im Auto hinüber und zuckte die Schultern, dann trommelte sie wieder mit beiden Händen. Doch jetzt musste sie jemanden kommen gehört haben, denn sie hob die Hand in seine Richtung und nickte.

Das Mädchen, das die Tür aufmachte, trug ein Handtuch ums Haar geschlungen wie einen Turban. Sie küsste Manaal, und er schnappte aus ihrer Begrüssung die Worte »Dusche« und »entschuldige« auf. Sie kamen zu ihm herüber, was er nicht erwartet hatte, und bevor er aussteigen konnte, beugte das Mädchen sich vor und reichte ihm durchs offene Fenster des Beifahrersitzes die Hand. Das Auto wurde vom Geruch nach Seife und Shampoo erfüllt, er dachte, seine Hand würde dann nach ihrer Seife riechen. Sie hatte die gleiche Hautfarbe wie seine Tochter Samia, wie Cappuccinoschaum, dunkelgraue Augen und buschige Brauen. Ihr Gesicht war von rosa Pickeln übersät, rund und erhaben wie kleine Drops. Er stellte sich diese grauen Augen voll sanfter Trauer vor, wenn sie im Badezimmerspiegel ihre Akne musterte und mit den Fingerspitzen über die Unebenheiten fuhr.

Mit einem Zweig und ein paar Kieseln zeichnete Sahra eine Skizze des Malerhauses in den Strassenstaub. Ziemlich steif sass sie auf ihren Absätzen und achtete darauf, dass ihre Dschallabija keinen Staub abbekam. Sie markierte die Hauptstrasse und wo sie links abbiegen sollten. »Wenn du ein Haus ohne Gartenmauer und Zaun siehst«, sagte sie, »solltest du dort links abbiegen.«

Sie stand auf, wischte sich den Staub von den Händen, und als Manaal eingestiegen war, winkte sie ihnen nach, bis sie ausser Sichtweite waren. Jassir fuhr wieder auf die Hauptstrasse, vom Staub zurück zum Asphalt. Die asphaltierte Strasse war aufgewölbt, und weil der Gehsteig fehlte, erodierten die Ränder ständig und wurden weggefressen. Sie wirkten ausgefranst und bröckelig. Der Nachmittag dämmerte allmählich, und bald würde die Sonne untergehen.

»Ich denke, wenn Samia erwachsen ist, wird sie wie deine Freundin aussehen«, sagte er.

»Ja, vielleicht, der Gedanke ist mir noch nicht gekommen«, sagte Manaal. »Haben dir die Ohrringe für Samia gefallen?« Er nickte. Seine Mutter hatte ihm ein Paar Ohrringe für Samia gegeben. Er hatte ihr gedankt und nicht verraten, dass die Ohren seiner Tochter noch nicht gestochen waren.

»Sie akzeptiert die Situation allmählich.« In seiner Stimme klang eine Spur Verwegenheit mit. Er sprach von seiner Mutter, und Manaal wusste es. Sie blickte zum Fenster hinaus. Dann wandte sie sich ihm zu und sagte: »Die Fotos, die du schickst, gefallen ihr. Sie zeigt sie jedem.«

Jassir hatte Fotos aus Aberdeen gesandt: Fotos von Emma und Samia. Einige waren im Schnee und manche in den Wintergärten des Duthie Park entstanden und ein paar auch zu Hause.

»Aber warum sagt sie mir das nicht? Statt ›Wie heisst sie noch gleich?‹ oder was sie sonst noch so von sich gibt?«

»Du hättest schon ganz früh etwas verlauten lassen sollen, sie ... um Rat fragen.« Manaal sprach langsam und vorsichtig, als scheute sie sich.

»Und was hätte sie denn gesagt, wenn ich sie gefragt hätte? Sag mir, was glaubst du, was sie gesagt hätte?«

»Ich weiss nicht.«

»Du weisst es.«

»Wie sollte ich?«

»Sie hätte nein gesagt – und was dann?«

»Ich weiss nicht. Ich weiss bloss, dass es falsch war, urplötzlich einen Brief zu schreiben und mitzuteilen: ›Ich habe geheiratet‹ – in der Vergangenheitsform. Kein Mensch tut so was.«

Er gab keine Antwort. Ihm missfiel der gekränkte Ton ihrer Stimme, als wäre sie selbst und nicht ihre Mutter gekränkt worden.

Als ob die Stille sie störte, fuhr sie fort: »Es war nicht freundlich.«

»Es war ehrlich.«

»Aber es war hart. Sie sah aus wie krank, als sie deinen Brief las. Am Boden zerstört und krank ...«

»Sie wird es noch akzeptieren lernen.«

»Natürlich wird sie es am Ende akzeptieren. Darum

geht es ja gerade. Es ist unvermeidlich, aber du hättest es ihr erleichtern können, das ist alles.« Dann sagte sie mit hellerer Stimme: »Tu etwas Theatralisches. Wirf dich auf deine Knie, und bitte sie um Vergebung.«

Darüber lachten sie zusammen, etwas gequält, um die Spannung abzubauen. Was er tun wollte, war erklären, über Emma reden und sagen: Sie hat mich willkommen geheissen, ich stand am Rand, und sie hat mich eingelassen. »Ist es schon vorgekommen, dass Leute im Zahnarztstuhl zu Tode gequält wurden, oder bin ich der Erste?«, hatte er Emma an jenem Tag gefragt und ihr ein Lächeln entlockt, als er hinausstolperte und mit vom Procain betäubten Lippen mit ihr sprach.

»Es wäre gut gewesen, wenn Emma und Samia mitgekommen wären«, sagte Manaal.

»Das wollte ich auch.«

»Warum haben sie es denn nicht getan?« Sie hatte diese Frage auch schon gestellt, wie andere auch. Er hatte verschiedenen Leuten verschiedene Gründe angegeben. Hier im Wagen spürte er, dass Manaal bewusst fragte und die Wahrheit von ihm wissen wollte. Konnte er sagen, dass Emma von diesem Teil der Welt lieber formbare Stücke wollte, nicht das chaotische Ganze? Sie wollte Weihrauch aus dem Body Shop und Tahini[17] im sicheren Supermarktbehälter.

»Sie hat eben ihre Ängste«, sagte er.

»Was für Ängste?«

»Ich weiss nicht. Die Sandmücke, Malaria … Irgend so ein Quatsch.« Er fühlte sich verlegen und treulos.

Sie hörten schon den Adhan zum Abendgebet, als sie nach dem Haus ohne Gartenmauer Ausschau hielten, das Sahra beschrieben hatte. Aber es gab viele solche Häuser, denn die Leute bauten sie und hatten dann kein Geld mehr, wenn es darum ging, die Gartenmauer zu errichten. Trotzdem bogen sie von der asphaltierten Strasse links ab, als sie nach al-Maamura kamen, und hofften, Manaal würde die Strasse oder das Haus erkennen können.

»Kommt dir nichts bekannt vor?«, fragte er.

»Es sieht eben alles ganz anders aus als beim letzten Mal, als ich hier war«, sagte sie. »All diese neuen Häuser, es ist verwirrend.«

Es gab keine Strassen und kaum Gehsteige, nur Reifenspuren von anderen Autos. Sie fuhren durch Staub und Steine. Die Häuser, deren Bau unterschiedlich weit fortgeschritten war, standen in Reih und Glied. Da und dort bildeten sie einen Platz um eine grosse, leere Fläche, als bezeichneten sie eine dauerhafte Leere, wo nicht gebaut werden durfte.

»Vielleicht ist es dieses Haus hier«, sagte Manaal. Er parkte das Auto, und sie klingelten, aber es war die falsche Adresse.

Wieder im Wagen, fuhren sie durch das Labyrinth der Wege und beschlossen herumzufragen. Wie viele Ausländer lebten überhaupt in diesem Viertel? Die Leute mussten sie doch kennen.

Jassir fragte einen Mann, der mit angezogenem Knie vor seinem Haus sass und seine Zehennägel säuberte. Unweit von ihm betete ein älterer Mann und kniete dabei auf einer Zeitung. Der Erstere schien nicht Bescheid zu wissen, trotzdem gab er Jassir ein paar umständliche Anweisungen.

Jassir fragte auch einige Passanten, aber auch sie wussten nichts. All dies brauchte lange, denn jeder, den er fragte, schien ihn in ein Gespräch verwickeln zu wollen.

»Jetzt bist du an der Reihe«, sagte er zu Manaal, als sie eine Frau vor ihr Haus treten sahen.

Sie ging auf die Frau zu und blieb im Gespräch mit ihr stehen. Die Sonne war da schon fast untergegangen; der Westhimmel, die Häuser und die staubigen Strassen glühten alle in demselben Rot. Wie ein loderndes Ölfeuer vor der Bohrinsel, dachte er. Manaals dunkle Silhouette hob sich gegen das Rot und die Backsteinmauern ab. Mit einer Hand bändigte sie ihr windzerzaustes Haar, und ihre dünnen Ellbogen bildeten mit Kopf und Hals ein Dreieck, durch das das Licht einfiel. Das würde ich malen, dachte Jassir, wenn ich wüsste, wie. Ich würde Manaal so malen, mit angewinkelten Ellbogen vor der untergehenden Sonne.

Sie wirkte zufrieden, als sie zurückkam. »Wir sind fast da«, sagte sie, »diese Frau kannte sie. Die erste rechts, und dann ist es das zweite Haus.«

Kaum waren sie rechts abgebogen, erkannte Manaal das einstöckige Gebäude mit dem blauen Tor. Sie stieg vor ihm aus und klingelte.

Ronan K. war älter, als Jassir gedacht hatte. Er sah aus wie ein Fussballtrainer, übergewichtig und trotzdem leichtfüssig. Im Licht der Laterne beim Tor schien es, als hätte er eine leichte Glatze. Er erkannte Manaal, und als sie den grossen, kahlen Hof betraten, während er hinter ihnen das Tor schloss, begann sie umständlich zu erklären, warum sie gekommen waren und dass sie sich unterwegs beinahe verirrt hätten.

Im Haus waren die Böden nicht gefliest – sie waren aus unebenem, geädertem Stein, was dem Haus ein unfertiges Aussehen verlieh, als wäre es noch im Bau. Aber die Möbel waren sorgsam gestellt worden, und Teppiche bedeckten die Fussböden. Vögel raschelten in einem Käfig neben der Küchentür. An einer Wand hing das Gemälde einer Frau von hinten im Tob, die einen Korb auf dem Kopf balancierte.

»Ein Bild von Ihnen?«, fragte Jassir, aber Ronan verneinte, er mochte seine eigenen Bilder nicht im Haus aufhängen.

»Meine Arbeiten sind alle auf dem Dach«, sagte er und brachte ein Tablett mit einem Plastikkrug voll Hibiskustee mit Eis und drei Gläsern aus der Küche. Das Eis spritzte in den Gläsern beim Eingiessen, und ein roter Tümpel bildete sich auf dem Tablett und zeichnete langsam grosse Muster.

»Sie haben einen Raum auf dem Dach?«, fragte Jassir.

»Ich male dort«, sagte Ronan. »Aber ich schliesse ab, wir hatten viele *haramiah* hier in der Gegend. Sie würden zwar meine Bilder nicht stehlen, aber man ist besser vorsichtig. In den meisten Nächten bin ich allerdings dort, wenn der *kahrabah* es erlaubt.«

Dass er »Diebe« und »Strom« auf Arabisch sagte, entlockte Jassir ein Lächeln. Er musste an Manaal denken, die die Redeweise von Sahras Mutter nachahmte. Er fragte sich, wie gut Ronan K. wohl Arabisch konnte.

»Meine Frau hat den Schlüssel. Aber sie ist nebenan. Die Nachbarstochter hat letzte Woche ein Baby bekommen, und sie feiern dort so ein Fest«; er blickte Manaal dabei hilfesuchend an.

»Eine *simajah*[18]«, sagte sie.

»Richtig«, sagte Ronan, »eine *simajah*. Vielleicht könntest du rübergehen und sie um den Schlüssel bitten? Es ist gleich nebenan.«

»Sind das Amna und ihre Leute?«, fragte ihn Manaal. »Ich habe sie hier auch schon gesehen.«

»Ja, das sind die.«

»Letztes Mal, als ich hier war, ist Amna mit Hühnchen für den Tiefkühler reinspaziert. Sie hatte nicht genug Platz in ihren.«

»Hühnchen noch mit dem Kopf und allen Innereien«, sagte Ronan. »Schrecklich … Und heute Morgen hat sie eine Lammkeule gebracht« – unbestimmt wies er in Richtung Küche.

»Also wer hat denn das Baby gekriegt?«, fragte Manaal.

»Mal sehen, ob ich das auf Reihe kriege«, sagte er. »Die Schwester von Amnas Mann, die übrigens – damit es schön kompliziert wird – mit einem Cousin von Amnas Mutter verheiratet ist.«

Sie lachten, weil Ronan theatralisch seufzte, als wäre es ein hartes Stück Arbeit gewesen.

»Ich dachte, es war von der Nachbarstochter die Rede«, sagte Jassir.

»Na, diese berühmte Amna«, sagte er, und Manaal nickte lachend beim Wort »berühmt«, »lebt eben bei ihren Schwiegereltern, und denen gehört eigentlich das Haus.«

Manaal wandte sich zum Gehen, und Ronan sagte: »Hör mal. Wirf die Schlüssel einfach zu uns aufs Dach. Wir werden dort auf dich warten. Das spart Zeit.«

Auf dem Dach war es dunkel und kühl, und der Boden war noch schiefer als der im Haus. Der Sims rundum war niedrig, bloss kniehoch. al-Maamura lag ausgebreitet vor ihnen, die halbfertigen Häuser waren von Gerüsten, Sandhaufen und schadhaften Backsteinen umgeben. Die Schatten streunender Hunde huschten durch den Schutt. Pappehügel zeigten die Orte an, wo die Hauswarte und ihre Familien lebten. Man hatte sie eingestellt, um die Zementsäcke, Toiletten und Ziegel für die neuen Häuser zu bewachen. Wenn diese gebaut waren, harrten sie immer noch aus und zapften Wasser aus den Rohren, das auf die unfertigen Strassen spritzte, bis man sie schliesslich wegschickte.

Aus dem Nachbarhaus drang der Lärm von Kindern, die Fussball spielten, sich balgten und einander lautstark hänselten. Eine Frauenstimme kreischte von drinnen. Jassir und Ronan setzten sich auf den Sims. Er bot Jassir eine Zigarette an, und Jassir nahm sie, obwohl er schon seit Jahren nicht mehr rauchte. Ronan stellte seine Streichholzschachtel zwischen sie. Das Bild eines Krokodils mit weitgeöffnetem Rachen und hochgebogenem Schwanz war darauf. Jassir hatte vergessen, wie gut es sich anfühlte, ein Streichholz anzuzünden und die graue Asche wegzuschnippen. Es gehörte zu den Dingen, die er und Emma gemeinsam getan hatten – das Rauchen aufgeben.

»Es ist weit von hier nach Aberdeen – oder vielmehr: Aberdeen ist weit weg von hier«, sagte Ronan.

»Sind Sie schon dort gewesen?«

»Ja, ich kenne es gut, meine Mutter stammte ursprünglich aus Elgin. Die können dort oben etwas engstirnig sein, finden Sie nicht?«

In Jassirs Hinterkopf entstanden Fragen und stiegen gewohnheitsmässig auf, nur um kraftlos wieder in sich zusammenzufallen, als wären sie zu lahm, um geäussert zu werden. Was tat dieser Mann hier, an einem Ort, wo selbst die Nächte heiss waren und Alkohol verboten war? Wo es wenig Annehmlichkeiten und geringen materiellen Gewinn gab? Der Maler sass auf seinem Dach, und wie ihn schon die Pickel im Mädchengesicht nicht zum Spotten verleitet hatten, so fühlte Jassir auch jetzt nur stille Verwunderung.

»Wenn man in diese Richtung schaut«, sagte Ronan, »sieht man den Flughafen – da, wo die roten und blauen Lichter sind. Manchmal sehe ich die Flugzeuge kreisen und landen. Sie fliegen direkt über mich hinweg, wenn sie abheben. Ich sehe die dicken Bäuche der Maschinen voller Menschen, die wegfliegen. Letzten August hatten wir so viel Regen. Die ganze Gegend hier war überschwemmt, und wir konnten nicht bis zur Hauptstrasse fahren. Der Nil stieg, und ich konnte ihn mit meinem Fernrohr sehen, obwohl er weit weg ist.«

»Wie lange sind Sie schon hier?«, fragte Jassir.

»Fünfzehn Jahre.«

»Das ist eine lange Zeit.«

Weisse Riesensträhnen streiften den Himmel, als wäre der Rauch ihrer Zigaretten in die Höhe gestiegen, hätte sich ausgedehnt und wäre erstarrt. Sterne schoben sich ins Blickfeld, und rings um sie sank die Nacht ins Bodenlose. Auf dem Dach, als Jassir Emmas Sprache zum ersten Mal seit zwei Wochen sprach, vermisste er sie. Nicht mit dem leichtherzigen Verlangen, das er von den Bohrinseln kannte, sondern anders, unmissverständlich und ungewollt, in der bitteren Einsicht, dass sie fern von ihm war. Er wusste jetzt, warum sie hätte mitkommen sollen: nicht um zu »sehen«, sondern um sich von Afrika bewegen, bestürzen und auf unwiderrufliche Weise berühren zu lassen.

Manaal warf die Schlüssel aufs Dach. Ronan öffnete den abgeschlossenen Raum und machte Licht. Eine einzige Glühbirne baumelte von der Decke, gesprenkelt mit den leblosen Leibern schwarzer Insekten. Es roch nach Farbe, und ein grosser Ventilator stand in der Ecke. Jassir war sich seiner Ahnungslosigkeit bewusst und schwieg, während ihm Ronan, Zigarette im Mundwinkel und ebenso stumm, ein Gemälde nach dem anderen zeigte. »Die Bilder gefallen mir«, sagte er, und das stimmte. Sie waren klar und aufgeräumt, in hellen Farben, die den Eindruck von Sonnenlicht vermittelten. Meist waren es Dorfszenen mit Lehmhäusern, auf einem waren Kinder, die mit einer Ziege spielten, und auf einem anderen ein Baum, der in einen Fluss gestürzt war.

»Mein grösstes Problem ist das Papier«, sagte Ronan. »Die Pinsel und Farben halten ziemlich lange. Aber wenn ich weiss, dass jemand ins Ausland fliegt, bitte ich immer um Papier.«

»Brauchen Sie ein spezielles Papier?«, fragte Jassir.

»Ja, es muss etwas dicker sein, für Aquarelle.«

»Der Esel vor dem Lehmhaus gefällt mir.«

»Das Hilton möchte anscheinend keine Lehmhäuser.«

»Hat man Ihnen das gesagt?«

»Nein, ich hatte einfach diesen Eindruck.«

»Dann bekomme ich die vielleicht mit Rabatt?«

»Vielleicht … Wie viele wollten Sie denn kaufen?«

Jassir nahm drei, eins davon war das mit den Kindern und der Ziege, weil er dachte, es könnte Samia gefallen. Er feilschte ein wenig und bezahlte. Unten schliefen die Vögel in ihrem Käfig, und das Eis im Krug mit Hibiskustee war geschmolzen. Manaal wartete auf ihn am Tor. Sie hielt ein paar Datteln von nebenan in der Hand, die sie Ronan und Jassir anbot. Die Datteln waren trocken und knackten unangenehm unter Jassirs Zähnen, bevor sie weich und süss wurden. Es war jetzt Zeit zu gehen. Er schüttelte Ronan die Hand. Der Besuch war erfolgreich gewesen – er hatte bekommen, was er gesucht hatte.

Manaal schlief auf dem Rückweg im Wagen. Jassir fuhr durch Strassen, die belebter waren als die am Nachmittag. Dies war sein letzter Tag in Khartum. Morgen Abend würde ihn ein Flugzeug nach Paris bringen und noch eins nach Glasgow, und dann der Zug nach Aberdeen. Vielleicht war Ronan K. morgen Abend wieder auf seinem Dach und sah zu, wie die Air France über den neuen Häusern von al-Maamura in den Himmel stieg.

Die Stadt nahm seine Abreise wahr und erkannte sein Bedürfnis nach Abschied an. Autoscheinwerfer ruckelten in den schlechtbeleuchteten Strassen, schmale Gestalten in Weiss schwebten vorüber wie Wolken. Stimmen, ratternde Laster und schiefe Lieferwagen, die Rauchschwaden ausprusteten. An einer Kreuzung mit einer geschäftigeren Strasse fuhr ein kleiner Bus mit einer Hochzeitsgesellschaft vorbei. Licht brannte darin, die singenden Gesichter und klatschenden Hände waren in einen orangefarbenen Schimmer getaucht. Jubeltriller, Trommelwirbel und Liedfetzen. Jassir fuhr weiter und sammelte rundum ein, was er mitnehmen würde und nicht weitergeben konnte. Nein, nicht die Perlen oder die Bilder, sondern andere Dinge. Dinge bar jeder bewussten Bedeutsamkeit. Manaals Silhouette vor dem lodernden Himmel wie eine Ölfackel, vor dem hibiskusroten Horizont. Der Geruch nach Seife und Shampoo in seinem Wagen, ein Mann, der seine Zehennägel säuberte, eine Zeitungsseite, die als Gebetsmatte diente. Eine Stimme, die sagte: »Ich sehe die Flugzeuge nachts kreisen, ich sehe ihre Lichter und all die Menschen, die wegfliegen.« Und Manaal, die mahnte: »Du hättest es ihr erleichtern, du hättest freundlicher sein können.«

Sommerlabyrinth

Es war nicht das erste Mal, dass sie an Bord eines Egypt-Air-Fluges von Heathrow nach Kairo ging. Nadias Leben verlief im Zickzack dieser jährlichen Besuche, die sich manchmal bis zum letzten Ferientag erstreckten, so dass ihr die Rückkehr an die Schule im September abrupt und schattenhaft vorkam. Sie hatte sich vergewissert, dass sie ihre PlayStation dabeihatte, aber vielleicht reichte das nicht. Der massige Arm ihrer Mutter drückte gegen sie. Latifa hatte sich feingemacht, im Gegensatz zu Nadia. Sie hatten sich gestritten deswegen.

Das Flugzeug würde voll werden, und es gab ein Durcheinander wegen der Sitzplätze. Nadia beobachtete, wie ein Steward sich in gebrochenem Englisch abmühte, ein Paar zum Verlassen seiner Plätze zu bewegen, auf die es laut seinen Bordkarten ein Recht hatte. Er sprach jedes p wie ein b aus, so dass es nach »*Blease*, das ist der Sitzblatz 3D« klang. Genau wie bei meiner Mutter, dachte Nadia. Die nächste Herausforderung für die Crew bestand darin, genügend Stauraum für das Handgepäck der ägyptischen Passagiere zu finden. Von den prallen Plastiktaschen liess sich auf überquellende Koffer schliessen, die bis zum Rand mit Einkäufen gefüllt waren. Wie bei meiner Mutter, dachte Nadia.

Wochenlang hatte Latifa die Oxford Street nach den besten Schnäppchen abgeklappert und ihre Quittungen fest in der Hand gehalten, aus Angst, sie zu verlieren.

Sie kaufte, tauschte um und litt bei jeder Anschaffung. In ihren Dr.-Scholl-Gesundheitsschuhen (denn von zu viel Laufen schwollen ihr immer die Füsse an) stand sie beim Kundendienst von Marks & Spencer angespannt in der Reihe und mochte nie so recht glauben, dass sie ihr Geld zurückbekommen würde. Sie wies ihre Quittung vor, die vom Schweiss ihrer Hände zerknittert war, und rechtfertigte sich nervös vor der gelangweilten Verkäuferin. Und war Nadia dabei, so schämte sie sich, nicht bloss wegen der Schuhe, sondern wegen des flackernden Blicks in den Augen ihrer Mutter.

Jetzt geschah es erneut, und es war eine von Nadias Sommersorgen. Die Stewardess sprach sie auf Arabisch an, und sie konnte nicht antworten. Sie drehte sich zu ihrer Mutter, und Latifa übersetzte nicht nur, sondern antwortete der Stewardess auch gleich: »Nein, wir geben keinen unserer Plätze her, wir gehören zusammen.« Früher einmal hatte Nadia Arabisch gesprochen, als sie ein Baby war und ihre ersten Worte gelallt hatte. Aber im Kindergarten war ihr die Sprache allmählich entglitten. Nicht über Nacht natürlich. Eine Weile hatte sie Arabisch noch verstanden, war aber so gemein, nur auf Englisch zu antworten, um ihre Mutter zu ärgern. Und dann kam schliesslich die Zeit, da sie es zwar noch der Spur nach verstehen, aber nicht mehr fliessend sprechen konnte. Was jedoch blieb, war die blasse Erinnerung an ein vollkommenes Einssein mit Latifa, eine Zeit des bedingungslosen Einvernehmens, das sich mit zunehmender Entfremdung von ihrer Muttersprache auf unerklärliche Weise verlor.

In Kairo war sie eine Fremde, aber eine, die nicht auffiel und der man keinen überhöhten Preis für Taxifahrten und Souvenirs abpresste. Es fühlte sich wie eine Verkleidung an, wie eine Rolle in einer Überwelt, für die sie nicht viel Begabung oder Berechnung brauchte. Sie konnte sich nicht wirklich als Ägypterin betrachten und wollte es auch nicht. Das Verkehrsgewühl überwältigte sie: die Autos, die kreuz und quer aus den Gassen schossen, die Fussgänger mitten auf der Strasse, die brechend vollen Busse. Fassungslos starrte sie eine Frau auf dem Beifahrersitz eines Motorrads an, die ein Kind auf ihrem Schoss hielt. Auf jeder Reise sehnte sie sich nach London zurück und schwor sich, nie wiederzukommen. Sie sei doch kein Kind mehr, sagte sie sich, und manche ihrer Freundinnen verreisten nicht mehr mit ihren Familien – das könnte sie doch auch. Aber vielleicht scheute sie dennoch den Ärger der Mutter, die hitzigen, rüden Worte wie Schmirgelpapier auf der Haut. Oder sie war schlicht überwältigt von der Gastfreundschaft ihrer Tante und ihrer Cousins und Cousinen.

Ihre englischen Freunde setzten nahtlos das Leben ihrer Eltern fort – so kam es ihr wenigstens vor. Wenn sie in der Schule Valentinskarten bastelten, wussten ihre Mütter Bescheid; wenn sie sich für Halloween ausstaffierten, halfen die Mütter. Aber Latifa verstand gar nichts. »Mit Kartenbasteln habt ihr in der Schule die Zeit verplempert!« »Vom Weihnachtsmann sollen die Bräsente kommen, wollen diese Dummköpfe ihren Kindern weismachen. Wie sollen sie da lernen, dankbar zu sein, dass Baba und Mama ihnen was Schönes besorgen?« Latifas Worte setzten sich in Nadias Kopf fest, so eifrig sie sie auch verscheuchen wollte. Zwar konnte sie die Dinge »normal« betrachten wie ihre Freunde und von Latifas Urteil absehen. Aber sie konnte auch eine andere Brille aufsetzen und das sehen, was ihre Mutter sah. Als wären Latifas Werte ein heimlicher, unterdrückter Teil von ihr. Sie hatte sie mit der Muttermilch aufgesogen.

Ihr Cousin Chalid holte sie ab; er lehnte am Eisengeländer, das die ankommenden Passagiere vom Parkplatz trennte. Der Chalid von eh und je im Sommer: alt genug, um interessant, und jung genug, um ihr einziger Freund in Kairo zu sein. Sie steuerte ihren Gepäckwagen auf ihn zu und beschleunigte ihre Schritte. »Es ist so heiss«, klagte sie ihrer Mutter, aber Latifa stürmte voran und hörte sie nicht.

Obwohl es Mitternacht war, herrschte am Flughafen reger Betrieb. Grosse Touristenbusse standen auf dem offenen Parkplatz zwischen den Taxis mit Zähler und den noblen Limousinen, die höhere Preise verlangten. Die Fahrer waren aus ihren Autos geschwärmt und riefen »Taxii! Taxii!« in das Touristengewühl. Sie waren aufdringlich und hartnäckig, und manche streckten die Hand nach Nadias Wagen aus. Sie schüttelte unablässig den Kopf und sagte: »Danke, nein, wir brauchen kein Taxi.«

»Ignorier sie doch einfach«, schrie Latifa nach hinten, als wäre dies die einfachste Sache der Welt. Sie war als Erste bei Chalid, strahlte ihn an und umarmte ihn, zog seinen Kopf herab, um ihn auf Stirn und Wangen zu küssen. »Hast du deinen Bart noch immer nicht abrasiert?«, schimpfte sie. »Eines Tages wird man dich noch als Terroristen verhaften!«

Er lachte und wandte sich Nadia zu, um ihr die Hand zu schütteln. Als sie noch kleiner war, hatte sie im Auto oder im Kinosaal auf seinem Schoss gesessen, und im Schwimmbad hatte sie ihre schlüpfrigen Beine um seine Mitte geschlungen und »Noch mal! Noch mal!« gekreischt, kaum hatte er sie unter den Armen hochgestemmt und ins Wasser geworfen. Doch das war vor langer Zeit gewesen, als er noch ein Schuljunge war und sie ein Kind und der Altersunterschied zwischen ihnen riesig schien. In den letzten paar Jahren hatte sie sich jedoch vor ihm geniert, vor allem in den ersten paar Tagen ihres Besuchs.

Chalid hatte sich für den Ansturm ihrer Koffer auf das Fassungsvermögen seines Lada gewappnet. Er hatte einen Metallträger auf dem Dach befestigt, und Nadia sah ihn vor sich bei diesem Tun, nach Arbeitsschluss in der Apotheke und schon dabei, mit ein paar Kleidern aus seinem Zimmer auszuziehen, drei Treppen höher, wo er sich mit den Kindern seiner Schwester einen Raum teilen würde. Sie lebte mit ihrem Mann und den drei Kindern im selben Haus in einer Dreizimmerwohnung, die in den kommenden Monaten sein Daheim sein sollte, während Nadia und Latifa sein Zimmer im unteren Stockwerk nutzten. Chalids Zimmer und das Schlafen in seinem Bett gehörten zu den Ritualen des Sommers. Latifa schlief auf einer Matratze am Boden, die sie am Morgen zusammenrollte und auf das Bett legte. Dann erwachte auch Nadia spätmorgens vom

Strassenlärm unten und von den Küchendünsten und schlug sich zwischen den dichtgestellten, kunstvollen Möbeln zur Stimme ihrer Tante durch. Tante Salwa sog jedermanns Nachrichten und Sorgen auf; sie war wie ein Krake, der nach allem in seinem Umkreis griff. Vor allem nach Chalids Schwester und ihrem Leben in der moderneren Wohnung weiter oben; die Unpässlichkeiten ihrer Kinder und selbst die Sorgen ihres Mannes bei der Arbeit sickerten durch, ergossen sich die drei Treppen hinunter und in Tante Salwas Wohnung.

»Was hat euch so lange aufgehalten? Ihr wart so ziemlich bei den letzten Passagieren, die auftauchten.« Chalid band ein Seil um die Koffer, damit sie nicht herunterfielen.

Der Grund für die Verspätung war eine Szene, die sich in der Zollabfertigungshalle abgespielt hatte. Ein schlaksiger Zöllner hatte in ihren grünen ägyptischen Pässen geblättert und die Koffer vom Wagen gehoben, um ihr Gewicht zu prüfen, worauf sie beiseitetreten und sie zur Begutachtung öffnen mussten. Er hatte sie wegen ihres schweren Gepäcks verdächtigt, Waren nach Ägypten einzuführen, ohne sie zu verzollen. Nachdem er sie eine halbe Stunde hatte warten lassen, verlangte er, dass jeder Gegenstand herausgenommen, überprüft, eingeschätzt und schliesslich besteuert würde. Latifa erklärte, dass es sich bei allem Mitgebrachten um Geschenke handle. Der Mann hörte ungerührt zu, als ob ihm dies alles nicht neu wäre. Dann wandte er sich ab, um eine Gruppe Touristen durchzuwinken, und lächelte ihnen ehrerbietig zu.

Darauf zückte Latifa ihre beiden britischen Pässe und hielt sie dem Beamten vor die Nase. »Wenn wir *damit* eingereist wären«, rief sie, »hätten Sie uns wohl nicht so behandelt! Ein ganzes Jahr lang bin ich nicht zu Hause gewesen, und so verfährt man mit mir. Da werden ja Ausländer besser behandelt!« Es gab noch andere Gründe als Latifas patriotische Gefühle, weshalb sie London mit ihren britischen Pässen verlassen hatten und in Ägypten mit ihren ägyptischen einreisten. Das ersparte ihnen zwanzig Pfund Sterling pro Kopf, die Visakosten, und die Unannehmlichkeit, sich in Kairo bei der nächstgelegenen Polizeiwache registrieren zu lassen wie alle Fremden. Die burgunderroten Pässe wirkten Wunder. Der Zollbeamte räusperte sich: »Beruhigen Sie sich, Madam, wir wollen nicht, dass Sie sich nach Ihrer Ankunft gleich so ereifern müssen, einen schönen Aufenthalt in Kairo!«

Latifa erzählte dies Chalid, mit Ausschmückungen und ein paar diskreten Ergänzungen von Nadia. Bei einer Ampel, wo die Autos Stossstange an Stossstange standen, kratzte eine Hand an Nadias Fenster. Ein Mann ohne Beine auf einem Gerät, das sie an ein Skateboard erinnerte, schlängelte sich durch den Verkehr. Sie wich keuchend zurück vor dem Gesicht, diesem Bild der Verheerung, das auf einmal vor der Fensterscheibe erschien. Latifa drehte sich lächelnd nach ihr um: »Die verwöhnte junge Dame aus Europa.« Die Nägel kratzten nun an Chalids Fenster. Seelenruhig liess er einen Geldschein fallen, ohne den Mann, der jetzt zu einem weiteren Auto ratterte, noch eines Blickes zu würdigen.

Chalid und Latifa setzten ihr Gespräch fort. »Diese Gauner«, gluckste er. »Ihr solltet euch wohl aus dem Zoll freikaufen.« Auf dem Rücksitz kämpfte Nadia mit Übelkeit und Tränen. Dieser bedürftige Vagabund, halb Mensch und halb Skateboard, würde sie noch in ihren Träumen verfolgen.

Als Chalid am anderen Tag von der Arbeit heimkehrte, nahm er Nadia beiseite und sagte: »Du und ich machen jetzt einen besonderen Ausflug. Heute Abend wirst du meine Verlobte kennenlernen!« Er lachte, als Nadia überrascht aufschrie. »Glaub mir«, sagte er, »dieser Sommer wird ganz anders werden!«

Nadia war schon anderen jungen Ägypterinnen begegnet, entfernten Verwandten und Freundinnen der Familie. Unvermittelt fand sie sich in deren Gesellschaft wieder, verstand kaum, was sie zu ihr sagten, fühlte sich gehemmt und fremd. Sie waren zwar höflich zu ihr, aber Freundschaften entstanden nie daraus, und sie war nach solchen Begegnungen immer müde und nahm es Latifa übel, wieder einmal versucht zu haben, Kameradinnen für sie zu finden. Aber Rîm war anders. Und das Entscheidende war, dass sie Englisch sprach. Schon mit ihren ersten Worten hatte sie Nadia gewonnen. »Ich habe schon so viel von dir gehört. Chalid hat mir von seinem Besuch bei euch in London erzählt.« Alles war offen und klar. Nadia konnte antworten, sie musste nicht mit ihren paar Brocken Arabisch kämpfen oder sich Übersetzungen ausdenken.

Rîm sprach sogar mit Chalid Englisch, denn sie war in Oklahoma geboren worden und hatte dort gelebt, bis sie zwölf war. Als sie nach Kairo kam, besuchte sie das CAC, die Amerikanische Schule in Maadi, und dann die AUC, die Amerikanische Universität in Kairo, wo sie inzwischen Islamische Architektur studierte. Im Laufe des Sommers wurde es zur Gewohnheit, dass Nadia Chalid immer begleitete, wenn er Rîm besuchte oder sie ausführte – also fast Abend für Abend. Es war Rîm, die Nadia unbedingt dabeihaben wollte; sie wollte ihr eine Freude machen und ihr mehr zeigen von Kairo. Also nahm Nadia auf dem Rücksitz des Lada Platz und Rîm vorn, neben Chalid, und zwar ganz schräg, damit sie mit beiden gleichzeitig reden konnte.

In ihrem Englisch mit leichtem Südstaatenakzent, das hie und da mit arabischen Wörtern gespickt war, sprach Rîm davon, wie cool Chalid doch sei, wie langweilig sie manche ihrer Vorlesungen finde und wie eindrucksvoll manche von Kairos Moscheen. Und die Kopftücher und langen Ärmel, die bei Latifa düster und altmodisch aussahen, wirkten bei Rîm chic. Dazu weite Wickelhosen, bunte bestickte Blusen, ein Tuch im Zigeunerstil um den Kopf geschlungen, darüber ein zweites, durchsichtiges Rechteck, dessen Enden ihr bis auf die Taille fielen, und lange, funkelnde Ohrringe, die ihr Gesicht einrahmten. Latifa schien sich für Rîm nicht erwärmen zu können, aber Nadia lächelte, als sie Rîm in hautengen Jeans und Schlabber-T-Shirt mit dem Schriftzug »I Live to Shop« antraf und dachte, wie gut dieses Motto eigentlich zu ihrer Mutter passte.

Rîm nahm Nadia zum Shopping mit, in all den neuen, klimatisierten Läden, die Kairo zu bieten hatte –

Benetton, Mobaco, Stefanel –, und Nadia war erfreut, dass sie so viel günstiger als in London einkaufen konnte. Das war nicht Latifas Kairo, sondern ein Kairo der Spinningkurse, von McDonald's und Pizza Hut, wo Nadia die »Suber Subreme« bestellen konnte, weil die Salami aus Rindfleisch bestand.

Rîm gab ihr einen Stadtplan, der sich von den anderen abhob, weil er auf Englisch war, mit cartoonähnlichen Zeichnungen von Sehenswürdigkeiten und vom Nil. Also sass Nadia auf dem Rücksitz des Lada, die Karte vor sich ausgebreitet, und kam sich vor wie in einem Videospiel, bei dem sie sich durch ein virtuelles Labyrinth navigieren und kämpfen musste, indem sie sich Stück um Stück den Zugang zu neuen Gebieten der Spielwelt erschloss. »Du fährst falsch, Chalid, das ist eine Einbahnstrasse«, rief sie dann. Und wenn das nicht zählte, lachte sie schliesslich mit.

Eines Nachmittags besuchten sie zusammen die Pyramiden. »Kommt, wir klettern da rauf«, sagte Rîm, als sie ankamen, und sie schaffte ein paar Steinblöcke der grössten Pyramide, bevor sie sich setzen musste. Chalid kletterte hoch und setzte sich neben sie, während Nadia auf dem untersten Block sitzen blieb und mit den Füssen Muster in den Wüstensand zeichnete. Es war die beste Tageszeit für einen Pyramidenbesuch; die Sonne blendete nicht mehr und war nur noch ein orangefarbener Riesenknopf, der am Horizont tiefer rutschte. Ein paar Kamele schaukelten mit ihrer Touristenfracht durch die Wüste, kleine Jungs boten Eselreiten an und zogen die Tiere am Strick. Eine Familie picknickte mit einer grossen Wassermelone und Fleischbällchensandwiches, eingewickelt in Zeitungspapier. Ein kleines Mädchen mit zerrissenen Schuhen und filzigem Haar bot geröstete Wassermelonenkerne und Erdnüsse an.

»Chalid, hol uns ein paar Erdnüsse, bitte«, sagte Rîm. Aber er brauchte sich nicht zu rühren, denn das Mädchen hatte schon ein Geschäft gewittert und kam auf die Steine geklettert, auf denen sie sassen.

»Hier, Nadia, für dich.« Rîm warf ihr ein Säckchen Erdnüsse zu, bevor Nadia dazu gekommen war, abzuwehren.

Nadia sah nun ein älteres Paar, offensichtlich Touristen, zur Sphinx spazieren. Die Dame erinnerte Nadia an die Frau aus ihrer Grundschulkantine. Dann wurde das Paar aufgehalten von einem Jungen, der kleine Lederkamele verkaufte. Sein verwaschenes T-Shirt schlotterte ihm um den Nabel, und ein Paar zerrissene Sandalen hing an seinem linken Fuss. Er wuselte um sie herum und versuchte, sie auf seine Ware aufmerksam zu machen, aber das Paar zeigte kein Interesse. Trotzdem liess er nicht locker, als hätte man ihm eingebläut, dies sei die beste Verkaufsmethode.

»Schau nur, Schatz«, hörte Nadia die Frau zu ihrem Mann sagen, »er verkauft sie für ein Pfund das Stück, und im Hotel wollen sie fünf Pfund!«

Ihr Akzent weckte Heimweh nach London in Nadia. Sie ging zu dem Paar hinüber, angezogen von dem vertrauten Tonfall und begierig nach einem Lächeln des Wiedererkennens und einer Ermunterung, hallo zu sagen. Doch als die beiden zu ihr aufblickten, sahen sie nicht ihresgleichen, sondern ein ägyptisches Mädchen am Fuss der grossen Pyramide von Giseh. Nadia zwang sich zum Sprechen, denn sie brauchte diese Begegnung jetzt und musste diese Brücke schlagen. Sie sagte: »Wenn Sie mit ihm feilschen, bekommen Sie sogar zwei Kamele für ein Pfund. Er wird sie Ihnen zu diesem Preis verkaufen, wenn Sie hartnäckig bleiben.« Sie machte es vor, indem sie mit dem Jungen auf Arabisch radebrechte. Sofort senkte er den Preis auf den landesüblichen Ansatz. Das Paar war entzückt. »Und du sprichst auch noch so gut Englisch!«

Nadia erklärte, dass sie aus dem Norden Londons sei, und plauderte ein paar Minuten mit Dan und Sheila aus Tunbridge Wells. Sie waren erprobte Reisende, die auch schon in Griechenland, Israel und Jordanien gewesen waren, aber Kairo habe mehr zu bieten, sagten sie.

Sie spazierte zu Rîm und Chalid zurück und fühlte sich erfrischt. Die beiden Engländer waren Londoner wie sie; sie sprach ihre Sprache und konnte ihre Vorlieben nachempfinden. Aber sie war keine Touristin, und Ägypten konnte für sie nie ein Ferienziel wie Jordanien oder Griechenland sein. Sie hatte die Wüste samt Pyramiden und Sphinx in ihrer DNA. Diese waren Teil ihres Erbes, ob sie es wollte oder nicht. In einigen Wochen würde sie wieder zur Schule gehen, und diesmal würde sie etwas zu erzählen haben von ihren Ferien. Sie würde sich nicht schämen müssen wie sonst jedes Jahr.

Allerdings neigte Latifa in diesem besonderen Sommer zum Nörgeln. Sie sah zu, wie Nadia sich für das Abendessen umzog, und sagte: »Findest du nicht, dass du zu viel Zeit mit Chalid und Rîm verbringst?«

»Sie haben mich eingeladen.«

»Das ist reine Höflichkeit.«

»Nein, das ist nicht Rîms Art. Sie wäre ehrlich zu mir. Wenn sie mit Chalid allein sein wollte, würde sie es mir sagen.« Trotzdem fiel Nadia auch ein Gespräch mit der Mutter in einem früheren Sommer ein, als sie gefragt hatte: »Warum lügt man in Ägypten die ganze Zeit? Warum fordert Tante Salwa ihren Besuch immer zum Bleiben auf, wenn die Leute schon aufstehen und gehen wollen? Sie bittet und bittet sie und meint es doch nicht so, sie will, dass sie gehen, und ist erleichtert, wenn sie es dann tun.«

»Es ist eben höflich«, hatte Latifa geantwortet, »und das wissen die Besucher auch und gehen dann trotzdem.« Das war ägyptische Etikette, und das waren ägyptische Kniffligkeiten, mit denen Nadia sich nie würde anfreunden können.

Jetzt schlüpfte sie bloss in ihre Schuhe und wich dem Blick ihrer Mutter aus. »Ich will mit ihnen ausgehen. Heute gehen wir zu TGI Fridays, und zwar auf ein Boot auf dem Nil!«

»Besteh darauf, dein Essen selbst zu bezahlen«, murrte Latifa. »Ich will nicht, dass du unerwünscht bist, und ganz bestimmt sollst du keine Gefälligkeiten annehmen. Am liebsten wäre es mir, du würdest gar nicht gehen.«

»Was soll das?« Nadia wurde lauter. »Du nervst mich so. Schleppst mich jeden Sommer gegen meinen Willen hierher, und wenn es mir hier endlich mal zu gefallen beginnt, musst du wieder alles verderben!«

Später am Abend schloss Nadia sich ihrer Mutter vor dem Fernseher an, um Abbitte zu leisten. Sie erkundigte sich nach dem Film, wohl wissend, dass ihre Mutter es genoss, wenn sie zusammen arabische Filme schauten und Latifa übersetzte. »Eigentlich gehört er nicht zu den besten«, sagte Latifa jetzt, »aber er bringt Erinnerungen zurück. Dein Vater und ich haben ihn im Kino Normandy gesehen, als wir verlobt waren. Chalid kam mit als Anstandswauwau.« Sie lachte. »Er war erst sieben Jahre alt. Und jedes Mal, wenn wir ausgingen, mussten wir ihn mitnehmen! Dein Vater hat sich Mühe gegeben, für Unterhaltung zu sorgen und ihn beschäftigt zu halten, damit wir länger zusammen sein konnten.«

Ihre Mutter erklärte ihr dann, warum Chalid ihr so viel bedeutete und weshalb sie seine Verlobung mit Rîm als persönlichen Verlust empfand. Sie hatte stets gehofft, dass er Nadia wählen würde, obwohl Nadia ihr immer wieder erklärt hatte, es gehöre sich nicht, seinen eigenen Cousin zu heiraten!

Anderntags nahm Rîm Nadia auf den Universitätscampus mit, während Chalid arbeitete. Sie tranken eisgekühlten Fruchtsaft im Café, und es fühlte sich anders an, mit Rîm allein zu sein. Auf dem Campus herrschte eine lockere Atmosphäre, auffällige Mädchenfrisuren und junge Männer mit blitzenden Augen und lauter Stimme. Nadia erhaschte einen Blick auf den Tennisplatz, hörte einen dumpfen Aufschlag und Applaus. Sicher machte es Spass, dort im Freien Tennis zu spielen, Vorlesungen zu schwänzen und trotzdem nicht heimzugehen. Sie würde diese Oase mit ihren hohen Mauern, die den Schmutz und den Lärm der Stadt fernhielten, gern wieder aufsuchen.

»Stört sich deine Mutter immer noch an unserer Verlobung?«, fragte Rîm. Sie wusste über alles Bescheid, was sich in Chalids Familie abspielte.

Nadia zuckte die Schultern. »Sie ist nicht so munter diesen Sommer wie sonst.«

»Und du?«

»Oh, ich bin auf eurer Seite. Ich finde, ihr passt perfekt zusammen.«

Rîm lächelte. »Du wirst mal einen Londoner heiraten, da bin ich sicher. Schliesslich gibt es noch mehr Muslime dort, nicht wahr? Ausserdem bist du noch so jung, du musst erst mal deine Prüfungen ablegen und studieren.«

»Ich hab gar nie gesagt, dass ich heiraten will. Das ist allein Mamas Idee.«

»Offenbar macht sie sich viele Sorgen. Das war ja absehbar. Migranten sind Eltern, die zu spät bemerken, dass sie ihre Kinder zur Adoption freigegeben haben.«

»Aber sie kämpft erbittert dagegen an.« Nadia seufzte. »Sie hält mich am Gängelband.«

Rîm lächelte. »Meine Eltern haben mich nach Kairo zurückgeholt, weil auch sie besorgt waren. Da war ich dreizehn und sträubte mich gegen den Umzug. Zuerst war es auch schwierig, aber inzwischen denke ich, dass es zu meinem Vorteil war. Kairo lehrt einen jeden Tag Neues. Es bringt dich auf Draht, weil es so wirklich und unmittelbar ist.«

»Ich hasste es früher auch«, sagte Nadia. Das Geständnis verlieh ihr Flügel. Sie trank ihren Orangensaft aus, und es war Zeit für die Campustour.

In der Buchhandlung fragte Rîm sie: »Hast du Nagib Machfus[19] gelesen?«, und da standen seine Bücher in englischen Übersetzungen. Es war Nadias erste Begegnung mit arabischer Literatur, die in klares, vertrautes Englisch übersetzt worden war. Sie nahm einen Roman von Latifa al-Sajjat[20] zur Hand. Und Märchen und Fabeln aus der ganzen arabischen Welt waren hier versammelt. Was für ein Schatz. Eine höhere Sphäre. Sie gab das ganze Geld in ihrem Beutel für Bücher aus: Erzählungen von Salwa Bakr[21], *Der Berg aus grünem Tee*[22] und *Der Dieb und die Hunde*. Zum ersten Mal hatte sie das Leben und Reden ihrer Mutter in gediegenen schwarzen Lettern vor Augen, und die englischen Wörter wirkten auf Anhieb überraschend glaubwürdig.

An den folgenden Vormittagen und bis zum Ende des Sommers sass Nadia nicht mit der PlayStation, sondern mit den neuen Büchern und dem Stadtplan von Kairo in »ihrem« Zimmer, Chalids Zimmer. Der Raum mit seinem grossen braunen Schreibtisch und dem mächtigen Bett barg viele Kindheitserinnerungen. Jahr für Jahr, schien es ihr, hatte sie dort Chalid bei den Vorbereitungen auf seine Oberschul- oder Universitätsprüfungen angetroffen. Dann hatte er am selben Schreibtisch wie sie jetzt gesessen, in Pyjamahose und -hemd und die Notizen und Unterlagen vor sich ausgebreitet. Obwohl Tante Salwa sie mahnte, ihn nicht zu stören, schlüpfte sie ins Zimmer, wenn die Tür offen stand. Sie sah sich die Bilder auf seinen Kassetten an, und manchmal gab er ihr einen Bleistift und Papier, das sie vollkritzeln konnte, wenn sie bäuchlings auf dem Bett lag. Er fragte sie: »Worüber werde ich wohl geprüft?«, und sie blätterte seine Notizen durch, mimte Verständnis und stach dann mit dem Stift in eine beliebige Seite. Und er sagte: »Hoffentlich hast du recht, das ist einfach.« Einmal schrieb er einen Zettel, den sie Tante Salwa in die Küche bringen sollte. »Ein Student ist heute verhungert, weil seine Mutter ihn zu füttern vergass«, stand darauf. Tante Salwa lachte und bereitete riesige Omelette-Sandwiches zu, die Nadia vorsichtig zu ihm trug. Als Tante Salwa später den leeren Teller holen kam, legte Chalid seine Arme um ihre Mitte und sagte, den Kopf an ihren mächtigen Bauch gepresst: »Bete für mich, Mama.« Und während Salwa ein Gebet für ihn sprach, umarmte auch Nadia ihre Tante und sog Salwas Parfum und die Küchendünste ein.

*

Ich weine, als Salwa mir von Chalids Verlobung erzählt. Wir sitzen in der Küche, das Teetablett zwischen uns, und es riecht nach Koriander und Knoblauch. Sie will es mir schonend beibringen und sagt, es sei noch nichts festgeschrieben. Aber ich weiss, dass es endgültig ist, und bin niedergeschmettert. Sie schlingt die Arme um mich und versucht mich zu beruhigen. »Nadia wird eine bessere Partie machen, wart's nur ab, und sei geduldig; sie sind nicht füreinander bestimmt. Der Altersunterschied zwischen den beiden ist für die heutigen Zeiten zu gross.«

»Haben wir denn nicht immer von ihrer Verlobung geredet, und hast du es mir nicht versprochen?«

Sie seufzte. »Ich hab mich geirrt. Die Zeiten haben sich geändert, und die jungen Leute entscheiden heutzutage selbst. Chalid und Rîm sind verliebt und wollen zusammen sein. Wie kann ich ihm da im Weg stehen? Und Nadia ist noch so jung! Warum hast du es so eilig?«

Ich bin allein mit meinem Kummer. Salwa kann die Ängste nicht begreifen, die eine Muslima umtreiben, die im Westen Kinder aufzieht. Sprachen die Schulfreundinnen von Salwas Tochter denn je so nüchtern von »Vaters Freundin«? Suchte sie je Geschäfte auf, wo nackte Brüste und Hintern von Zeitschriftenständern prangten, über den Köpfen von kleinen Kindern, die Süssigkeiten kauften? Begegnete sie Leuten, die sich in Parks und an Bushaltestellen schamlos küssten und berührten? Wenn man sie anstarrt, erwidern sie bloss mit leeren, verständnislosen Augen und einer unheimlichen Unschuld den Blick. Wenn Westler heiraten, erkläre ich Salwa, haben sie einander zuerst ausprobiert, so wie ein Arbeiter erst mal eine Anstellung auf Probe bekommt!

Ich rede mit Salwa, aber wie kann sie sich das dröhnende Schweigen vorstellen, bei dem keiner klare Worte spricht und sagt, was falsch und verboten ist? Ich muss Nadia grossziehen und ihr Schutz und Wärme geben wie einer Pflanze im Treibhaus. Ich muss die graue Welt draussen durch die durchsichtigen Fenster sehen, ohne verhagelt zu werden oder zu erfrieren vor Kälte. Unberührt von Sünde und Chaos soll sie aufwachsen und sich doch nicht verstecken. Sie soll die Gefahr begreifen und sich von ihr fernhalten.

»Ja, ich will, dass sie jung heiratet«, sage ich. »Weil die Ehe schützt. Und Chalid ist meine erste Wahl.«

»Wenn du und Hamdi doch bloss in Ägypten geblieben wärt!« Salwa reicht mir ein Taschentuch. Sie giesst mir ein Glas Tee ein. »Du bist altmodischer geworden seit deinem Weggang. Es ist hier nicht mehr alles so steif und unschuldig wie in unserer Jugend. Die Eltern haben keine Macht mehr über ihre Kinder und wissen ja kaum, was sie so treiben! Latifa, *habibti,* du hinkst hinterher. Als wäre die Zeit für dich stehengeblieben, weil du nicht da warst!«

Ich nehme zwei Aspirin gegen meine rasenden Kopfschmerzen, schlafe ein und wache erst auf, als Nadia von ihrem Ausflug mit Chalid zurückkehrt. Ihr glückliches Gesicht hebt meine Laune. Man hat es ihr erzählt, und sie freut sich auf die frischgebackene Braut und fragt, ob wir zur Hochzeit aus London anreisen werden.

»Ich hoffe, dass ihre Verlobung in die Brüche geht«, sage ich. »Ich hoffe, er wird noch zur Vernunft kommen und stattdessen dich heiraten.«

»Nie im Leben.« Sie weicht von mir zurück.

Vielleicht hat sie es ja auch schon gesagt, aber jetzt höre ich es zum ersten Mal. Wie sie das Wort »abartig« benutzt und das Gesicht verzieht. Dieser Widerwille gegen eine Heirat zwischen Cousin und Cousine ist etwas, was die Engländer ihr beigebracht haben; ein in Ägypten aufgewachsenes Mädchen würde nie so empfinden.

Wieder einmal besteigen wir das Flugzeug, das uns nach London zurückbringen soll. Nadia sitzt neben mir auf dem Gangplatz und ist mit Lesen beschäftigt. Wozu bringe ich sie zurück? Ihr Vater und ich beschlossen einst, in London zu leben, und jetzt ernten wir, was wir gesät haben. Ich hätschle meine Angst, als könnte sie mich vor dem schützen, was ich am meisten fürchte. In London lamentiere ich mit den anderen Müttern. Wir tappen in einem Labyrinth herum und erzählen einander Geschichten von Sackgassen. Der Sohn der einen hat zum Christentum konvertiert, die Tochter einer anderen arbeitet in einer Bar, und selbst von jenem fleissigen Jungen erfuhr man, dass er einer Terrorgruppe angehöre. »Da stecken schlechte Freunde dahinter«, warnt man mich. »Verheirate sie« ist ein oft gehörter Rat. Puh, in diesem Sommer ging aber ein Hochzeitsplan gründlich daneben!

Ich blicke auf das Buch in Nadias Händen hinab und bemerke erstaunt, dass mein Vorname auf Englisch auf dem Umschlag steht. Sie erklärt, dass sie eine englische Übersetzung von *Das offene Tor* lese. »Ich werde mein Projektjahr in Kairo verbringen und Arabisch lernen. Richtig lernen. Gut genug jedenfalls, um Bücher zu lesen«, sagt sie.

Meine spontane Reaktion ist Freude, die ich verbergen muss, damit sie den Plan nicht noch mir zum Trotz aufgibt. »Du könntest bei mir Arabisch lesen und schreiben lernen«, sage ich. »Dafür brauchst du nirgendwo hinzugehen.«

»Doch«, sagt sie stirnrunzelnd. »Kein Mensch verbringt sein Projektjahr damit, bei seiner Mutter herumzusitzen.«

»Was soll das überhaupt sein, ein Brojektjahr?«

»Projekt, Projekt mit p.«

»Brojekt.«

»Nein, jetzt sag mal ›p‹ wie in ›pipi‹! Du kannst doch sicher ›pipi‹ sagen, und dann machst du bei jedem zweiten Wort aus dem p ein b! Das ist ja dämlich.«

Ich lache, weil sie sich über ein dummes Wort aufregt und weil es vielleicht trotz allem noch Hoffnung gibt. Wir sind inzwischen startklar. Nadia klappt ihr Tischchen hoch, legt das Buch weg und schnallt sich an. Sie nimmt meine Hand, und ich bin von dieser Geste zu Tränen gerührt. Ich will sprechen, aber der Pilot sagt etwas, als er den Abflug vorbereitet. »Im Namen Allahs des Erbarmers, des Barmherzigen«, sagt er wie zu sich selbst, und die Motoren heulen auf.

Der Strauss

»Du siehst aus wie eine aus der Dritten Welt«, sagte er, und ich liess es mir nahegehen und senkte den Blick, damit er den Ausdruck in meinen Augen nicht sah. Ich erwiderte, anders als von ihm erwartet, sein spöttisches Lächeln nicht und sagte auch nicht: »Und wo kommst du denn her?« Ich liess ihn seinen Arm um mich legen zur Begrüssung und gab ihm meinen Gepäckwagen mit den Koffern.

Er muss mich zuerst gesehen haben, dachte ich; während ich noch die Gesichter der am Terminal Wartenden musterte, muss er mich die ganze Zeit beobachtet haben. Und ich schämte mich plötzlich, nicht nur meinetwegen, sondern für alle, die mit mir aus diesem Flugzeug gestiegen waren. Unser schäbiges Gepäck, unser Gestammel vor dem Zollbeamten, unsere Kleidung, die noch vor Stunden ganz natürlich schien und jetzt zerknittert wirkte und fehl am Platz.

Also erzählte ich ihm nicht von dem Baby, obwohl ich mir vorgenommen hatte, es ihm gleich am Flughafen zu sagen, sobald wir uns sahen. Und ich gestand ihm auch nicht, dass ich manchmal lieber nicht zurückgekehrt wäre, dass mir in Khartum alles so wirklich schien und unser Leben in London wie eine Art Winterschlaf.

Ich musste daran denken, neben ihm herzugehen und nicht zurückzufallen. Es widerstrebte mir, meine Mitreisenden zu verlassen. Vor ein paar Stunden noch hatten wir zusammengehalten, waren am Flughafen in

Khartum eine selbstgefällige, laute Truppe gewesen, eine erwählte Schar, die nach Norden aufbrach. Im Flugzeug hatten wir die gleichen Mahlzeiten zu uns genommen, in dieselbe Richtung geschaut und einander zugenickt und zugelächelt. Jetzt mussten wir auseinandergehen, geblendet von den hellen Lichtern des Terminals, eingeschüchtert von den dicken Spannteppichen, ernüchtert von den tadellosen Durchsagen, eine nach der anderen: Worte, die wir verstehen konnten, was sie bedeuteten, aber nicht. Aus dem luftleeren Raum des Terminals, das alle Geräusche schluckte, würden wir uns zerstreuen in der bewölkten Stadt und den Stolz bald vergessen, mit dem wir unsere Tickets gekauft und unsere Heimat verlassen hatten. Es missfällt ihm, wenn ich ein paar Schritte hinter ihm gehe. »Was würden die Leute denken«, sagt er. »Dass wir hinterwäldlerisch seien, barbarisch.« Er rümpft die Nase über die Araberinnen in schwarzer Abaja, die hinter ihren Männern hergehen. »Für unterdrückt würden die Leute sie halten. Hier achtet man Frauen und behandelt sie als Gleichberechtigte, das müssen wir auch tun«, sagt er. Also muss ich darauf achten, nicht hinter ihm herzuhumpeln, und muss das Gewicht seines Arms um meine Schulter ertragen, eine weitere Geste, die er übernommen hatte, um zu beweisen, dass wir auch als Araber und Afrikaner modern sein können.

Wir warteten vor dem Terminal auf den Flughafenbus. Nur zwei Monate weg, und ich hatte vergessen, wie nass dieses Land sein kann. Schon guckten meine bemalten Zehen aus den durchnässten Sandalen, ein

Witz. Er sah gut aus und erzählte mir, dass seine Forschungsarbeit Fortschritte mache und er nach Bath an eine Konferenz gefahren sei, auf der sein Betreuer einen Vortrag gehalten habe. »Auf der ersten Seite unten stand ein Dank an mich«, sagte er, »weil ich die Computersimulation übernommen hatte. In Kursivschrift steht da: ›*Der Verfasser dankt Madschdi al-Scheich*‹ und so weiter.«

Madschdi wird selbst einmal Aufsätze schreiben; er wird seine Dissertation beenden und seinem Namen ein »Dr.« voranstellen dürfen. Seine früheren Zweifel, seine Versagensängste legen sich allmählich. Ich hätte stolz sein müssen. Eines Tages vielleicht, aber in diesem Moment war ich nur müde und kam mir unehrlich vor. Ich horchte in mich hinein, um das Baby besser in mir zu spüren, aber da war nur Stille.

»Man beneidet dich, Samra«, sagte meine Mutter, »weil du im Ausland lebst, wo es so viel angenehmer ist als hier. Jammere nicht, sei nicht undankbar.« Doch als sie den Ärger in meinem Gesicht sah, wurde sie milder und sagte: »Es wird leichter sein, wenn das Baby da ist. Etwas, das deinen Tag ausfüllt, dann wirst du keine Zeit mehr für Heimweh haben.« Und doch malte ich mir aus, ich könnte ja einfach nicht mehr zurückkehren und still und leise mein altes Leben wiederaufnehmen. Monat um Monat würde vergehen, und er würde mich mit der Zeit vergessen und mir dann doch noch die Scheidungspapiere schicken und vielleicht jemand anders heiraten. Eine Engländerin mit blonden Haaren und blauen Augen. Ich ertappe ihn manchmal beim Gedanken, er hätte eine Frau wie die, die er im Fernsehen bewunderte, heiraten können, wenn er nur noch etwas gewartet und sich nicht in diese Ehe gestürzt hätte. Wir heirateten, damit er nicht mit einer ausländischen Ehefrau ankäme, wie so viele sudanesische Studenten, oder noch schlimmer: eine Ausländerin heiratete und nie wiederkäme. Denn wer will schliesslich in den Sudan zurückkehren, nachdem man vom guten Leben im Westen gekostet hatte? Mit einer Sudanesin zur Frau hingegen würde er bestimmt zurückkehren. So hatte es mir seine Familie erklärt, halb zum Spass und halb im Ernst. Also schmeichelte man mir mit Geschenken, mit einer grossen Hochzeit, einem gutaussehenden, gebildeten Bräutigam und der Chance, ins Ausland zu gehen. Es gab gar keinen Grund für mich abzulehnen. Aber vielleicht können sie das Schicksal nicht überlisten, vielleicht bin ich nicht stark genug, um ihn an seine Wurzeln zu binden.

»Wenn ich einen Weg fände, hier für immer zu leben«, sagt er, »wenn ich bloss eine Arbeitserlaubnis bekäme. Ich kann mir nicht vorstellen, wieder zurückzukehren: zum Anstehen nach Benzin, zu Computern, die nicht genug Strom haben, um zu funktionieren, oder genügend Papier fürs Drucken. Begriffsstutzige Studenten unterrichten, die noch nie einen Taschenrechner in der Hand hielten. Und ein Lohn, ein Monatslohn, der unter dem liegt, was ein Arbeitsloser hier in einer Woche bekommt! Rechne bloss nach, wenn du mir nicht glaubst.«

Er hatte Antworten auf all meine Einwände: »Moralische Grundsätze, was für eine Moral haben wir denn, wenn unsere Politiker korrupt sind und wir Waffen kaufen, um einen Bürgerkrieg zu schüren, statt den Hungrigen Brot zu geben? Und komm mir nicht mit Rassismus! Wir sind noch grössere Rassisten als die Briten – wie haben wir im Norden die Südsudanesen immer behandelt?«

Der Bus kam endlich, und wir sassen im Oberdeck, während die grüne Landschaft um Heathrow vorüberzog. Das Grün der Blätter in Khartum ist ein anderes Grün: intensiver, spröder und schriller in der Wüstenhitze. Ich kenne diesen Bus und diese Route; sie ist mir so vertraut wie ein Film, den man mehrfach gesehen hat. Da lebe ich seit zwei Jahren in London, und wenn ich nach zwei Monaten in Khartum zurückkehre, habe ich das Gefühl, noch mal von vorn anfangen zu müssen. Zwei Monate haben zwei Jahre weggewischt, und ich bin wieder eine Fremde.

»Hast du irgendwelche Bekannte im Flugzeug getroffen?«, fragte Madschdi. Unterwegs von oder nach Khartum tut man das ja immer, es ist eine kleine Stadt mit vielen vertrauten Gesichtern. Ich log und sagte nein. Ich log und erzählte ihm nicht, dass ich auf dem ersten Teil der Reise, von Khartum nach Kairo, den Strauss getroffen hatte.

Ich habe es nie geschafft, mir seinen richtigen Namen zu merken. In meinen Gedanken war er immer »der Strauss«, und vielleicht sprach ich ihn tatsächlich so an, obwohl ich mich nicht an eine Reaktion darauf von ihm erinnere. Eher benutzte ich den Namen wohl nur im Gespräch mit Freunden und war vermutlich enttäuscht, dass sie ihn nicht auch gleich verwendeten.

Er sah wirklich aus wie ein Strauss, mit seinem dünnen, vorstehenden Hals und den langen, herunterbaumelnden Armen. Er ging mit gerecktem Kopf und hochgezogenen Brauen und machte grosse, zögerliche Schritte. Sein Haar war hell, stand in einem mächtigen Afro, der seine Bewegungen mitmachte, nach allen Seiten ab und klumpte im Nacken zusammen, als wäre er zu bequem, um mit seinem Kamm so weit nach hinten zu greifen. Er war in unserem zweiten Jahr an der Uni zu uns gestossen, nachdem wir uns in Gruppen aufgeteilt und einander Etiketten verpasst hatten. Er hätte eigentlich schon im vierten Jahr sein sollen, aber er verlor zwei Jahre, nachdem ein Auto mit überhöhter Geschwindigkeit ihn umgefahren hatte. Sein Körper heilte, aber seine Augen waren dauerhaft geschädigt und blieben übergross, verschwommen und trübe. Sie verbannten ihn in eine Welt, die er allein bewohnte, in der alles unscharf war und alle ihn so undeutlich sahen wie er sie.

»Dein Gepäck war so schwer«, sagte Madschdi. »Musstest du für Übergewicht bezahlen?«

»Nein ... Das waren eben die Grapefruits, die ich dir mitgebracht habe, und der geflochtene weisse Käse, den du so magst.«

»Aus dem Land der Hungersnöte bringst du mir Nahrung.« Wieder dieser spöttische Ton, aber ich wusste, dass er zufrieden war. Es waren Dinge, die er insgeheim vermisste.

»Es ist nicht so schlimm, wie sie es hier im Fernsehen darstellen, oder mindestens nicht in Khartum. Normal, würde ich sagen, mit Hochzeiten und Beerdigungen, aber die Stimmung ist gedrückt. Alles ist so teuer ... und alle wollen weg. Jede Familie, die ich besucht habe, hat einen Verwandten im Ausland. Am Golf, in Ägypten, in Amerika. Erinnerst du dich an eure Nachbarn, Ali und Samir?«

»Die mit dem weissen Mercedes.«

»Mercedes hin oder her, jedenfalls sind sie auch weg: Ali in Bahrain und Samir in Norwegen. Stell dir vor: Norwegen! Und seine Schwester und ihr Mann sind mit dem Papierkrieg beschäftigt, um nach Australien auswandern zu können.« Ich lachte. Es war ein einziges Gerangel.

»Das sage ich dir ja die ganze Zeit. Es gibt keine Zukunft dort unten, und wenn es Leute nicht schaffen, die viel bessergestellt waren als wir, wie sollten wir es je schaffen können, falls wir zurückgehen? Ich mache es schon richtig, wenn ich hier möglichst ausharre.«

Der Strauss hatte einen Bruder, der am Golf arbeitete. Der schickte ihm eine Uhr mit Piepton. Ich weiss noch, wie der Strauss sie sich vor die Nase hielt und den Kopf schräg legte, um die Zeit zu erkennen. Es war eine Neuheit für die meisten von uns, die erste Digitaluhr, die wir je gesehen hatten. Am Ende der Vorlesung ging ein Alarm los und mahnte den Dozenten, zum Schluss zu kommen. Dann kicherten wir Mädchen in der ersten Bank. Wir hatten immer die vordersten Bänke und belegten unsere Plätze im Voraus, indem wir unsere Schreibhefte auf das Pult warfen und noch ein paar mehr für unsere Freundinnen. Zu Hunderten sassen wir im Hörsaal, auf unbequemen Holzbänken. Gefühllose Hintern, Arm an Arm und Knie an Knie. Und ich weiss noch, wie die Schritte der Zuspätgekommenen durch den stillen Saal hallten und sie sich nach ein paar Schritten neben ihre Freunde quetschten. Der Strauss kam immer zu spät hereingeschwebt und setzte sich nach hinten, wo die Tafel verschwamm und er sich keine Notizen machen konnte. So kratzte er sich nur mit seinem Stift im Haar, an Nase und Ohren und wartete, bis seine Uhr piepste. Es fiel uns nie ein, ihm einen Platz ganz vorn anzubieten.

Er flösste uns nie die beschämte Rücksichtnahme ein, die wir nur für die Behinderten haben. Niemand drängte sich vor, um ihm zu helfen, und ich weiss noch, dass ich lachte, als er fand, mein blaues Kleid stehe mir gut, und ihn fragte, wie er das denn wissen könne, er würde gegebenenfalls wohl auch einen Esel loben. Ich war grausam zu ihm. Manchmal schaute ich ihm in die Augen, und sie waren wunderschön: bernsteingelb und geheimnisvoll wie die eines Neugeborenen. Anziehend wie strudelnder Honig. Und manchmal stiessen mich die stumpfen Augen auch ab, mit ihren langen, vom Schlaf verklebten Wimpern.

Ich hatte vergessen, wie klein die Wohnung, wie dünn die Wände waren. Eine Studentenbude. Die Reinlichkeit überrascht mich, in diesem sauberen Land frei von Staub und Insekten. Überall Teppiche und alles kompakt; wie verschachtelte Schachteln hielten die Häuser trotzig zusammen. September, und es ist bereits Winter und bereits kalt. Das Fenster, wie viele Stunden hatte ich an diesem Fenster verbracht? Zwei Jahre schon schaute ich hinaus auf Fremde und konnte mir keinen Reim auf sie machen, wusste nicht, wer reich war und wer arm, wer Rohre flickte und wer die Kranken heilte. Und manchmal wusste ich nicht einmal, ob es ein Mann oder eine Frau war, was mich verstörte. Fremde, die ich respektieren musste, Fremde, die besser waren als ich. Das sagt Madschdi. Jeder von denen sei besser als wir. Sieh dir den Müllmann an. Er ist nicht von Malaria, Anämie, Bilharziose gezeichnet; er kann Zeitung lesen und einen Brief schreiben; er hat einen Fernseher zu Hause, und seine Kinder gehen zur Schule, wo sie aus gediegenen Büchern lernen. Und wenn sie begabt sind und Talent für Musik oder Naturwissenschaften zeigen, fördert man sie, und eines Tages könnten sie aufsteigen und wichtige Leute werden. Ich sehe mir den Müllmann an und schäme mich, dass er die Säcke mit unserem Unrat einsammeln muss. Wenn ich ihm auf der Strasse begegne, wende ich meine Augen ab.

Und jetzt, wo ich zurück bin, schwillt der Raum an und will mich ersticken. Das Fenster lockt, und es ist schon dunkel draussen. Es war ein Fehler, zurückzukehren. Alles Lachen und jede Zuversicht blieben zurück. Was tue ich eigentlich hier? Eine Fremde, die ohne Rolle auf der Bühne erscheint, ohne Skript. Madschdi weist mich auf die Graffiti hin: »Schwarze Scheisskerle« an der Mauer einer Moschee, »Paki go home« an der

Tür des Zeitungshändlers. »Weisst du, was das heisst, wer das geschrieben hat?« Ich hege eine neue Furcht, nicht zu wissen, nie zu wissen, wer diese Feinde sind. Woran konnte ich sie erkennen, wo sie mich doch so leicht erkennen? Die Frau, die mir Briefmarken verkauft (sie ist doch alt, ich muss ihr Alter achten), die Bibliothekarin, die meinen Namen nicht buchstabieren konnte, während die Schlange hinter mir wuchs (ich werde immerhin ihre Bücher gratis lesen können), oder der Busfahrer, den ich aufbrachte, weil ich ihm nicht das passende Kleingeld hinstreckte (mein Fehler, ich muss eben das Schild an der Tür ernst nehmen). Wer von ihnen ist einverstanden mit dem, was an den Wänden geschrieben steht?

Es gibt ja noch andere, Madschdis neue Freunde. »Der Soundso ist nett«, sagt er, »wohlwollend.« Und er lädt sie nach Hause ein, Männer mit freundlichen Augen und Frauen, die gerne essen, was ich koche. Aber ich muss auf der Hut sein, es gibt Dinge, die ich nicht sagen darf, wenn sie hier sind. Einmal erwähnte ich die Polygamie und sagte, wir sollten etwas, was Allah erlaubt hatte, nicht verurteilen, und fügte hinzu, dass Madschdis Vater eine Nebenfrau habe. Als sie gegangen waren, schlug er mich, und ich Dummkopf verstand nicht einmal, was ich wohl Schlimmes getan hatte.

»Warum denn, warum?«, fragte ich, und er schlug erst recht zu.

»Umso schlimmer, wenn du es nicht begreifst«, sagte er. »Dann sollst du wenigstens spüren, dass du was Dummes gesagt hast. Deinen hässlichen Teint, deine dicken Lippen und das Kraushaar können sie dir ja noch verzeihen, aber du musst wenigstens modern denken und ihnen inwendig ähnlich sein, wenn du es äusserlich schon nicht schaffst.« Und was in meinem Kopf hängenblieb und mich immer wieder siedend heiss durchfuhr, nachdem der Schmerz sich gelegt hatte, nach den reumütigen Liebkosungen, waren seine Bemerkungen über mein Aussehen. Dann stellte ich mich vor den Spiegel und hasste mein Gesicht – Allah möge es mir verzeihen.

»Du siehst wunderschön aus in Blau«, sagte der Strauss, und als ich grausam war, sagte er: »Aber ich kann Stimmen beurteilen, nicht wahr?« Ich fragte ihn nicht, was er von meiner Stimme halte. Ich wandte mich ab. Es muss abends gewesen sein, dass ich Blau getragen hatte. Weisse Tobs waren für den Vormittag und farbige für den Abend bestimmt. Die Abendvorlesungen waren besonders, so friedlich; man hatte nach dem Mittagessen Zeit für eine Dusche und ein Nickerchen. Und schlenderte von den Wohnheimen gruppen- oder paarweise an dem Jungen vorbei, der Erdnüsse feilbot, an dem geschlossenen Postamt und an den Niembäumen mit den schadhaften Bänken darunter. Klirrende Ohrringe, Kaugummi zwischen den Zähnen und kajalumrandete Augen. Wenn die Tobs über unserem sorgsam gekämmten Haar verrutschten, hoben wir die Hände und rückten sie wieder zurecht. Wir rafften den Stoff und klemmten ihn unter dem linken Arm fest. Ich vermisse diese schon abgelegten Gesten. Madschdi sagt: »Wenn du in London dein Haar bedeckst, werden sie denken, ich zwinge dich dazu. Sie werden nicht glauben, dass du das willst.« Also muss ich barhäuptig unterwegs sein, mir den Stoff um mein Haar nur vorstellen und die Hand heben, um einen rein imaginären Tob zurechtzurücken.

Die Sonnenuntergangsgebete schoben in die Abendvorlesungen eine Pause ein. Ein Dozent war Kommunist und trug gern seinen Atheismus zur Schau. Also scherte er sich weder um das Rascheln der Notizhefte noch um das Scharren unruhiger Füsse oder das Piepsen des Strauss'schen Weckers. Erst als jemand »Gebetspause!« rief, unterbrach er seine Vorlesung. Ich werde das Gras immer vor mir sehen, die Flecken verdorrtes Gelb und die ausgelegten Palmfasermatten. Sie rollen sich an den Rändern auf, und wenn ich die Stirn zu Boden senke, kann ich das Gras darunter riechen. Wenn endlich Pause ist, müssen wir uns beeilen, denn es ist, als hätten die Vögel den Adhan gehört und vor uns zu beten begonnen. Ich kann ihren Lobgesang hören und sehen, wie die Zweige sich biegen, um sie zu empfangen, als sie zu den Bäumen flitzen. Wir waschen uns nacheinander an einem Wasserhahn an der Ecke. Der Strauss kauert sich hin und hält seinen ganzen Kopf unter den Hahn. Er wirft ihn nach hinten, und Wassertropfen kullern auf seinem Scheitel. Ich leihe mir einen Becher aus der Mensa und bin stolz und ein wenig eitel, weil ich weiss, dass ich mir Hände, Gesicht, Arme und Füsse mit nur einem Becher voll waschen kann. Wir ziehen die Sandalen aus, reihen uns ein, und der Küchenjunge kommt auch noch, seine zerlumpten Kleider haben Teeflecken. Ein weiterer Dozent findet keinen Platz auf der Matte und breitet sein Taschentuch auf dem Gras aus. Wenn ich nicht gerade betete, scharrte ich mit meinen Füssen im Kies und betrachtete die geraden Kolonnen: die Männer vorn und die farbigen Tobs dahinter. Ich wusste, dass ich Teil dieser Harmonie war und keine Erlaubnis brauchte, um dazuzugehören. Hier in London rufen die Vögel leise, und ich bete allein. Ein Büchlein und nicht ein Muezzin nennt mir die Zeiten. Madschdi betet hier in London nicht. »Dieses Land«, sagt er, »nagt Stück um Stück am Glauben.«

Im Spülbecken stapelten sich die ungewaschenen Teller, brüchige Eierschalen lagen herum und schmutzige Socken am Boden. Auf Madschdis Schreibtisch – leere Teetassen und abgebissene Apfelgehäuse. Ich begann aufzuräumen; er schaltete den Fernseher an. Computerausdrucke lagen haufenweise am Boden. An vielen Abenden vor meiner Abreise nach Khartum hatte er an seinem Schreibtisch gearbeitet, während ich die perforierten Ränder der Bögen abtrennte, ganze Papierschnüre mit Löchern. Ich spielte damit, faltete sie zu Gebilden und machte Armbänder und Ringe damit wie ein Kind. Und dies waren die glücklichen Momente unserer Ehe, da die Welt draussen vergessen war und seine Versunkenheit in seine Arbeit so tief, dass er die Melodien sudanesischer Lieder pfiff, die wir einst gekannt hatten.

Zwei Monate gaben viele Computerausdrucke her. Als ich aufgeräumt und ausgepackt hatte und er den

Fernseher ausschaltete und sich mit einer Tasse Tee an seinen Schreibtisch setzte, erwartete mich ein Fest. Ein Fest zerreissenden Papiers, von Löchern, die sich über Löcher legten, und Kette um Kette verschlungener Schneidigkeit. Jetzt konnte ich mich auf den Boden setzen, das Papier vor mir, mich an Madschdis Stuhl lehnen und meinen Erinnerungen freien Lauf lassen. Der Strauss sitzt auf der Stossstange eines Autos, das auf dem Unigelände geparkt ist, und ein paar von uns umringen ihn, an die Scheiben gelehnt. Notizbücher unter den Armen, diese dünnen Blöcke mit Spiralbindung und einer Zeichnung der Universität vorn drauf. Wie war das Wetter? Heiss, sehr heiss – wir können den Schweiss der anderen riechen. Oder es war an einem jener hellen Wintertage, da die Sonne weniger unbarmherzig scheint und eine Brise um die Bäume säuselt. Staub auf dem Wagen und darin; Staub, der sich festsetzt am Straussenhaar, Staub, der zwischen unseren Zehen quillt. Die Baumschatten tanzen um den Strauss in irrlichternden Flecken. Wovon sprachen wir in jenen Tagen, da alles möglich schien und wir naiv glaubten, dass die Universität ein Ziel für sich sei und nicht Mittel zum Zweck? »Ein Emir vom Golf hat in England ein Pferd für zehn Millionen Pfund gekauft. Zehn Millionen in harter Währung, stell dir vor. Damit hätte man ein Krankenhaus, Schulen und Strassen bauen können. Und Schuhe für mich«, sagt der Strauss und streckt in seinen zerrissenen Sandalen die Füsse mit den derben und knorrigen Zehen aus, Füsse, die glühend heisse Fliesen aushielten … »Wenn es bloss einen Putsch gäbe, dann würden sie gleich die Universität schliessen oder besser noch: Es gäbe Grund für einen Streik ungefähr einen Monat vor den Prüfungen. Sie würden vertagt, und ade, Steuerpolitik ... Was hat der Mann eigentlich das ganze Jahr verzapft? Ich hab die Prüfung vom letzten Jahr gesehen und konnte nicht einmal sagen, aus welchem Teil der Vorlesungsnotizen die Antworten stammten.«

Süsser Zimttee in angeschlagenen Gläsern. Geröstete Wassermelonenkerne, das Salz, das in unseren Mündern zergeht, und die leeren Schalen, die ringsum wie Blätter abfallen. Der Strauss, eine vergessene Schale auf den Lippen, rutscht von der Stossstange, hebt die Arme, legt den Kopf in den Nacken und dreht sich im Kreis. Unter seinen Armen sieht man nasse Flecke. Seine schwachen Augen trotzen der Mittagssonne. Gelächter blubbert in ihm hoch und bläst ihm die Schale von den Lippen. »Der Ventilator«, sagt er, lacht noch lauter, beugt sich vornüber und klatscht in die Hände. »Im Gemeinschaftsraum ist der Ventilator von der Decke gefallen. Das hättet ihr sehen sollen. Der ist durch das Zimmer geschwirrt wie ein trudelnder Kreisel.« Wir schreien auf und stellen Fragen, niemand wurde verletzt, es war auch kaum jemand im Zimmer zu der Zeit. Er fand es lustig. Vielleicht ist dies die Quintessenz meines Landes und das, was ich am meisten vermisse. Diese alltäglichen Wunder, diese Balance zwischen Normalität und Chaos. Das Erschrecken und die atemberaubende Dankbarkeit für kleine Dinge. Ein Ort, an dem die Leute sagen: »Allah allein ist ewig.«

Ich flechte Papierbänder mit Löchern zu Ketten; die Ränder der Blätter sind scharf. Grapefruitsaft – niemand kauft ihn nur für sich, immer teilt man ihn, und einer will grosszügiger sein als der andere (das ist unser Untergang, sagt Madschdi, der Untergang eines ganzen Volkes, eine primitive Stammesmentalität und dermassen ineffizient). Rosa Grapefruitsaft mit schaumigem Rand, aus grossen Blöcken gehauene zackige Eisstücke mit eingefrorenen Sandkörnern. Aam Ali, der den Saft zubereitet, muss den Deckel des Mixers festhalten, er kann nur zwei Gläser auf einmal machen, und wenn der Strom ausfällt, gar keine. Auberginensandwiches, das gebackene Innere zu einem Brei zerstossen, pfefferig scharf, dünnes Fladenbrot. Brot ist inzwischen rationiert. In den zwei Monaten, die ich wieder in Khartum verbrachte, stand ich jeden Morgen nach Brot an.

Begegnung mit dem Strauss in der Bibliothek, wo er seine Nase in einem dicken Buch regelrecht vergrub. Es war keines über Kosten-Nutzen-Analyse, das Rostow-Modell, das Pareto-Prinzip – nein, das war nichts für ihn. Er wollte Gedichte aus alten, stockfleckigen Bänden lesen, die vielleicht keiner beachtete ausser ihm. Einmal blickte er zu mir auf, als ich vorbeiging, und seine Augen wölbten sich von der Anstrengung, die er ihnen zumutete. Er zitierte den andalusischen Dichter Ibn Zaidun: »Sehnsuchtsvoll gedachte ich deiner, frei war der Himmel und lieblich der Anblick. Mild war der Hauch vor Sonnenaufgang, als ob er sich meiner erbarmte.«[23] Da lächelte ich ihn an und fragte mich, ob er mein Lächeln wohl sehe; ich wusste ja, er rezitierte bloss das Gedicht.

Der Strauss bohrte zur besten Sendezeit im Fernsehen in der Nase. Was er zutage förderte, rollte er bedächtig zwischen Daumen und Zeigefinger wie ein Reiskorn. Hielt es in die Höhe, musterte es ausgiebig und kniff die Augen zusammen, bevor er es wegschnippte. Wir brüllten vor Lachen im Mädchenwohnheim, wo wir uns um den Schwarzweissfernseher scharten, im Schneidersitz auf dem Boden oder eine auf dem Schoss der anderen auf wackeligen Metallstühlen, Vaseline glitzerte auf unseren Armen, und wir hatten Lockenwickler im Haar. Eine Spielshow lief, ein Lyrikwettbewerb mit dem pompösen Titel *Ritter in der Arena*. Wenn ein Teilnehmer einen Vers rezitierte, musste sein Gegner einen anderen wählen, der mit dem letzten Buchstaben des letzten Wortes in diesem Vers begann. Das Besondere war das Gedächtnis und die Fähigkeit, den Gegner mit Versen einzudecken, die auf denselben Buchstaben endeten, wodurch sich dessen Vorrat allmählich erschöpfte.

Der Strauss brillierte. Zurückgelehnt auf seinem Stuhl, Finger in Nase und Ohren und ganz ohne Gedanken an die Kameras und die Hunderte von Zuschauern, rezitierte er für uns die Dichtung der vorislamischen Araber, ihren Stolz auf die Stärke ihres Stammes. Liebende, die vor den erloschenen Lagerfeuern weinten, von denen sich ihre Liebste entfernt hatte, Sufi-Gedichte der Selbstauslöschung und der Sehnsucht, vor den Allmächtigen zu treten.

Als Fremdling in seiner eigenen verschwommenen Welt, war der Strauss frei. Und als er den Preis von fünfzig Pfund und einer Trophäe gewann, führte er so viele von uns wie möglich in ein Restaurant am Nil aus, wo wir Kebab assen und zusahen, wie der Widerschein des Mondes im dahinfliessenden Wasser unter uns flackerte.

Es war spät. Keine Schritte hallten mehr durch den Korridor draussen, die Heizung war abgestellt, und es war kalt. Ich ging meinen Schal im Schlafzimmer holen; er lag so zusammengefaltet im Schrank, wie ich ihn vor Wochen hinterlassen hatte. Ich legte ihn mir um und sass wieder im Schneidersitz auf dem Boden. In der Abschlussprüfung sass der Strauss neben mir im Saal. »Nummer drei«, flüsterte er, »Nummer drei«, sein Kopf schwebte über dem Papier, und seine Augen flackerten seltsam. Ich sah, wie die Aufsicht zu ihm aufsah, zu uns. Ich hatte ihm früher geholfen, ihm meine Notizen ausgeliehen und ihm tagelang zugesetzt, sie wieder zurückzubringen, nur um festzustellen, dass er sie an jemand anders weitergegeben hatte, und in den Prüfungen, in denen wir immer nebeneinanderzusitzen schienen, flüsterte ich hie und da ein paar hilfreiche Worte, sobald ich die Chance dazu hatte. Bei diesem letzten Mal aber musste ich meine Hand regelrecht vom Papier lösen und sah, dass die Tinte verschmiert und das Papier von meinem Schweiss dünn gerieben war. (Typisches Versagen, würde Madschdi entgegnen, man hätte ihn einzeln prüfen sollen, jemand hätte ihm die Fragen vorlesen und seine Antworten notieren sollen.) »Sei still«, flüsterte ich zurück, »sei still«, und als die Aufsicht vorüberging, hielt ich den Mann an und beklagte mich über den Strauss. Sie führten ihn ab, er protestierte, seine Augen schossen wild hin und her, als könnte er sie nicht stillhalten. Er fluchte; sie waren unerbittlich und schleppten ihn ab. Sein Stuhl blieb umgekippt neben mir liegen bis zum Ende der Prüfung. »Warum«, fragten mich meine Freundinnen, »warum hast du ihn verpetzt?« Ich machte meinen Abschluss, er nicht, und jahrelang sah ich ihn nicht wieder bis zu unserem Aufeinandertreffen heute im Flugzeug.

Aber das war nicht mehr heute, es war gestern gewesen, denn meine Armbanduhr zeigte zwei Uhr in der Früh – Mitternacht nach Londoner Zeit. Ich drehte langsam an den Zeigern, stiess die Zeit zurück. Madschdi sah müde aus von allzu viel Konzentration. Glänzende, dunkle Furchen zogen sich unter seinen Augen hin. Er hob den Stapel Ausdrucke, um ihre Ränder gebracht, vom Fussboden auf und begann sie zu sortieren und stapelweise zu ordnen. Manche wird er gar nicht haben wollen; ich werde sie benützen, um Schubladen auszuschlagen, und sie der Tochter des malaysischen Paars geben, das im Erdgeschoss wohnt. Sie zeichnet so gerne darauf.

»Ich hatte schon Angst, du würdest nicht wiederkommen«, sagte Madschdi unvermittelt. Und ich fragte mich, ob dies denn die richtige Zeit sei, so spät nachts, um über solche Dinge zu reden, Dinge, die uns den Schlaf rauben würden. Als ich ihn anschaute, kam er mir schwach vor, und dies machte ihn in meinen Augen anziehender, als er am Flughafen auf mich gewirkt hatte. Ich erinnerte mich, was mir seine Schwestern von ihm erzählt hatten aus der ersten Zeit nach seiner Ankunft hier. Wie er daran verzweifelt war, je seine Prüfungen zu bestehen und je seiner Arbeit gewachsen zu sein. Und jetzt hatte er es fast schon geschafft. Das Notpaket, das ihm seine Familie zukommen liess, hat seinen Zweck erfüllt. »Ich arbeite besser, wenn du bei mir bist«, sagte er. »Es ist einfacher, wach zu bleiben. Als ich dich am Flughafen gesehen habe heute, sind viele Erinnerungen in mir wach geworden. An geliebte Menschen, die ich zurücklassen musste, und daran, wie ich vor Jahren einst war. Ich beneide dich, und das findest du wohl seltsam, nicht wahr, aber es stimmt. Ich beneide dich, weil du zwar entwurzelt wurdest und doch ganz und unverändert geblieben bist, während ich alles in Frage stelle und gar nichts mehr sicher weiss.«

Und erst dann, spät in der Nacht, als er zu mir kam und sich neben mir auf den Boden setzte, erzählte ich ihm von unserem Baby.

In jener Nacht träumte ich von der Straussenbraut. Sie war, wie sie mir im Flugzeug erzählt hatte, mit mir an der Universität gewesen. Im Traum sassen wir zusammen in einem der Hörsäle, und die Ventilatoren kreisten über unseren Köpfen. Ich flocht die perforierten Ränder des Computerpapiers zu einer Kette und schenkte sie ihr. Sie trug sie um ihren Knöchel, und ich befürchtete, das Papier würde reissen, aber sie lachte nur über meine Ängste.

Es war der Strauss, der mich im Flugzeug zuerst erkannt hatte. »Samra«, sagte er, und als ich ihn nur verständnislos anschaute und meinen Sitzplatz wiederfinden wollte: »Erinnerst du dich denn nicht mehr an mich, Samra?« Er trug sein Haar kurz geschnitten, die Augen waren hinter dunklen Gläsern verborgen, und ich sah ihm an, dass er frisch verheiratet war. Die raffinierten Hennamuster auf den Händen der Braut, die Goldreife an ihren Armen und der schimmernde Stoff ihres neuen Tob sagten mir, dass sie auf Hochzeitsreise waren. Wir tauschten das Neueste aus, wie es Leute tun, die einander lange nicht gesehen haben. Ist dies also Glück, die plötzliche Wiedersehensfreude, die Wärme, das scheue Lachen? Das Reden davon, wie es anderen ging, die wir beide kannten? Hätte ich je geglaubt, dass das Wort Glück in ein paar Minuten Platz finden kann, in ein paar unverhofften Minuten im Gang eines Flugzeugs?

»Mein Bruder betreibt eine Videothek in Madani, die ich führe«, sagte der Strauss, und wir lachten beide erneut, als wäre etwas lustig daran und als freuten wir uns über einen Insiderwitz. »Filme auf Hindi sind beliebt«, schwatzte der Strauss in seiner üblichen Art drauflos. »Keiner versteht die Sprache, aber alle reissen sich um die Filme.«

»Ich kenne dich noch von der Uni«, unterbrach sie uns. »Ich war in meinem ersten Jahr, als du im letzten warst.« Dieses selbstgefällige Lächeln und ihre beinahe zudringliche Art. Ich mochte sie nicht, weil sie ihn dazu gebracht hatte, seine Augen zu verstecken und sich die

Haare zu schneiden. Und ich hatte Mühe, mich an ihr Gesicht zu erinnern, auch wenn es mir irgendwie bekannt vorkam, und kämpfte mit verletzter Eitelkeit, weil sie mir den Altersunterschied zwischen uns unter die Nase gerieben hatte.

Neid stört noch viel mehr als Kummer. Er erwischte mich auf dem falschen Fuss, und ich versank in einen Strudel unvernünftiger Gedanken, die ich nie hätte haben dürfen: Ob sie sich wohl auf seinen Schoss setzte und ihm mit ihren manikürten Händen die Wimpern säuberte? Und ob er ihr Briefchen schrieb in seiner grossen Schrift mit abenteuerlichen Buchstaben, ungezähmt von Linien, die er nicht sah?

Ich sass auf meinem Sitz, das Brummen des Flugzeugs in meinen Ohren, und kämpfte mit meiner morgendlichen Übelkeit, während ich aus dem Fenster dem Wolkentreiben zusah. Zweimal ging sie an mir vorüber und hinterliess einen schwachen Sandelduft, ein Klirren der Armreife, hochgezogene Brauen und ein bezauberndes Lächeln. Sie wirkte vertraut, weil sie wie eine jüngere Version von mir aussah. Als das Flugzeug in Kairo landete, verabschiedeten sie sich. Ohne Adressentausch, ohne Versprechungen. Neue Passagiere stiegen ein und setzten sich an ihre Plätze, eine Ägypterin und ihre Tochter, die eifrig in ein kleines Notizbuch schrieb. Und als das Flugzeug wieder abhob, liess ich den Strauss und Afrika hinter mir, wie ich es schon einmal getan hatte.

Faridas Augen

Es begann damit, dass die Schrift an der Wandtafel unscharf und bröselig wurde und schliesslich zu einem Gewirr weisser Fäden verschwamm. Die Fragen im Geschichtstest wären ja wohl klar und vertraut gewesen, aber Farida konnte sie nicht lesen. Und wenn sie sie nicht lesen konnte, wie sollte sie sie dann beantworten können? Sie würde null Punkte bekommen. Noch nie hatte sie null Punkte gehabt.

Farida lernte, wie sie atmete: umstandslos, mühelos. Sie nahm Wissen mit Leichtigkeit auf und eignete sich bereitwillig und dankbar neue Fertigkeiten an. Ihre Aufgaben erledigte sie pünktlich, ihre Übungshefte waren makellos, und sie vergass nie ein Lehrbuch zu Hause. Somit waren ihre Lehrerinnen zufrieden, ihre Mutter war erfreut, und ihr Vater zahlte das Schulgeld zwar widerwillig, aber rechtzeitig, auch wenn nie ein Lob von ihm zu hören war.

Farida blinzelte, und wenn sie die Augen fast ganz zusammenkniff, wurden die Worte an der Tafel vorübergehend deutlich. Was wie »Mörtel« ausgesehen hatte, wurde zu »Marter«, und statt »Regenschirm« hiess es plötzlich »Regentschaft«. Sie reckte den Hals nach vorn und strengte die Augen an, bis sie wässrig wurden, was ihren Blick noch mehr trübte. Jetzt zerfiel »Regentschaft« zu »Entenschar«, und der ganze Rest bestand nur noch aus Haufen um Haufen von Wörtern aus klumpiger, verschmierter Kreide. Selbst die Nummern der Fragen, die man zu Beginn jeder Zeile erwarten konnte, und die Fragezeichen am Ende verschmolzen mit den übrigen Wörtern. Nichts blieb als der gleichmässige, schräge Fluss der Handschrift; y und g waren ununterscheidbar, während das grosse M und das grosse T sich klar abhoben. Innerhalb der Wörter klebten die Vokale zusammen, c konnte ohne weiteres auch e sein, und n, r und m verschwammen zu einem einzigen Schlenker. Die verstreuten hochgestellten Pünktchen verwiesen auf Offensichtliches, aber das half auch nicht viel weiter. Ihre Klassenkameradinnen schrieben eifrig, während Schwester Carlotta mit dem Lineal in der Hand die Pultreihen auf und ab schritt, um sicherzustellen, dass die Mädchen nicht tuschelten oder das Lehrbuch auf dem Schoss aufgeklappt hatten.

»Schwester Carlotta«, wisperte Farida, als die Nonne vorüberging, »kann ich bitte vorn sitzen, damit ich besser an die Tafel sehe?« Weil Farida gross war, musste sie nämlich in den hinteren Reihen Platz nehmen, um den anderen Mädchen die Sicht auf die Tafel nicht zu versperren. Sie sass nicht gern hinten. Die lernbegierigen Mädchen sassen immer in den ersten Reihen, aufmerksam und nahe bei der Lehrerin. Neben Farida sassen hingegen jene Mädchen, die entweder langsam lernten oder die Schule satt waren. Sie kicherten zusammen, tauschten Zettelchen aus und nickten an heissen Tagen sogar ein. Farida missfiel es, dass sie wegen ihrer Grösse mit ihnen die Bank drücken musste.

Schwester Carlotta stemmte ihre Hände in die Mitte. »Habe ich dir nicht gesagt, dass du zum Doktor gehen und dir eine Brille machen lassen musst?« Ihr eigenes dickes Exemplar mit schwerer Fassung rutschte ihr die dürre Nase hinunter. Die Linsen waren gewölbte Scheiben, die ihre Augen eulenhaft gross erscheinen liessen. »Hast du es deinem Vater ausgerichtet?«

Farida wollte jetzt nicht ausgefragt werden. Sie wollte wissen, was an der Wandtafel stand. Sie wollte die Fragen beantworten. Sie hatte den Stoff im Kopf, und er brodelte darin und wollte sich auf das Blatt ergiessen. »Mein Vater hat gesagt, das ist nicht nötig.« Sie schämte sich.

Schwester Carlotta seufzte entnervt und klatschte mit ihren kräftigen Armen gegen ihren weissen Rock. Das Lineal scharrte an der steifen Baumwolle. »Unsinn, Unsinn! Wann begreifen diese Leute das endlich? Also komm und sitz vorne. Aber da gibt's ja heute gar keine leeren Bänke. Na, dann setz dich an mein Pult.«

Es war seltsam, am Lehrerpult auf dem Podest zu sitzen. Farida empfand Ehrfurcht angesichts des Privilegs. Es roch streng nach Kreide, und ihre Klassenkameradinnen sassen einige Fuss weiter unten: Reihen um Reihen von Mädchen in marineblauer Uniform. Zum ersten Mal ging es Farida durch den Kopf, dass sie Lehrerin werden wollte, wenn sie erwachsen war. Aber dies war keine Zeit für Tagträumereien. Sie hatte schon fünf Minuten verloren. Sie musste sich beeilen. Die Fragen in Schwester Carlottas geschwungener Schrift waren jetzt klar. Fünf Fragen, auf die es je zwanzig Punkte gab, und Farida wusste die Antwort auf alle.

Zu Hause lag sie wach und hörte ihre Eltern reden. »Sie wird in der Schule versagen«, meinte ihre Mutter. »Ohne Brille wird sie nicht lesen können. Das hat ihre Lehrerin gesagt.«

Die Stimme ihres Vaters war lauter: »Noch mehr Auslagen. Nicht genug mit dem Schulgeld, der Uniform und den Büchern – jetzt kommst du wieder mit etwas Neuem an. Sie wird hässlich aussehen mit Brille!«

Farida wollte ja auch nicht hässlich aussehen. Wie viele Mädchen an der Schule trugen eine Brille? Eine Handvoll, und alle anderen verspotteten sie. Wenn sie ihre Brille abnahmen, lagen dunkle Schatten unter ihren Augen, und ihre Nasen waren vom Druck des Gestells eingekerbt. Ihre kurzsichtigen Augen blickten seltsam leer. Bei Schwester Carlotta waren die Augen hinter der Brille in ihrer dunklen, animalischen Grösse beinahe erschreckend, und unheimlich auch, wie das linke leicht grösser war als das rechte und das rechte dafür ein schwereres Lid hatte. Die dicke Wölbung der Linse sah aus wie Ringe, die man über Ringe gelegt hatte. Farida musste daran denken, wie man einen Stein in einen Teich wirft und dann zusieht, wie die Wellen sich ausbreiten. Auf Schwester Carlottas Brille waren die Wellen erstarrt und fast unheimlich. Es erschwerte das Reden mit ihr, denn Farida wusste zwar, dass Schwester Carlotta sie sah, doch es war kompliziert, mit den schwimmenden, übergrossen Augen in ihren tiefen Glastümpeln Kontakt aufzunehmen.

In der Literaturstunde las Schwester Carlotta ihnen aus *Flowers for Mrs Harris*[24] vor. Mrs Harris war eine komische Figur, sie war Putzfrau und flog nach Paris, um ein Kleid von Dior zu kaufen. Da war ein Bild von ihr auf dem Buchumschlag, das eine schelmische ältere Dame mit weissem, zum Dutt gebundenem Haar zeigte. »Meine Mutter ist genau wie Mrs Harris«, sagte Schwester Carlotta mit einem Lächeln. Die Klasse brüllte vor Lachen. Schwester Carlotta war die beste Lehrerin, die sie hatten, die Einzige, die ihr Lineal nie auf ihre Handflächen und Knöchel niedersausen liess. Als Farida fragte, ob ihre Mutter denn auch Designerkleider möge, fand Schwester Carlotta sie nicht frech. Stattdessen erklärte sie, dass ihre Mutter eine Makuladegeneration habe und, anders als Mrs Harris, durch ein Schaufenster nicht viel sehen könne. Farida machte sich in der Bibliothek über Makuladegeneration kundig. Sie stellte sich Dunkelheit in der Mitte und eine verschwommene Sicht an den Rändern ihres Blickfelds vor. Musste man dann den Kopf verdrehen, um zu lesen? Es wäre wie eine ewige Sonnenfinsternis vor Augen, mit der runden schwarzen Mitte und züngelndem Licht an den Rändern.

Schwester Carlotta begann Farida zu erlauben, in der vordersten Reihe Platz zu nehmen, entgegen der Regel, dass grosse Mädchen hinten sitzen mussten. Die anderen Lehrerinnen waren nicht so freundlich. Manche glaubten nicht, dass Farida kurzsichtig war, und anderen war es egal. Also sackten Faridas Noten ab. Der Unterricht wurde langweilig, weil sie ihm nur noch zum Teil folgen konnte. Naturwissenschaften waren ohne klare Diagramme undenkbar, und wenn man in Mathe ein Plus- mit einem Malzeichen verwechselte, war die Lösung eben ganz falsch.

»Dein Halbjahreszeugnis ist sehr schlecht«, schimpfte Mutter und nahm das Neugeborene in den Arm. »Du hast in jedem Fach ausser Geschichte und Literatur versagt!«

»Weil Schwester Carlotta sie unterrichtet …«

»Du wirst die Klasse wiederholen müssen, wenn du nicht besser wirst«, unterbrach sie ihr Vater. »Warum bist du bloss so faul geworden?«

Farida wusste nicht, was sie antworten sollte.

»Vielleicht liegt es an ihren Augen«, sagte die Mama. »Vielleicht braucht sie diese Brille eben doch.« Überzeugt klang das nicht.

»Nimm sie nicht in Schutz. Deine Tochter ist einfach dumm geworden.«

Farida fühlte sich wirklich dumm. Sie gehörte nicht mehr zu den Klassenbesten. Sie freundete sich sogar mit den Mädchen an, denen die Schule egal war: mit ihren Nachbarinnen von der hintersten Bank. Sie schwatzte im Unterricht und summte Melodien. Wenn sie getadelt wurde, lachte sie es nur schulterzuckend weg. Nach zehn schmerzhaften Hieben der Mathelehrerin mit dem Lineal musste sie sich in die Hände blasen und sie belecken. Die Tafel wurde zu einem verschwommenen Ort weit weg, der weder klar noch anregend war.

Den Ausdruck in Schwester Carlottas Gesicht konnte sie nicht sehen, aber etwas an ihrer Haltung liess Farida aufhorchen. Schwester Carlottas Stimme klang angespannt und gepresst. »Ich fahre weg, zurück nach Rom. Weil ich muss. Meine Mutter ... sie glich Mrs Harris, wisst ihr noch? Sie ist letzte Nacht gestorben.«

Als Mrs Harris' Name fiel, brachen die meisten Mädchen in Gelächter aus. Schwester Carlottas Gesicht lief rot an. Sogar Farida nahm den Farbwechsel wahr. »Was untersteht ihr euch zu lachen!«, kreischte sie. Ihre Augen schossen in scheinbar entgegengesetzte Richtungen; sie traten vor, als hätten sie keine Lider. »Da erzähle ich euch, dass meine Mutter gestorben ist, und ihr lacht!« Es klang, als würde sie gleich in Tränen ausbrechen.

Das Gelächter erstarb. Farida wollte Schwester Carlotta bedeuten, dass sie nicht gelacht hatte wie die anderen einfältigen Mädchen. Sie bemühte sich, festzustellen, ob Schwester Carlotta in ihre Richtung blickte, aber sie konnte nicht sicher sein. Es war an der Zeit, um Erlaubnis für den Umzug in die vorderen Bänke zu fragen, um Schwester Carlotta an ihre Augen zu erinnern – doch heute scheute Farida dies, und Schwester Carlotta war heute zu angespannt, um daran zu denken.

In den folgenden Wochen unterrichtete eine Stellvertreterin, die sehr auf die Sitzordnung bedacht war, und jetzt gaben auch Faridas Noten in Geschichte und Literatur nach. Sie schlitterte nun der schlimmsten Demütigung entgegen, nämlich sitzenzubleiben. Ihre Klassenkameradinnen würden versetzt und sie müsste zurückbleiben. Dann wäre sie rundum von jüngeren Mädchen umgeben, und Farida, so oder so schon gross für ihr Alter, wäre eine Riesin unter ihnen. Die Brille? Davon war zu Hause keine Rede mehr. Es gab andere dringende Angelegenheiten: ihren älteren Bruder, der es mit der Polizei zu tun bekommen hatte, das fiebrige kleine Brüderlein, einen Streit zwischen ihrer Mutter und der Nachbarin, die höheren Zuckerpreise, einen Onkel, der zu Besuch kam. Niemand hatte Zeit für Faridas Augen.

Mitten in der Nacht, in pechschwarzer Dunkelheit ohne Mond und Sterne, schlich sich ein Gedanke in Faridas Kopf, und es überlief sie kalt vor Angst: Was, wenn sie immer noch schlechter sehen könnte? Was, wenn sie ganz erblindete? Sie müsste im Dunkeln herumtappen – keine Schule und keine Bücher mehr und auch kein Kino. Nur noch Stimmen und Geräusche.

Eines Tages, als sie dem Milchmann die Tür öffnen ging, warf sie ein Glas Wasser um, das ihr Vater auf dem Fussboden stehengelassen hatte. »Bist du blind?«, polterte er. »Mach diese Schweinerei weg.« Das tat sie, während er die Milch hereinbrachte. Grosse, gezackte Scherben und viele winzige Glassplitter waren über den ganzen nassen Fussboden verstreut. Sie hob sie einen um den anderen auf und kniff die Augen zusammen, um sich zu vergewissern, dass sie keinen übersah. Bist du blind? Tränen stiegen ihr in die Augen, und sie wurden rot vom Schluchzen und brannten. Ihr brummte der Kopf, und sie fand, sie sehe schlechter denn je.

Mitten in der Nacht fand sie den Weg zur Toilette nicht mehr. Ihre Knie schlugen gegen das Bett, als sie sich mit den Händen die Wand entlangtastete. Nichts als glatte Wand, die doch hätte abbiegen sollen in einen Flur und dann zum kleinen Klo mit Fenster, durch das gerade genug fahles Sternenlicht einfiel, aber ihre Finger trafen auf nichts als Wand und noch mehr Wand. Selbst der Lichtschalter, obwohl sie damit ihr Brüderlein wecken und dafür ausgeschimpft würde, war wie von der glatten Wand verschluckt. War die Erblindung jetzt da? Fühlte sie sich demnach so an? Dieser Druck auf die Blase und diese Hilflosigkeit. Sie presste die Knie zusammen, und kurz bevor sie ihr Höschen nässte, rief sie laut nach ihrer Mutter.

Am anderen Tag blieb sie der Schule fern. Sie schlang ein Haarband um ihre Augen und begann in ihr Heft zu schreiben. »Wenn ich gross bin, will ich Lehrerin werden«, schrieb sie und rätselte, ob sie wohl den Seitenrand schon erreicht habe und die Hand zurückziehen müsse zum Anfang. Sie konnte es nicht entscheiden. Es machte keinen Unterschied, ob sie den Blick auf das Schulheft senkte oder ihn hob: Immer presste das Band auf ihre geschlossenen Augen. Sie musste raten und einfach weiterschreiben. Als sie das Band hochschob, stellte sie überrascht fest, dass ihre Zeilen nicht mehr gerade waren und die Wörter sich nicht mehr gleichmässig aneinanderreihten. Stattdessen schwangen sie sich nach oben und unten, wie Hügel. Die Wörter waren zwar klar, aber weil sie die Ränder und Linien auf dem Papier nicht mehr sah, wanden sich die Sätze seltsam im Kreis oder wirkten gedrängt, weil sie sich im Rand verschätzt hatte. Sie verband sich wieder die Augen, irrte im Haus herum und übte. Sie machte ihr Bett und half ihrer Mutter in der Küche. Zuerst lachte die Mutter noch, aber als Farida die Linsen verschüttete, scheuchte sie sie aus der Küche. »Können wir uns einen Hund anschaffen?«, fragte Farida.

Sie setzte sich mit dem Rücken zum Fernseher und küsste ihre Fotos zum Abschied. Knie und Stirn hatten blaue Flecke vom Herumstolpern durchs Haus. Dann riss der Vater ihr wütend das Band weg, und sie war der gleissenden Sonne und all den irrlichternden Formen und Farben jäh ausgesetzt. Und trotzdem übte sie weiter.

Eines Tages klopfte es, und Schwester Carlotta stand in der Tür. Sie sah aus wie immer in ihrer weissen Tracht mit dem langen Rock und dem grossen Kreuz um den Hals. Farida war diesen grossen Augen noch nie ausserhalb der Schule begegnet. Schwester Carlotta war zurück in der Stadt; sie war nicht auf ewig in Rom geblieben.

»Wer ist da?«, rief die Stimme ihrer Mutter.

Farida brachte kein Wort über die Lippen.

Schwester Carlotta lächelte. »Sag deinen Eltern, dass ich mit ihnen über deine Augen reden will.«

Später würden Farida nur einzelne Bilder von diesem Besuch in Erinnerung bleiben, wie eine Serie Fotos, die man aneinandergereiht hat. Das angespannte Gesicht ihrer Mutter und wie sie diesen höchst unerwarteten Gast hofierte. Ihr hastig aus seiner Siesta geweckter Vater, verwirrt und übellaunig, aber auch schüchtern wie ein Junge. Schwester Carlotta mit dem Baby in ihren Armen. Die feste, ruhige Stimme, mit der sie sagte: »Ich bin heute hergekommen, um über Faridas Augen zu reden.«

Wie sie es wohl schaffte, Faridas Eltern zu überzeugen? Sie erklärte, redete ihnen gut zu und warnte, sie kämen noch als geizig und nachlässig in Verruf. Und sie beherzigten es, weil sie Europäerin war und sie beide nicht; weil sie gebildet war und sie nicht; weil sie Nonne war und Autorität besass; weil sie Lehrerin war. Und vor allem, weil sie die Wahrheit sagte. Sie schalt sie. Sie beschämte sie. Und sie machte ihnen auch Vorhaltungen: Wie viel Geld der gute Mann wohl für Zigaretten ausgebe. Und ob sie denn nicht von dem unentgeltlichen Gesundheitszentrum wüssten. Dort könnten sie hingehen, um zu einer günstigen Brille zu kommen.

Am anderen Morgen gingen Farida und ihre Mutter in das Zentrum. Es war voll, und sie mussten stundenlang warten; Farida starb fast vor Langeweile, und ihr kleiner Bruder plärrte. Das Sprechzimmer, in das sie schliesslich gelangte, war kühl. Der Arzt lächelte und hatte einen sauberen Kittel an. Farida musste auf einem speziellen Stuhl Platz nehmen; ein Auge wurde abgedeckt, und sie musste Zeichen auf einem Bildschirm betrachten. Da standen ganze Reihen mit dem Buchstaben C, manchmal auf dem Kopf, mit der Öffnung nach oben oder nach unten. Der Doktor erklärte, sie solle ihm sagen, in welche Richtung das C schaue. Kinderleicht! Farida schaffte mühelos die ersten Zeilen, aber dann begann sie zu zögern, als die C kleiner wurden. Der Arzt setzte ihr ein rundes Brillengestell auf und schob ein Glas nach dem anderen hinein, manchmal mehrere übereinander. Klick, klack machten die Gläser. Jetzt wurden die winzigen C in der untersten Reihe klar und deutlich. Ein Glas für das rechte Auge und ein Glas für das linke. Jeder Patient brauche ein eigenes Rezept, erklärte der Doktor. Er roch angenehm, er war klug, und er kümmerte sich um ihre Augen. Farida besann sich anders und beschloss, Ärztin zu werden, wenn sie gross war.

Als sie am ersten Tag mit der Brille zur Schule ging, fühlte sich das Gestell schwer an im Gesicht. Sie bildete sich ein, dass alle Mädchen sie anstarrten, aber nur ein paar reagierten. Eine sagte: »Glückwunsch.« Eine andere schlug die Hand vor den Mund und kicherte, und eine Dritte kreischte überrascht – aber nur eine Einzige sagte, sie sehe hässlich aus.

Madsched

»Was tust du da?« Hamid sah sie nur unscharf, weil er seine Brille nicht aufhatte. Sie verschwamm da über dem Ausguss, mit der Flasche in der Hand. Es konnte nicht sein, dass sie diese Flasche hielt. Wie war sie dazu gekommen? Er hatte sie doch hinter den DVDs versteckt gestern spätabends. Dann hatte er sein Glas sorgfältig über der Spüle ausgewaschen, mit ASDA[25]-Mundwasser gegurgelt und war neben sie ins Bett geschlüpft, vorsichtig, ganz vorsichtig, um sie und die beiden Jüngsten nicht aufzuwecken. Madsched schlief im Kinderbett in der Zimmerecke und das Neugeborene bei ihnen im Doppelbett, damit Ruqijjah die Kleine nachts stillen konnte. Wenn Hamid zwischendurch aufs Klo musste, gab er sich Mühe, die andern nicht zu wecken. Obwohl er es dann manchmal doch tat, weil er Madscheds Bettchen rammte oder über ein Spielzeug stolperte. Eines Nachts hatte er sich, fast schon zu spät, nicht im Klo wiedergefunden, sondern inmitten der Schuhe, die im Wohnungseingang herumstanden. Das Weinen des Babys brachte ihn ganz zu sich.

»Ruqijjah, was tust du da?« Er hätte sich auf sie stürzen und sie aufhalten sollen, bevor es zu spät war. Es war ein kostbares Nass, das sie da gerade in den Abfluss kippen wollte. Aber der ganze Haushalt war ihm im Weg. Ein Berg Wäsche, der auf das Einfüllen in die Maschine wartete, das Baby, ganz eingesunken und klein, in seiner Wippe auf dem Boden. Es war sahnig und zart und trug winzige Kratzhandschuhe. Auch der Küchentisch war im Weg. Madsched sass in seinem Hochstuhl daran, rundum mit Porridge bekleckert, trällerte und schlug mit seinem Löffel auf den Tisch; Sarah redete auf ihn ein und knabberte an ihrem Toast. Robin schaufelte Rice Krispies in den Mund und starrte auf die Packung: Snap, Crackle und Pop[26] flogen darauf herum, und es gab Dinge, die man bestellen konnte, wenn die Eltern einem das Geld gaben.

Ruqijjah stellte die Flasche ab. Aber nur weil schon Teller und Babyflaschen in der Spüle standen. Sie machte sich ans Abwaschen, und Wasser spritzte auf alle Seiten.

Sie sah zu Hamid hinüber und schüttelte den Kopf.

Hamid stöhnte. Er war erleichtert, dass er ihre Augen nicht sah, ihre blauen Augen, in denen vielleicht Tränen schwammen. Sie war nicht immer Ruqijjah gewesen, einst war sie jemand anders gewesen mit einem gewöhnlichen Namen, so wie ein Mädchen an einem Schalter der Bank of Scotland eben heissen mochte. Als sie Muslima wurde, änderte sie ihren Namen und verliess ihren Mann. Robin und Sarah waren nicht Hamids Kinder. Ruqijjah hatte Hamid Horrorgeschichten über ihre erste Ehe erzählt. Es war ihr wenig erspart geblieben. Wenn sie über ihren Exmann herzog, fühlte sich Hamid erschlagen. Er war Gavin nie begegnet (der nichts mehr mit Ruqijjah, Robin und Sarah zu tun haben wollte und ihnen nie auch nur einen müden Penny geschickt hatte), aber der Mann suchte seine Träume heim. Nebst vielem anderen fürchtete Hamid auch, dass Gavin hereinstürmen könnte und ihn schüttelte, bis er die Brille verlor: »Du dreckiger Nigger, Hände weg von meiner Familie!«

»Ruqijjah, warte, ich geh meine Brille holen.« Er sah die Kinder an. Dann sah er wieder sie an und schnitt eine Grimasse. Wenn die Kinder mit dem Frühstück fertig waren und sich vor den Fernseher verzogen, könnten sie reden. Vor Robin konnten sie nicht reden. Er war alt genug, um zu begreifen und etwas aufzuschnappen. Er war sensibel. Hamid zauste Robins Haar und sagte etwas Lustiges über Snap, Crackle und Pop. Robin lächelte, und das ermutigte Hamid, noch mehr Witze zu machen. Immer wenn er gestresst war, verwandelte er sich in einen Clown. Das Hahaha des Gelächters deckte Probleme zu. Hahaha hatte Räder, es war ein Skateboard, mit dem man davonsausen und entfliehen konnte.

»Ich geh meine Brille holen.« Er stolperte davon. Er brauchte die Brille. Die Brille würde ihm Zutrauen geben. Dann würde er reden und erklären können. Sie war so tüchtig und stark, weil sie eine Konvertitin war. Er hingegen war schon sein Leben lang Muslim und nahm es offen gestanden nicht so genau damit. Unrecht, ja, es war unrecht. Darüber mochte er gar nicht streiten. Nicht mit Ruqijjah. Stattdessen würde er sagen ... er würde erklären, dass es auf der Skala ... Skala, ja (denn schliesslich war er Wissenschaftler und verstand etwas davon), dass es auf der Skala der verbotenen Dinge nicht allzu arg und unrecht war. Es gab schlimmere, viel schlimmere Dinge, das böse und grosse

Übel: Hexerei zum Beispiel und Ehebruch und Misshandlung der Eltern (was der abscheuliche Gavin getan hatte – *in ihrem Wohnzimmer herumgeschubst hatte er die alte Dame* – möge er dafür in der Hölle schmoren bis in alle Ewigkeit). Hamid konnte alles erklären ... Sobald er seine Brille aufhatte und die Welt klarer sah, würde er loslegen. Von menschlicher Schwachheit und so fort, und dass Allah alles vergibt. Alles, ja. Und dann ein komisch-betrübtes Gesicht. Ein leises Hahaha. Aber sie konnte das Argument der Vergebung kontern, da musste er achtgeben. Sie würde sagen, dass man zuerst bereuen muss, bevor einem vergeben werden kann. Und da hatte sie recht. Natürlich. Vollkommen recht. Er hatte ja vor zu bereuen. Unbedingt. Aber nicht sofort, nicht gleich jetzt, nicht heute. In ein paar Tagen, wenn er dafür gerüstet war, wenn diese Flasche ausgetrunken war und er seinen Doktor in der Tasche hatte; wenn er erst eine richtige Stelle hätte und nicht mehr am Abend im Supermarkt arbeiten musste.

Er fand seine Brille neben dem Bett, zwischen Babylotion, Zinkpaste und Rizinusöl. Er setzte sie auf und fühlte sich besser, konzentrierter und beherrschter. Ruqijjah hatte dieses Zimmer noch nicht gemacht. Windeln lagen am Boden, eingeschlagen und schwer. Aber die Laken von Madscheds Kinderbett hatte sie schon abgezogen. Die Kunststoffmatratze war mit lieblichen Comicfiguren verziert. Hamid las den Gebetsteppich vom mit Windeln übersäten Boden auf und legte ihn auf das ungemachte Bett. Er öffnete das Fenster, um zu lüften.

Der Tag draussen war wieder grau, braune Blätter überall auf den Gehsteigen. Ein regnerischer Windstoss, ein Moment der Einkehr. *Subhan Allah*[27], wer hätte je gedacht, dass er, Hamid, geboren und aufgewachsen an den Ufern des Blauen Nils, dereinst eine schottische Frau hätte, die ihren muslimischen Glauben ernster nahm als er? Warum hatte er sie geheiratet? Wegen der Niederlassungserlaubnis, damit er sich nie mehr mit dem Innenministerium herumschlagen musste. Ein Freund war einmal nach dem Freitagsgebet an ihn herangetreten (ja, manchmal ging er in die Moschee zum Freitagsgebet, ein *so* hoffnungsloser Fall war er doch nicht) und hatte ihm von Ruqijjah erzählt. Eine Konvertitin sei sie mit zwei kleinen Kindern und brauche einen Ehemann, der sich um sie kümmere. Und du, Hamid, brauchst ein Visum … Warum nicht? Warum nicht? Haha. Ist sie hübsch? Haha. Es hatte einst eine Zeit in Hamids Leben gegeben, als er Weisse nur auf der Kinoleinwand sah, und jetzt würden sie unter einem Dach leben. Warum nicht? Er putzte sich energisch die Zähne, besprühte sich mit Old Spice, wappnete sich mit dem munteren Lachen und brach auf zum Rendezvous mit den dreien.

Robins scheuer Blick, ein gebranntes Kind, das das Feuer scheut. Eine mittelgrosse Frau mit ängstlichen hellblauen Augen, das Haar mit einem schwarzen Kopftuch bedeckt, sehr konservativ gekleidet, ungeschminkt. Er seufzte erleichtert, weil sie nicht schlank war wie viele Europäerinnen. Nein, sie war weich wie seine ferne Mutter; wie ein Mädchen, nach dem er sich an der Universität Khartum einst verzehrt hatte, das aber unerreichbar gewesen war. Und waren Ruqijjahs Reize bei der ersten Begegnung auch sorgsam verhüllt, so war ihre einjährige Tochter umso bezaubernder. Sarah strahlte unentwegt und hatte lockiges Blondhaar, streckte ihre Ärmchen aus und wollte getragen, wollte beachtet werden. Nach dem unbeholfenen ersten Treffen mit vielem Hahaha, Geschrei von Robin und verzweifelten Witzeleien gab Hamid das Lachen auf. Er tauchte ein in die Ruhe unter dem Gelächter. Er verliebte sich in die drei, in ihre bleichen, bedürftigen Gesichter, in das unterdrückte Feuer, das in ihnen loderte. Dass er ein Visum und sie Sicherheit brauchte, schien nicht mehr egoistisch oder gefühllos. Sie liessen sich mitreissen von den Kindern, und seine eigenen flutschten bald und mühelos in die Welt. Vor zwei Jahren Madsched, vor drei Wochen das Baby. An der Schule, wenn Ruqijjah und Madsched Robin abholen gingen, wollte niemand glauben, dass sie Brüder waren. Ruqijjah mit ihren Kindern: zwei europäische, zwei afrikanische. Die anderen Mütter vor der Schule warfen ihr schräge Blicke zu und lächelten allzu höflich. Aber Ruqijjah konnte es mit den anderen Müttern aufnehmen, sie hatte schon viel Schlimmeres durchgemacht. Einmal war sie vor Gavin in ein Frauenhaus geflohen, sie hatte mit Ratten zusammengelebt, und einmal hatte Robin die kindliche Entsprechung eines Nervenzusammenbruchs erlitten.

Er musste es in die Küche schaffen, bevor sie den Johnnie Walker in die Spüle goss. Er war wütend. Sein Geheimnis war gelüftet, und jetzt, wo es draussen war, liess es sich nicht mehr einsperren. Das war nicht fair.

Und wenn sie schon misstrauisch war, warum hatte sie denn nicht alles ignoriert, sondern nach dem Beweis gesucht? Es war nicht fair. Denn dies waren seine privaten Momente, spätabends ganz allein, wenn die Kinder schliefen und Ruqijjah schlief. Dann hatte er das ganze weiche Sofa für sich, ein Glas Whisky in der Hand und vor sich einlullende Fernsehbilder, die seine Aufmerksamkeit bannten: Kung-Fu, Fussball, Sumoringen, Prince Naseem[28], der einen Gegner verdrosch. Irgendetwas, was die Doktorarbeit fernhielt, die erniedrigenden Stunden, wenn er bei ASDA die Böden wischte, und die fordernden, herumtobenden Kinder. Irgendwas Munteres, aber nicht die Nachrichten, bestimmt nicht die Nachrichten. Das Letzte, was er zu dieser Nachtstunde brauchte, waren seine leidenden Brüder und Schwestern im Westjordanland. Seine behaglichen, ganz privaten Momente, das Männlein auf der Johnnie-Walker-Flasche. Dieses kleine Männlein war Johnnie, ein Mann wie viele, und weil er so ausschritt mit seinem Zylinder, war er ein *Walker,* Johnnie Walker. Oder vielleicht *hiess* er auch Johnnie Walker, und darum zeigte man ihn gern in flottem Wanderschritt. Interessant, aber am Ende spielte es keine Rolle, und genau das wollte Hamid zu dieser nachtschlafenden Zeit: Dinge, die keine Rolle spielten. Manchmal nahm er seine Brille ab und liess das Fernsehbild verschwimmen, und dann verschwamm auch er, zu einem nebulösen, warmen, sympathischen Fleck. Nichts Scharfes, nichts Festumrissenes. Wie viele Jahre noch gleich war er nun schon Doktorand? Zähl sie nicht, Mann, zähl sie nicht. Auch Gelächter liess die Dinge verschwimmen. Hahaha. Seine Dissertation würde nicht angenommen werden. Er müsse sich ins Zeug legen, sagte sein Betreuer. In ihrer jetzigen Form habe sie *zu wenig Fleisch am Knochen.* Bei ASDA gab es viel Fleisch, ganze Regale davon. Wenn er darunter saubermachte, zitterte er vor Kälte. Zu wenig Fleisch am Knochen. Johnnie Walker war schlank und überhaupt nicht füllig, der war in Ordnung, erfolgreich und ging mit geschwollener Brust einher. Warum sollte ein Mann mit einer unfertigen Doktorarbeit und einem stumpfsinnigen Job bei ASDA nicht ab und zu bis spätabends aufbleiben, sich vor dem Fernseher einrichten und abtauchen. Abtauchen in den wärmenden Whisky und in den blubbernden Fernseher. Bloss ab und zu?

Madsched kam hereingetappt. Er quiekte, als er Hamid auf dem Bett sitzen sah. »Madsched, sag *salam,* gib mir die Hand.« Hamid streckte die Hand aus, und Madsched nahm seine Faust aus dem Mund und legte sie, speichelbedeckt, in die Hand seines Vaters. Dann zeigte er auf sein Bettchen, das wie verwandelt war ohne das Laken. Ruqijjah wechselte die Bettwäsche nicht oft. Madsched ging hinüber und gab spitze Schreie des Erstaunens von sich. Er streckte die Hände durch die Gitterstäbe und tätschelte die Comicfiguren auf der Matratze. »Mama wäscht dein Laken. Du wirst ein sauberes, frisches bekommen«, sagte Hamid. Es kam nicht oft vor, dass sie beide alleine waren. Hamid nahm ihn auf und herzte ihn, setzte ihn sich auf den Schoss. Er liebte ihn so sehr. Er liebte seinen Geruch und seine Rundlichkeit, die satten Löckchen und die breite Stirn.

Madsched war ein Teil von ihm, ein reinerer Teil. Und diese Liebe war ein Geheimnis, weil es nicht die gleiche war, die er für Robin und Sarah empfand. Er sorgte sich um Madsched in beklemmender Angst, während er, was Sarah und Robin betraf, ruhig und vernünftig war. Er träumte von Madsched. Madsched zermalmt von einem Bus und Hamid brüllend vor Schmerz, der aus seinem Innersten kam und sich in Schluchzern Bahn brach, dann Ruqijjahs Stimme, ihre Hand auf seinen Wangen, was ist denn? Und eine Welle der Scham und das still besänftigende Erwachen. Tut mir leid, tut mir so leid, es ist nichts, schlaf weiter. Je mehr er Madsched und das neugeborene Baby liebte, desto freundlicher war Hamid zu Robin und Sarah. Er durfte nicht ungerecht sein. Ruqijjah sollte nie das Gefühl haben, dass er ihre gemeinsamen Kinder Robin und Sarah vorzog. Es war ein seltener, kostbarer Moment des Alleinseins mit Madsched, ohne dass sie beobachtet wurden. Er warf ihn in die Luft, und Madsched quiekte und lachte. Er stellte Madsched auf das Bett und liess ihn in seine ausgestreckten Arme rennen, springen und fliegen. Dann fiel ihm Ruqijjah in der Küche ein. Die Erinnerung dämpfte das Vergnügen. Er schickte Madsched zu Sarah und Robin vor dem Fernseher los und ging in die Küche zurück.

Ruqijjah war dabei, den Küchentisch abzuräumen, und die Kleine schlief in ihrer Babyschale auf dem Boden. Hamid hatte seine Brille jetzt auf und sah die Whiskyflasche deutlich. Zu zwei Dritteln leer, zu zwei Dritteln … Ihm sank der Mut, so viel … oder hatte sie schon etwas ausgegossen? Nein. Nein, das hatte sie nicht. Er wusste, was sie vorhatte: Sie würde die Küche aufräumen, alles abwaschen und wegstellen und dann die Flasche feierlich in den leeren Ausguss kippen.

Sie begann Madscheds Hochstuhl abzuwischen. Das Haar fiel ihr über die Augen. Sie trug eine Schürze mit Bugs Bunny darauf. Und sie war schön – nicht wie die Fernsehstars, aber in einem anderen Teil der Welt und in einem anderen Jahrhundert hätte ihr Aussehen Gefallen gefunden. Ihre Lippen waren natürlich rot. Vor ihrer Heirat hatte er geglaubt, dass sie Lippenstift auflegte. Sie trug den Hidschab beim Ausgehen, sie stand frühmorgens auf und betete. Dieser Ernst, der ihm abging, verwirrte ihn. Es war etwas Schottisches, das sie mitnahm, als sie zum Islam übertrat. Die Geschichte ihrer Bekehrung verblüffte ihn ebenso, wie ihre Schilderungen von Gavin ihn schockierten und anwiderten. Sie hatte Bücher über den Islam gelesen: Bücher, die Gavin sich schnappte und zerriss. Nicht weil sie vom Islam handelten, sondern weil sie auf ihrem fetten Hintern sass und las, statt zu tun, was er von ihr wollte.

Sie wollte Arabisch lernen. Wenn Hamid eingenickt war, lag sie neben ihm und hielt *Arabisch für Anfänger* über den Kopf des Babys, das sie gerade stillte. »Wie spricht man das aus?«, fragte sie von Zeit zu Zeit und stupste ihn wach. Wenn Hamid aus dem Koran laut vorlas (denn im Ramadan hatte er religiöse Anwandlungen und auch jedes Mal, wenn eins der Kinder krank war), sagte sie: »Ich wünschte, ich könnte so lesen wie du.«

Er machte sich daran, ihr beim Aufräumen zu helfen. Er steckte die Klappen der Rice-Krispies-Schachtel fest und stellte sie in den Schrank. Als sie den Tisch abgewischt hatte und den Fussboden in Angriff nahm, hob er die Babyschale auf und stellte sie auf den Tisch. Wenn sie bloss reden und ihn anschreien würde, wäre es besser. Stattdessen wurde er schweigend abgestraft. Er wurde langsam nervös. Warum hatte sie die Flasche gesucht? Ein Geruch …?

Angriff ist die beste Verteidigung. Gelächter zeichnet alles weich und verwischt es. Hahaha. Er begann zu reden und versuchte es in seinem gewinnendsten Ton mit einem Witz. Hahaha. Sie antwortete nicht, lächelte nicht. Sie strich sich das Haar aus dem Gesicht und schüttete das Pulver in die Schublade der Waschmaschine. Sie bückte sich und begann die Maschine zu befüllen. Es war Bettwäsche, die Laken von Madscheds Matratze. Hamid sagte: »Aber wie hast du es denn bemerkt? Sag's mir.«

Sie kauerte vor der Waschmaschine und schloss die Tür. »Du hast in Madscheds Bettchen gepisst«, sagte sie. »Du dachtest, du seist auf dem Klo.« Sie drehte am Knopf, um das Programm zu starten. »Ich habe so getan, als ob ich schlafen würde. Er ist nicht aufgewacht.«

Da ist ein Ort unter dem Gelächter, unter dem Hahaha.

Hamid sah zu, wie sie aufstand, die Johnnie-Walker-Flasche nahm und den Rest in den Ausguss schüttete. Sie tat es so sorgfältig, dass kein einziger Tropfen ins Spülbecken spritzte, in dem später die Kinderschüsseln und -fläschchen abgewaschen werden sollten.

Der Junge aus dem Kebabshop

Es war an der Tür zum Computerraum angeschlagen:

MUSLIMISCHER STUDENTENVEREIN
FUND-RAISING FÜR SYRIEN – VORTRAG & DINNER
ZEIT: HEUTE 18 UHR   ORT: CHAPLAINCY CENTRE

Dina ging wegen des Essens. Sie war spät dran und traf ein, als manche Leute schon aufbrachen. Wer noch nicht gegangen war, ass gerade sein Curry-und-Reis-Gericht mit einem Plastiklöffel vom Pappteller auf. Nicht alle sassen um einen Tisch, manche auch auf Stühlen, mit ihren Tellern auf dem Schoss, und andere am Boden. Ein paar Kinder rannten herum, kletterten auf die Stühle und sprangen herunter. Die meisten Besucher waren Studienanfänger, obwohl es auch ein paar ältere Semester und einige dazwischen gab. Viele Mädchen trugen das Kopftuch, manche auch den *schalwar kamis*[29] – andere wie Dina Jeans, Sweatshirt und unmögliche Schuhe, die Studentenkluft. Sie stellte sich in die Reihe an der Theke; sie war nicht lang.

Kassim schöpfte den klumpigen, unbeliebten Reis aus einem Kasten (eigentlich einer Plastikbox zum Verstauen von Spielzeug) auf einen Pappteller und wiederholte: »Chapatis[30] haben wir keine mehr.« Dann fischte er mit einer Suppenkelle das Curry aus einem grossen Topf. Die letzten Löffel waren breiig von den Resten Hühnerfleisch und zermanschten Kartoffeln.

Schon zum dritten Mal an diesem Abend drängelte sich ein Student vor und knallte seinen unaufgegessenen Teller vor Kassim hin. »Ich kann diesen Reis nicht essen.« Der Student trug ein Adidas-Sweatshirt und eine Brille. »Er ist nicht richtig gekocht. Sieh dir mal diese Klumpen an …«

»Tut mir leid …« Kassim fischte das letzte Stück Gurke aus der Salatschüssel und reichte den Teller dem Jungen, der vor Dina in der Schlange stand. Der gab ihm eine Fünfpfundnote, und Kassim stopfte sie in einen Flora-Margarine-Becher voller Münzen und Scheine. Der Junge wollte kein Wechselgeld.

»Gib mir Chapatis statt Reis«, sagte der Student.

»Wir haben keine Chapatis mehr.«

»Ihr habt keine Chapatis mehr, ihr habt bald kein Hühnchen mehr, was ist denn das für eine Organisation? Bei absolut jedem Anlass, den wir haben, geht irgendwas mit dem Essen schief. Ihr Leute schafft das einfach nie.« Er lief hungrig und wütend davon.

Kassim schaufelte Reis auf Dinas Teller. Dann rührte er mit der Kelle im Topf auf der Suche nach einem Stück Hühnchen. »Das meiste ist nur noch Sauce«, sagte er.

»Macht nichts.« Sie fand, dass er gleichzeitig schmuddelig und adrett aussah. Schmuddelig wegen des Barts und der ziemlich langen Haare.

»Ich habe einen Flügel erwischt.« Er blickte zu ihr auf. »Der Salat ist alle, tut mir leid.«

Sie zuckte die Schultern und legte zwei Pfund fünfzig in den Flora-Becher.

Nun da es niemanden mehr zu bedienen gab, wischte Kassim den Tisch ab und stellte die unbenutzten Pappteller und die Tüte mit den Plastiklöffeln beiseite. Er schüttelte einen schwarzen Abfallsack auf und begann die leeren Teller und Becher im Saal einzusammeln. Baschir stapelte die Stühle. Er war kräftig gebaut und schon ergraut, und Kassim war stets verblüfft, wie schnell und tüchtig er arbeitete.

»Hast du die Beanstandung gehört?«, fragte Kassim. Baschir nickte und arbeitete weiter. »Und?«

»Beanstandungen gibt's immer. Die Auktion hat tausend Pfund eingebracht, *alhamdulillah*[31]. Und da sind die Spenden noch nicht mit eingerechnet. Es war ein Erfolg.«

Baschirs Frau, Samia, unterbrach sie. Sie trug eine grosse Plastikschüssel, und ihr einjähriger Sohn hing ihr wimmernd am Rockzipfel. »Wir schütten hier alle Reste zusammen und geben sie den Vögeln. Wir können das nicht alles wegwerfen.« Sie stellte die Schüssel auf einen Tisch.

Tatsächlich waren die Hühnerknochen abgenagt, aber Reis war auf den meisten Tellern übrig. Kassim schob den ungegessenen Reis in die Schüssel und warf den Pappteller in den Sack. Als er sich entfernte, hörte er Samia zu Baschir sagen: »Überlass Kassim die Stühle; sonst wird es nur immer schlimmer mit deinem Rücken.«

Kassim kam zum Tisch in Dinas Nähe. »Hat dir der Vortrag am Anfang gefallen?«, fragte er sie.

»Ich hab ihn verpasst.«

Er nickte. »Ich auch, ich war am Reiskochen.«

»Schmeckt gut«, sagte sie und schluckte einen weiteren Bissen hinunter. Sie war nicht anspruchsvoll. Ihre Mutter, Schuschu, kochte selten richtige Mahlzeiten, weil sie ständig auf Diät war. Schuschu verordnete diese Diäten auch ihrer Tochter, die noch stärker übergewichtig war. Dina war deswegen ständig hungrig und nervös. Oft hielt sie sich an Chips und Mars-Riegeln schadlos, und die Hungerkuren misslangen unweigerlich, wurden aber nie offiziell aufgegeben. Fasten gehörte inzwischen zum Leben und war Teil des häuslichen Alltags und der Beziehung zwischen Mutter und Tochter. Aber wann immer ihre Mutter nicht dabei war, so wie jetzt, nutzte Dina die Gelegenheit und schlang das Essen wahllos in sich hinein.

»Ich arbeite in einem Kebabshop«, sagte Kassim. Er nickte zu Baschir hinüber. »Ihm gehört der Laden. Das Essen heute Abend ist gespendet.«

Kassim stopfte weitere Pappteller in den Sack und verschnürte ihn. Dann schleppte er ihn fort.

Als Dina ihren Teller leer gegessen hatte, waren nur noch Kassim, Baschir und ein weiterer Mann, Samia und ihr Kleiner da. Die meisten Stühle waren aufeinandergestapelt und weggeräumt. Kassim rieb die Tische mit einem Tuch ab, und der andere Mann hatte den Staubsauger in Betrieb genommen. Das Gerät war alt und verlor ständig den Schlauch.

Weil sie die einzigen beiden Frauen im Raum waren, kam Samia herüber und setzte sich zu Dina. Der Kleine jammerte, und der Staubsauger war laut, was ein Gespräch erschwerte. Samia nahm ihr Baby auf und stellte ihren Stuhl so hin, dass sie den anwesenden Männern den Rücken zukehrte.

»Sag mir, wenn jemand kommt«, bat sie, und Dina begriff erst gar nicht, was sie meinte.

Gleich darauf wurde es allerdings klar, als Samia ihren Pullover hochschob und ihren BH nach unten und ihr Baby zu stillen begann. Es wurde augenblicklich still, denn deswegen hatte es so gejammert.

Als durchschnittliche britische Achtzehnjährige hatte Dina schon viel Nacktheit gesehen, aber eine Frau, die ihr Kind stillt, noch nie. Sie war verblüfft und leicht angewidert. Samia war eine füllige Frau und wirkte in ihrem Schlabberlook etwas burschikos. Unter dem weissen Tuch, das ihr Haar bedeckte, leuchteten ihre Augen dunkel hervor. Sie roch leicht nach Schweiss und Speisegewürzen. Eindeutig sah sie beim Stillen nicht so aus wie eine keimfreie Mama in einer Fernsehwerbung für Pampers. Der Kleine war zu alt dafür, dachte Dina. Sie konnte ihn schnaufen hören von der Anstrengung des Saugens, hörte ihn schlucken, den Milchfluss schlürfen und wieder schlucken. Sie wandte den Blick ab und wollte diese Intimität nicht, scheute alles Fleischliche und Verletzliche. In diesen modernen Zeiten war Dina nicht eingestellt auf Geburt und Mutterschaft. Sie hatte C++ im Kopf und ob sie sich wie ihre beste Freundin Alanna die Zunge stechen oder einen Schmetterling auf den Arm tätowieren lassen sollte.

Samia wurde auf einmal geschwätzig und neugierig. Dina beantwortete ihre Fragen einsilbig, war sie doch wie gebannt von dem Kind, das jetzt in den Armen seiner Mutter döste und sich in den Schlaf nuckelte, wohlgenährt.

So viel erfuhr Samia von Dina: Dina studierte Informatik. Ihre Mutter war Ägypterin und ihr Vater Schotte. Ihr Vater war kürzlich an Lungenkrebs gestorben. Ihre Mutter arbeitete als Kosmetikerin in einem Warenhaus. Dinas Bande zum Islam waren fragil und distanziert. Nein, sie sei noch nie in Ägypten gewesen. Schuschus Familie hatte sich von ihr losgesagt, als sie einen Schotten heiratete.

»Halb Schottin und halb Araberin«, murmelte Samia. »Das ist wie bei Kassim, bloss umgekehrt. Seine Mutter ist Schottin und der Vater Marokkaner.« Das Baby liess die Brustwarze los und schnarchte auf einmal laut, mit weit geöffnetem Mund. Samia lachte und schob ihren BH wieder hoch, küsste ihr Baby auf die Stirn und zog den Pullover herunter. Auch Dina lachte – so war es ihr weniger peinlich.

Dina ging ins Wohnzimmer, das bis auf das Licht des Fernsehbildschirms dunkel war. Schuschu lag hingefläzt auf dem Sofa, als ob sie schliefe. Eine Flasche Gin stand auf dem Kaffeetisch, dazu ein Glas und eine Packung Panadol. Dina beugte sich über ihre Mutter, kniete nieder und berührte ihr Haar.

»Mama.«

Schuschus Antwort war ein Lallen. Sie wandte den Kopf ab, und Mascara lief ihr das Gesicht hinunter. Als sie in Tränen ausbrach, war ihr Atem trocken und sauer.

»Mama, was ist denn passiert? Ist bei der Arbeit etwas gewesen?« Schuschu schüttelte den Kopf.

Dina setzte sich auf den Fussboden und wartete. Sie schaute den ägyptischen Schwarzweissfilm, der auf Nile TV lief. Es wäre ja romantisch gewesen oder wenigstens berührend, wenn Schuschu um ihren Mann getrauert hätte. Aber sie hatte ihn gründlich verachtet, bis er verwelkt ins Grab gesunken war. Der gutaussehende *chawaga*[32], der ihr im Gezira Club den Hof gemacht, sie aus der Fassung gebracht und von ihrer Familie getrennt hatte, hatte sie in ein unscheinbares Leben an einem unscheinbaren Ort entführt. In Schottland verlor er das Charisma, das Afrika einem Weissen zuspricht, und wurde zum durchschnittlichen, gutmütigen Vater, mit dem Dina aufgewachsen war. Einer, der gern in den Pub ging und Fussball schaute, von einem Lottogewinn träumte und sonst nicht viel. Schuschu sprach es jetzt aus. Sie hob den Arm unsicher in die Luft, aber beim Niedersinken liess sie ihn auf den Teppich klatschen.

»Wusch.« Alles lag in diesem Wort und in dem schlanken Arm, der auf den Teppich niedersank. »Alles fiel in sich zusammen, als dein Vater mich hierherbrachte.«

»Geh jetzt ins Bett«, sagte Dina. Sie hatte das alles schon gehört, und nichts davon war ihr neu. »Reg dich nicht so auf.«

»Meine Schwester will mir das Geld nicht schicken.«

»Darum bist du so aufgebracht?«

»Ich habe mit ihr telefoniert.« Schuschu setzte sich aufrecht hin. Ihr Haar war zerzaust. »Meine Schwester hat eine Wohnung in Muhandissin. Und sie hat zwei Hausmädchen für jegliche Arbeit. Zwei Hausmädchen, stell dir vor. Und doch missgönnt sie mir das, was eigentlich mir gehört, das Erbe meiner Mutter.«

»Hmm.«

»Es war ein schwarzer Tag, als ich deinem Vater zum ersten Mal begegnet bin.«

Sie sahen sich den Film bis zum Ende an. Nile TV war gut für Dina, weil die meisten Filme englische Untertitel hatten, so dass sie folgen konnte. Manchmal, aber nicht oft kommentierte Schuschu die Schauspieler oder die Handlung und erzählte Dina scheibchenweise von der ägyptischen Kultur. Ihre Kommentare waren bissig und erstaunlich witzig. Dina liebte sie.

»Mama«, begann Dina zögernd, als die Einblendung *al-nihaja*[33] über den Bildschirm flimmerte, begleitet von einem Tusch. »Ich habe AA angerufen. Die haben gesagt, ich könne dich an ein Treffen begleiten, falls du dich scheuen würdest, allein hinzugehen.«

Schuschu machte eine abwehrende Handbewegung und legte sich wieder auf die Couch.

»Warum nicht? Es wäre ähnlich wie Weight Watchers – einmal die Woche.«

»Lass mich in Ruhe.« Schuschus Stimme war müde und in sich gekehrt.

Anderntags hielt Kassim im College Ausschau nach Dina und fand sie im Computerraum. Er setzte sich auf den Drehstuhl neben ihr und schaute ihr beim Arbeiten zu. Sie trug eine Brille. Dann gab er ihr die Samosas, die er für sie zubereitet hatte. Samosas mit Hühnchen und vegetarische in einer fettigen braunen Tüte. Ihre Dankbarkeit und Freude waren die erhoffte Belohnung. Sie ass sie umgehend auf, obwohl auf einem Schild stand, dass Essen und Trinken im Computerraum nicht erlaubt seien.

»Ich denke ans Heiraten«, sagte Kassim zu Baschir. Um fünf war es ruhig im Kebabshop. Nach sechs zog das Geschäft an und lief besser. Am meisten war los, wenn die Pubs um elf schlossen.

»Grossartig«, sagte Baschir. Seine Augen leuchteten auf, wie immer, wenn er hochzufrieden war.

»Es ist noch in den Anfängen«, sagte Kassim.

»*Inschallah* soll deine Auserwählte so gut und ruhig sein wie du und stark im Glauben.« Er legte seinen Arm um Kassim.

»Danke, Baschir.«

»Wofür?«

»Ich habe viel von dir gelernt.«

Baschir zuckte die Achseln und steckte abwechselnd Fleischstücke und grüne Paprika auf einen Bratspiess.

Obwohl Kassim regelmässig die Konvertitenklasse in der Moschee besuchte und viel lernte, lag es an der täglichen Begegnung mit Baschir, dass er den Islam auch praktizierte. Die Zusammenarbeit mit Baschir tagein, tagaus, in gewöhnlichen und in bedeutsamen Dingen, hatte ihm den Islam als taktgebende Realität und taugliche Lebensweise nahegebracht. Kassim hatte keine religiöse Erziehung gehabt. Sein marokkanischer Vater hatte ihm einen muslimischen Namen gegeben, ihn mit acht Monaten beschnitten und ihn ganze fünf Mal in die Kinderlehre der Moschee gebracht. Danach hatte das weltliche Leben dominiert. Kassims schottische Mutter interessierte sich nicht für Religion und hatte keine muslimischen Freunde. Sie war eng verbunden mit ihrer grossen Familie in Aberdeenshire, und Kassim wuchs mit Weihnachten und Hogmanay[34] auf. Meistens fand er, er sei ganz wie seine Cousins, obwohl er sich seines sonderbaren Namens bewusst war und seines Vaters, der Englisch mit merkwürdigem Akzent sprach. Kassim wuchs als selbstbewusstes, glückliches Kind auf. Nur manchmal fiel etwas vor, oder jemand benahm sich auf eine Weise, die ihn zum Innehalten brachte und zum Gedanken: »Das kann nicht richtig sein.« Er hielt sich allerdings nicht lange damit auf. Er war kein grüblerischer Mensch. Stattdessen schüttelte er das Gefühl einfach ab und machte weiter. Es war das Judo, das seine verborgene muslimische Identität weckte. Das Training fand im Zentrum statt, ein gutes Stück von seinem Zuhause in der Vorstadt entfernt. Er nahm den Bus in die Stadt, und seine Mutter und seine Cousins dachten, das Judo sei bloss eine vorübergehende pubertäre Laune. Doch er freundete sich mit ein paar anderen Jungs im Kurs an: arabischen Jungs, die seinen Namen sogleich erkannten.

Dina stand vor dem Kebabshop und blickte durchs Fenster hinein. Sie sah, wie Kassim den Döner schnitt. Er trug eine Schürze. Sie beobachtete, wie er sich einem Kunden zuwandte, einem müde wirkenden Mann mit strähnigem Haar, das über seine beginnende Stirnglatze gekämmt war. Kassim schnitt ein Stück Pitabrot ab und befüllte es mit Fleisch. Er hielt eine Flasche Tahini in die Höhe. Der Mann nickte, und Kassim drückte die Paste ins Sandwich. Salat und Würzsauce wollte der Mann nicht, worauf Kassim das Sandwich in eine braune Papiertüte schob. Er wischte sich die Hände an seiner Schürze ab, nahm einen Schein von dem Mann entgegen und machte die Kasse auf. Erst als er aufsah und der Mann ging, bemerkte er Dina. Sie sah sein Lächeln und wie überrascht und erfreut er war, sie zu sehen. Es weckte das umfassende gute Gefühl, das sie mit ihm verband: unbewusste Bilder eines aufreissenden Himmels, eines gesunden Organs tief unter der Haut, von saftiger Frische. Er öffnete ihr die Tür und sagte: »*Salamu alaikum.*«

Es machte sie ein wenig verlegen, dieser typisch muslimische Gruss, die neuen Worte, die sie nicht gewohnt war. Sie gab keine Antwort, lächelte nur und sagte: »Ich bin zufällig hier vorbeigekommen.«

Minuten später sass sie an einem der beiden Tische im Laden. Kassim brachte ihr ein Stück Dönerpizza, eine Samosa und eine *bhaji*[35] mit Zwiebeln. Er wollte kein Geld dafür. Samia kam mit ihrem Baby im Sportwagen herein. Sie erinnerte sich an Dina und gab ihr einen Willkommenskuss. Samia und Baschir unterhielten sich in lautem Arabisch, das Dina nicht verstand. Kassim unterbrach sie: »Baschir, kann ich Pause machen, ein halbes Stündchen oder so? Ich arbeite es später nach. Versprochen.«

Als sie fertiggegessen hatte, gingen sie spazieren. Sie liefen den Strand entlang. Das Meer war ein dunkles Jeansblau, und glänzende Delphine stiegen aus dem Wasser und schnellten wieder hinein. Der Wind zauste Dinas Haar, und der Meeresgeruch liess sie aufleben. Sie wurde redselig und munter. Als sie sich in den Sand setzten, beugte sie sich vor und küsste Kassim auf die Wange, fuhr ihm mit den Fingern durch Haar und Bart. Sie dachte, nun würde er sich umdrehen und sie küssen, stattdessen wurde er rot und wandte sich zwar nicht von ihr ab, aber sie spürte seine Anspannung, also rückte sie zur Seite.

Er murmelte etwas von Heiraten.

»Sogar für einen Kuss?« Ihre Stimme war sanft. Ein Hund bellte im Hintergrund, und die Schreie der Möwen waren schrill und rau.

Er gab keine Antwort, und sie fühlte ein Mitleid mit ihm, wie man es für die Versehrten und Lahmen empfindet. Es war ein Mitleid, das sie eher auseinander- als zusammenbrachte.

»Es kommt jemand, um Kleider für die syrischen Flüchtlinge zu sammeln. Ich werde ihm Dads Sachen mitgeben.«

Schuschu gab keine Antwort und goss sich noch einen Drink ein. Seit sie die Satellitenschüssel eingerichtet hatten und Schuschu den ägyptischen Sender empfangen konnte, sah sie das ganze Wochenende fern. Sie genoss es sehr, obwohl sie manchmal auch neidisch und heimwehkrank davon wurde.

Als Kassim kam, schmollte Schuschu und wollte nicht mit ihm reden. Sie drückte auf die Fernbedienung, und das Zimmer wurde von der Stimme der libanesischen Sängerin Nancy Ajram geflutet. »Wir können uns in die Küche setzen«, sagte Dina zu Kassim.

Sie sassen in der Küche. Dina begann ihm die Kleider ihres Vaters zu zeigen. Sie hatte sie gewaschen, gebügelt und ordentlich zusammengelegt. Stunden hatte sie damit zugebracht, während Schuschu im Hintergrund höhnte.

Kassim begann ihr von Syrien zu erzählen, von den Hunderttausenden Toten und von den Obdachlosen, die jetzt in Lagern lebten. Sie fing an zu weinen, und er dachte, sie sei vom Gesagten so aufgewühlt. Aber sie hatte gar nicht wirklich mitbekommen, was er gesagt hatte; es war alles so weit weg. Sie weinte um ihren Vater und liess zum ersten Mal ihrem Schmerz freien Lauf. Kassim und seine Bemerkungen zu Syrien retteten sie vor Mutters Bitterkeit, vor Mutters Meinung von ihrem Vater.

Der Gin machte Schuschu Appetit auf Oliven. Schlimme Oliven, die jede Menge Kalorien hatten. Sie widerstand zunächst, löste sich dann aber trotzdem vom Fernseher, um das Glas aus dem Kühlschrank zu holen. Sie traf Dina schluchzend an, während Kassim verlegen guckte.

»Warum weinst du?« Sie drehte sich zu Kassim um. »Du hast sie zum Weinen gebracht. Warum weint sie? Was hast du getan, dass sie so verstört ist?«

»Nichts, Mrs McIntyre.«

»Warum weint sie dann?«

»Alles okay, Mum«, sagte Dina schwer atmend. »Es ist nichts. Er hat mich nicht zum Weinen gebracht.«

»Warum ist er überhaupt da?«, zischte Schuschu zwar leise, aber vernehmlich. Sie nahm das Glas grüne Oliven aus dem Kühlschrank und setzte sich zu ihnen an den Tisch.

»Ich gehe jetzt besser«, sagte Kassim und stand auf.

»Bis dann.« Dina fühlte sich wie festgeklebt an ihrem Stuhl, schwer und unattraktiv.

»Ja, bis dann.«

»Auf Wiedersehen, Mrs McIntyre.«

Schuschu gab keine Antwort und drehte stattdessen das Olivenglas auf. Kassim hob den schwarzen Müllsack auf, der voller Kleider war, und ging hinaus; leise schloss er die Küchentür.

Schuschu tauchte die Finger in die Salzlake und schob sich eine Olive in den Mund. Dina machte es ihr nach und wischte sich dann mit dem Handrücken über die Augen. »Ich hab vergessen, ihm Dads Anzüge mitzugeben.«

Bei all ihren Fehlern hatte Schuschu einen mütterlichen Instinkt. Sie erkannte die Gefahr, die von Kassim ausging. »Das ist also der Junge aus dem Kebabshop ...«

»Ich mag ihn.« Dina biss in eine zweite Olive. Die grünen waren immer herber als die schwarzen.

»Du wirst noch in einer scheusslichen Sozialwohnung enden, mit rassistischen Graffiti an der Wand.« Es lag keine Drohung in Schuschus Stimme, nur Enttäuschung.

Sie rührten sich nicht, bis sie alle Oliven im Glas aufgegessen hatten. Nur die Salzlake blieb: zu viel Essig, grün gesprenkelt mit Olivenstückchen.

Der Kleidersack war schwer, und Kassim nahm den Bus, statt zu Fuss zu gehen. Er brauchte nicht lange, um den Schock von Schuschus Anblick zu verwinden. Er kannte ihresgleichen von spätabends im Kebabshop: Frauen, von ihren Diätversuchen gezeichnet und überanstrengt. Er bemitleidete sie, als wären sie krank oder behindert. Es war jene Art von Mitleid, die sie ihm fern und wie aus einer anderen Welt erscheinen liess. Hätte Kassim Sinn für Ironie gehabt, hätte er Dinas muslimische mit seiner eigenen westlichen Mutter verglichen und hätte gelacht. Seine Mutter war konservativ und gesetzt, proper und pingelig. Aber Kassim neigte weder zur Ironie noch zur Verzweiflung. Er glaubte, dass man Unrecht wiedergutmachen könne, dass nichts unmöglich sei und es Aussicht auf Besserung gebe.

Als er zurück im Kebabshop war und die Kleider zu den übrigen Spenden im Hinterzimmer gestellt hatte, die nach Syrien gingen, hatte er Schuschu gründlich vergessen. Der Reis, den er heute Abend kochte, gelang. Baschir gratulierte: »Du hast es geschafft, Kassim. Nicht jedes Reiskorn mag von seinem Bruder berührt werden.« Sie lachten und klatschten sich ab.

Am anderen Tag brachte Dina die Anzüge ihres Vaters zum Kebabshop. Eine Freundin nahm sie im Auto mit, und sie schwatzte die ganze Zeit stolz von Kassim, von Syrien und von den Kleidern. Die Tatsache, dass die Kleider ihres Vaters an syrische Flüchtlinge gehen sollten, verlieh seinem Tod eine Bedeutsamkeit, die er bisher nicht gehabt hatte. Im Kebabshop war Baschir damit beschäftigt, die Kundschaft zu bedienen. Zum ersten Mal sagte Dina: »*Salamu alaikum.*« Die Befangenheit verflog, als Baschir antwortete. Er sah die Kleider in ihren Händen und sagte: »Danke, das ist eine grosse Hilfe. Gib sie Kassim, er ist da hinten.«

Sie war noch nie durch die Tür gegangen, auf der »Nur Personal« stand. Sie war aufgeregt, weil sie Kassim gleich wiedersehen würde, nach ein paar Schritten, in ein paar Minuten. Und sie war keine Aussenstehende heute, keine Kundin, sondern eine von »ihnen«, die eine private Tür aufstiess, als heisse sie Samia und gehöre auch zur Familie. Es war dunkel, und sie blieb stehen, bis ihre Augen sich angepasst hatten. Sie befand sich in einem schmalen Flur. Berge von Getränkedosen kamen in Sicht, ein Stapel Stühle, Aluschalen en gros, Plastikteller, Papierservietten, Müllsäcke. Da stapelten sich auch die Dinge, die für die Flüchtlinge bestimmt waren: Windeln, Decken, Schuhe, Spielsachen, Konservendosen und Nudelpackungen. Sie ging ein paar Schritte weiter. Mäntel und Jacken hingen an einer Reihe von Haken entlang einer Seitenwand. Sie fand einen freien Haken und hängte die Anzüge ihres Vaters auf. Dann hörte sie ein Niesen und sagte: »Kassim?« Aber es kam keine Antwort. Hinter den Jacken öffnete sich ein kleiner Raum, nicht viel grösser als eine Garderobe. Sie hörte ein leises Wispern und Rascheln und wusste, dass er da war. »Kassim?«

In diesem Augenblick bekam sie Herzklopfen, und ihr gefror das Blut, weil er nicht auf Armeslänge entfernt war, sondern am Boden kauerte, und es war ein Schock, ihn so zu sehen: so reglos und geduckt, nicht auf der Suche nach etwas Heruntergefallenem und ohne Antwort für sie. Sie hatte Angst. Und wollte, dass er sie beruhigte und der Schock sich legte. Warum verharrte er so, Stirn, Nase und Hände auf den Boden gedrückt, warum …? Er setzte sich auf und sprach nicht mit ihr, nahm keine Notiz von ihr. Und Dina stammte zwar von Generationen von Muslimen ab, hatte aber noch nie jemanden beten sehen. Im Fernsehen, ja, oder auf einem Bild in einem Schulbuch, aber nie auf Armeslänge, nie im selben Raum, bei keinem bekannten, geliebten Menschen. Als sie begriff, hatte sie wieder einen normalen Puls, und ihre Angst verkehrte sich in Verlegenheit. »Tut mir leid«, murmelte sie und wandte sich ab. Genau so hätte sie sich entschuldigt, wenn sie versehentlich die Toilettentür aufgestossen und ihn auf dem Klo angetroffen hätte. Diese Intimität, wie damals, als sie Samia das Kind stillen sah, hatte etwas Fleischliches und Verletzliches.

Dina stolperte aus dem halbdunklen Flur ins helle Licht des Ladens, wo die Kunden herumliefen, mit seinem Barbecuegeruch und dem fröhlichen Klingeln der Kasse. Sie lief hinaus auf die Strasse, in die kalte Alltäglichkeit des Verkehrs, wo die hohen Absätze gegen den Asphalt klopften und Autos an der Strasse geparkt waren. Sie stand wie angewurzelt da, mit dem Rücken zum Kebabshop, während ihre Augen den Reifen eines geparkten Autos fixierten und gar nichts wahrnahmen. Er lud sie zu seinem Glauben ein, oder vielmehr ihrem Glauben, denn sie war ja da hineingeboren worden. Er gab ihn still weiter, wie durch Osmose, und wie langsam und schmerzlich würde ihr Erwachen sein! Wenn sie jetzt lange genug wartete, würde er herauskommen, auf der Suche nach ihr. Und wenn sie heimginge, wüsste er, dass sie mit seinem Lebensstil nichts anfangen konnte und ihren nicht ändern wollte. Sie hielt auf dem Gehsteig inne und zögerte zwischen dem triefend mystischen Leben, das er versprach, und der hungrigen Unerfülltheit in ihrem Elternhaus.

In Erwartung

Die Sonne neigt sich zu mir, aber es geht ein kalter Wind. Ich sehe durchs Fenster, wie er an den rosa Blüten der Bäume zerrt. Ich bleibe am Morgen im Bett, um jenes erste Aufstehen hinauszuzögern, von dem mir übel wird. Der Arzt meint, ich solle vor dem Aufstehen einen Keks essen, aber das hilft nicht. Ich wanke ins Bad und übergebe mich in die Schüssel. Weisser Schaum, der nach weiterem Würgen glatt und dunkelgelb wird wie Hustenmedizin, bloss bitter. Und dann schweissgebadet und hungrig wieder ins Bett.

Saif ist seit acht Tagen und neun Stunden weg. Er kommt erst nächste Woche wieder. Ich kann ihn nur im Notfall anrufen. Sie mögen keine privaten Telefongespräche auf den Bohrinseln, und sein Handy darf er nicht mitnehmen, das ist gegen die Vorschriften. Ich bin so schlapp ohne ihn. Er ist ganz aufgeregt und freut sich auf das Baby, während ich mich durch die Tage kämpfe. Morgen habe ich meinen ersten Ultraschalltermin im Krankenhaus. Ehemann auf der Ölplattform, Eltern im Ausland und keine einzige Freundin, die mich begleitet.

Ich hatte gedacht, Schwangerschaft bedeute strahlend schöne Haut und ein Bäuchlein, auf das man stolz sein könne. Aber man sieht noch kaum etwas, und ich kämpfe mit Schlafanfällen, Ängsten um das Baby, vor der Geburt und wegen der Welt, von der ich in den Nachrichten höre. Immer wenn Saif nach Hause kommt, lassen wir uns über die Veränderungen an meinem Körper aus. Eine sanfte Wölbung erst unterhalb des Nabels, aber meine Brüste sind grösser geworden. Manchmal tun sie mir weh, es ist ein dumpfes, angenehmes Ziehen, eine allmähliche Schwere.

Hunger, wie ich ihn noch nie gekannt habe. Ich starre zur Decke hoch und weiss, dass ich mich notfalls prügeln könnte um Essen und im Abfall nach Leckerbissen wühlen. Das war mir neu an mir. Das Baby ist ein Schmarotzer, steht im Schwangerschaftsbuch, es wird sich von dir alles nehmen, was es braucht. Na, anscheinend braucht das Baby Eier mit Ketchup, Bohnen mit Ketchup, Chips mit Ketchup ... Also das ist eins dieser Gelüste, bemerke ich, dieses Verlangen nach Tomaten, ihrem roten Fleisch und ihrem Geschmack. Gestern bedeutete es trockenes Brot mit Ketchup, und als kein Brot mehr da war, einfach Löffel um Löffel Ketchup pur.

Das ist das Allerschwierigste: aufstehen. Nicht aufstehen, um sich zu übergeben und dann wieder ins Bett, sondern aufstehen, unter die Dusche und anziehen. Wenn ich weine, dann jetzt, gleich als Erstes am Morgen, wenn mir übel ist und ein endloser Tag vor mir liegt.

Es ist doch nicht fair, oder, dass Saif mich meiner Karriere, meinen Freunden und meiner Familie entrissen und mich hierhergebracht hat, nur um gleich wieder abzuhauen auf eine Ölplattform? Aber ich bin unvernünftig. Das ist eben seine Arbeit, und ich sollte ihn unterstützen. Ich hatte mich freudig auf diese Ehe eingelassen, sehenden Auges. Meine Eltern drohten mich zu ersticken, meine Freunde langweilten mich, und mein fruchtbarer, unbeachteter Schoss wollte aufblühen und Frucht tragen. Ich wollte nicht in meine Dreissiger absinken, bis ich halb verzweifeln und man mir die lauernde Ungeduld ansehen würde.

Saif war der Netteste von allen, auf unwiderstehliche Art unbekümmert und ehrlich. Heiraten war eine gute Entscheidung und die Übersiedelung hierher die richtige Wahl. Es ist kein schlechtes Geschäft, sondern ein gutes Gesamtpaket. Ja, da ist das missliche Wetter und die Einsamkeit, wenn Saif auf die Bohrinsel geht, aber wenn er hier ist, dann ist es wie ein Fest, wie endlose Flitterwochen. In seinen zwei Wochen Landurlaub bleiben wir lange auf, frühstücken am Mittag, gehen ins Kino oder auf Einkaufstour. Es ist angenehm, sich etwas leisten zu können und nicht knausern und sparen zu müssen. Er ist wirklich grosszügig, und wenn er auf der schrecklichen Bohrinsel Nachtschicht schiebt und elend friert, hält er durch, weil er sich immerzu sagt: »Denk an den Bonus, denk an das Baby, denk an den Bonus.« Ich habe Allah für vieles zu danken, statt zu weinen.

Ich überliste mich mit dem Gedanken ans Frühstück, damit ich das Duschen überstehe. Ich toaste Brot und mache mir ein Omelett mit Fetakäse und den unvermeidlichen Tomaten. Ich nehme mehr Tomaten als Eier und auch mehr Tomaten als Käse. Es ist ein rätselhaftes Verlangen, allzu stark, als dass der reine Bedarf an Vitamin C es erklären könnte. Auch die Schwangerschaftsbücher sind sich unschlüssig. Sie geben den Hormonen

Schuld, die sich erst nach vierzehn Wochen einpegeln, aber das erklärt noch nicht, warum ich plötzlich den Kaffee aufgegeben habe und ohne Tomatensaft nicht mehr leben kann.

Die Post bringt weitere Absagebriefe. All die Bewerbungen, die ich gleich nach meinem Umzug hierher abschickte, flattern mir wieder ins Haus. Aber bin ich überhaupt so verwegen, schwanger zu einem Vorstellungsgespräch zu erscheinen? Zurzeit ist mir entweder übel, oder ich schlafe, lechze nach einem bestimmten Geschmack und meide echte und eingebildete giftige Dämpfe. Ich mache das Bad mit gewöhnlicher Seife statt mit aggressiven Reinigungsmitteln sauber, und im Supermarkt meide ich gewisse Regale.

Ich fahre zum Kebabshop zum Lunch. Autofahren ist ein Triumph für mich und erinnert mich daran, dass ich nicht völlig hilflos bin und ans Haus gefesselt. Ich fühle mich in mein einstiges Singledasein zurückversetzt, als Karrierefrau mit kleinem Auto, mit einem Ziel und ständig auf Achse. In einem anderen Teil der Welt war ich Sozialarbeiterin gewesen. Ich hatte gefährdete Kinder aufgespürt und ein Programm entwickelt, um drogenabhängige Teenager wieder einzugliedern. Ich muss anhalten und in einen Pappbecher spucken. Es kommt bloss weisser Schaum, mein Frühstück ist schnell verschwunden. Mir wird von einem leeren Magen übel, auch wenn man das kaum für möglich hält. Wenn ich satt bin, verschwindet die Übelkeit. Aber ich verdaue zu schnell. Ich kann mich zwischen den Mahlzeiten nur mit Mühe bezähmen. Der Verkehr rauscht an mir vorüber. Ich wische mir den Mund mit Papiertaschentüchern ab und stopfe sie in den Pappbecher. Mir ist auf einmal zu heiss im Wagen, ich öffne das Fenster, betätige den Blinker und fahre los.

Es gefällt mir, wie es im Laden riecht. Ich brauche das grosse Kebabsandwich und den Salat, der in Chilisauce schwimmt. Ich will auch Ketchup dazu. Ketchup auf den Tomaten und Ketchup, der das Brot und das Fleisch aufweicht. Er tropft mir aus den Mundwinkeln. Eine schlanke Frau stösst die Tür auf. Sie klappert so laut, dass die meisten Gäste aufblicken. Ihr unordentliches Haar hat blonde Strähnen, ihre Nase ist rot und geschwollen, sie ist unsicher auf den Beinen. Zitternd steht sie unter der Tür. »Maruf«, zischt sie, »Maruf.« Der jüngste Angestellte, attraktiv genug für Bollywood, stürzt auf sie zu und will sie am Arm auf die Strasse ziehen. Sie widersetzt sich. »Du hast mich *angelogen*. Das hast du ... Du hast gesagt, du kommst wieder, du hast gesagt ... Komm nach Hause ...« Sie wimmert jetzt, und die übrigen Angestellten kichern verstohlen.

Marufs Gesicht ist dunkelrot vor Scham. Er reckt den Kopf und drückt ihren Arm. Er spricht zu leise, als dass ich seine Antworten hören könnte. Sie wirft ihm Beschimpfungen an den Kopf, ein »Scheisskerl« nach dem anderen. Als er sie aus der Tür schieben will, schlägt sie ihn ins Gesicht. Das bringt sie für einen Moment aus dem Gleichgewicht, und er kann sie auf die Strasse hinausdrängen. Die Tür fällt hinter ihnen ins Schloss. Ich drücke mehr Ketchup auf meinen Salat, esse mein Sandwich auf und trinke aus. Maruf erscheint wieder, und seine Arbeitskollegen hänseln ihn in einer Sprache, die ich nicht verstehe. Der Ketchup hat sich über meinen ganzen Teller ergossen, und ich habe nichts, womit ich ihn auflöffeln könnte.

Ich bin nicht mehr hungrig und fühle mich wohl. Die frische Luft tut mir gut. Ich eile an Starbucks vorbei; noch vom schwächsten Kaffeeduft droht mir übel zu werden. Seltsam, dass ich einst kaum arbeiten konnte ohne zwei Tassen schwarzen Kaffee am Tag. Wie lässt sich diese Geruchsempfindlichkeit erklären? Vielleicht will sich der Fötus vor den Gefahren des Kaffees schützen, könnte man meinen, aber nicht jede schwangere Frau reagiert gleich.

Ich betrete einen Mutter-und-Kind-Laden und wünschte, es wäre nicht noch zu früh, um Umstandskleider zu kaufen. Ich betaste die Babysachen. Sanfte Gelb-, Blau- und Rosatöne. Plüschtiere, Frotteestoff, Kinderbettchen und Schaumbad. Ich nehme eine Flasche Babyöl und atme den Duft ein. Er erfüllt mich mit Behagen und Unschuld, Babywohligkeit und Freude. Die Kleidchen für Mädchen sind hübscher als die für Jungen. Werde ich morgen um dieselbe Zeit, nach dem Ultraschall, wissen, ob mein Baby ein Er ist oder eine Sie? Ich kann nicht einen Jungen oder ein Mädchen *wollen*, es ist schon vorbestimmt, es ist schon auf eine faszinierende Weise zu spät. Ich trage ein brandneues Geschöpf in mir, eine kuschelige Schönheit, einen kostbaren Namen, ein taufrisches Persönchen, mit dem ich unterwegs sein werde. Neben mir begutachtet eine Frau, etwa im achten Monat schwanger, die Plastikbadewannen.

Ihr Bauch ist wie ein Basketball, der ihr in den Schoss gefallen ist, ihr Nabel ist vorgestülpt und stösst an ihr T-Shirt. Ich fühle mich wie eine Grundschülerin, die ehrfürchtig zu einem der älteren Mädchen aufschaut. Ich kaufe Vitamine und eine Creme gegen Schwangerschaftsstreifen. Ich kaufe zwei neue BHs. Saif wird den Kindersitz und den Sportwagen auswählen wollen. Er wird schwelgen in all dem Babyzubehör, den Schutzgittern und Mobiles – ich lächle beim Gedanken, dass wir zusammen hierherkommen werden.

Draussen stehe ich der Frau aus dem Kebabshop gegenüber. Diesmal schiebt sie einen Knirps im Sportwagen und starrt in das Schaufenster. Der kleine Junge hat so langes Haar, dass es ihm beinahe über die Augen fällt. Sie muss ihn vor dem Kebabshop stehengelassen haben, wird mir klar. Er war wohl die ganze Zeit draussen auf dem Gehsteig gestrandet, während sie sich mit Maruf stritt! Das Baby sitzt aufrecht da und hält mit der einen Hand seinen Fuss und in der anderen eine Packung Chips, aus der einige zu Boden fallen.

Seinetwegen spreche ich sie an: »Ich habe Sie eben im Kebabshop gesehen. Alles in Ordnung inzwischen?« Ich bücke mich, um ihren Sohn anzulächeln. Er schaut mich an und brabbelt so nett, mit schon erkennbar eigener Stimme und ein paar verlorenen Zähnchen im Mund. Ich möchte ihn hochheben und baden und füttern und ihm Dinge beibringen. Ich sehne mich nach meinem eigenen Baby, und mein stilles, unsichtbares Bäuchlein ist ein feierliches Versprechen und das Geheimnis, das ich irgendwann teilen werde. Jenseits des

Nebels der Lethargie und Übelkeit, nach der Schwere und nach dem Schmerz werde ich auf ein Kindchen in meinen Armen blicken. Es wird der Mittelpunkt meines Lebens sein, es wird im Fokus sein, in Farbe, und alles rundum wird verschwimmen, wird nur noch schwarzweiss sein. Ich strecke die Hand aus, um das Haar des Kleinen zu berühren. Es ist so hell, beinahe weiss. Sicher viel zu blond, um von Maruf zu sein. Ganz bestimmt. Ich urteile jetzt über seine Mutter, und als könnte sie Gedanken lesen, weicht sie zurück, mit grimmigem Gesicht. Wortlos zieht sie heftig am Sportwagen, so dass das arme Kind in seinem Sitz nach hinten geschleudert wird.

»Warten Sie«, sage ich, aber sie geht nur noch schneller. Ich hole sie ein, und sie muss stehen bleiben. Die Worte sprudeln aus mir hervor: »Sie sollten ihm einen Zwieback oder ein Stück Obst geben, nicht diesen Snack, der nicht mal mit Kartoffeln viel zu tun hat! Besorgen Sie ihm etwas Gutes. Er braucht jetzt richtiges Essen, um zu wachsen. Und schneiden Sie seinen Pony, er kann ja kaum noch was sehen...«

»Ich brauche Ihre Einmischung nicht! Kümmern Sie sich um Ihren eigenen verdammten Kram!« Sie drückt auf die Lenkstangen, bis der Sportwagen sich aufbäumt und auf meinen Zehen landet. Ich bleibe wie angewurzelt stehen vor Schmerz, und sie stürzt davon. Und weil ich schon tagelang mit niemandem mehr gesprochen habe, tue ich mir selbst leid. Ich wische mir die Tränen ab und humple zum Auto. Ich hatte mal einen Haufen Freunde und wurde zu Partys eingeladen. Bei der Arbeit hörte man meinen Präsentationen zu – sogar eine Assistentin hatte ich in den letzten Monaten vor meiner Kündigung. In jenem anderen vergangenen Leben lechzte ich nie nach Tomaten, und ich muss an beliebig vielen schwergeprüften Müttern vorübergegangen sein, ohne mit der Wimper zu zucken.

Saif steigt aus einem Taxi, als ich eben meinen Wagen parke. Das ist eine solche Überraschung, dass ich beinahe den Bordstein ramme und vergesse, meine Sicherheitsgurte zu lösen. »Vorsicht«, ruft er, als er seinen Seesack aus dem Kofferraum hebt und das Taxi bezahlt. Er lächelt und ist so zerzaust wie immer gleich nach seiner Ankunft, wenn ihm der Maschinenlärm noch in den Ohren dröhnt, die Plattform schwankt und der Nordseewind heult. Jetzt kann er das alles hinter sich lassen und all das geniessen, worauf er sich gefreut hat. Wie wunderbar, dass er heute hier ist! Ich brauche das Gewicht seiner Arme, seine mahnende Stimme und seine Finger, die meine jüngsten Einkäufe prüfen. Ich eile ihm in die Arme. Er erklärt, dass es einen Fehlalarm auf der Bohrinsel gegeben und man die für den laufenden Betrieb nicht notwendige Mannschaft vorsichtshalber evakuiert habe. Zu meinem Glück gehörte er dazu. Er steckt noch in seiner Arbeitskluft, und der Ölgeruch kitzelt mich in der Nase, und das schwarze Fett brennt mir im Hals und raucht in der Kehle. Ich wende das Gesicht ab, als ein Rülpser sich in ein Aufstossen und Würgen verwandelt.

»Was ist?« Er hält mich, aber ich entwinde mich ihm. Ich stolpere zum Strassenrand und beuge mich über das nächste Gebüsch. Die Erde ist von den gefallenen Kirschblüten rosa. »Es ist der Geruch«, stammle ich. »Tut mir leid. Es ist nicht deinetwegen. Nimm es mir bitte nicht übel.«

Das tut er aber – ein wenig. Man hört es seiner Stimme an, als er sagt: »Morgen gehen wir zusammen ins Krankenhaus zum Ultraschall.«

Das hilft mir jetzt. Die Übelkeit legt sich, und ich möchte ein wenig dösen, nur ein Nickerchen machen. Morgen nach dem Termin können wir zum Lunch in die Stadt fahren. Pizza diesmal. Pizza mit extra viel Tomaten.

Der Mann der Aromatherapeutin

Sie erzählte ihm, Mutter Teresa sei ihr im Traum erschienen. Adam wappnete sich für die Folgen. »Sie will, dass ich in ihrem Waisenheim in Kalkutta arbeite.« Der Dampf von Elaines Grüntee flirrte zwischen ihnen.

»Wir sparen schon mal für deine Reise«, antwortete er. Das war seine Art, auf sie einzugehen und sie trotzdem sanft zur Vernunft zu bringen. Sie hatte jetzt Tränen in den Augen, als sie ihm den Traum zu schildern begann. Dieses Gefühl des Erwähltseins, um anderen helfen zu können, und eine besondere Fähigkeit und Gabe zu haben. Adam hätte lieber für so manch anderes gespart als für eine Reise halb um die Welt. Es erschreckte ihn, dass er sich vorstellen konnte, sie ohne ihn ziehen zu lassen.

Er hatte sich immer als den perfekten Ausgleich zu Elaine verstanden. Sie schwebte in den Wolken oder genauer gesagt über den Dachboden, während er die Schaukel der Mädchen im Garten reparierte oder die Katze zum Tierarzt brachte. Elaine war stets in Bewegung, nicht unbedingt vorwärts, aber seitwärts, aufwärts oder auch quer. Sie war eine Schachfigur, die nach ihren eigenen Regeln spielte.

Als sie sich im College begegneten, studierte sie Ernährungswissenschaft und er Metallbearbeitung. Sie sprach die ganze Zeit von Büchern, die sie gelesen hatte, oder von Fernsehsendungen über das Übersinnliche. Es fiel ihr anscheinend nicht auf, dass Adam nur mit halbem Ohr zuhörte und trotzdem an ihren Lippen hing, gebannt von ihrer Energie, die ihn zu entflammen und zu beflügeln schien.

Seiner Familie gefiel sie nicht. Sie sagten, sie sei zu anders, aber Adam war es egal. Ihre Einwände klangen unerheblich und kamen zu spät. Nach der Hochzeit begann Elaine im nahe gelegenen Studio Yoga zu unterrichten. Davon hielt sie keine Schwangerschaft ab. Sie entschied sich jedes Mal für eine natürliche Geburt und verwendete ätherische Öle gegen den Schmerz. Damit begann ihr Interesse an der Alternativmedizin. In den Jahren, als sie die Mädchen stillte, machte sie einen Fernkurs, um Aromatherapeutin zu werden, und las und lernte viel.

Adam dagegen baute die Dachkammer zu einem Behandlungsraum um. Er zimmerte die Regale an den Wänden und trug das spezielle Massagebett hoch. In kürzester Zeit hatte es Elaine geschafft, die ganze Wand mit Kristallen, Stövchen, Töpfchen und Fläschchen vollzustellen. Ihre Kundschaft stapfte die Treppe hoch, ohne Adam, der mit den Mädchen Disney-DVDs schaute, eines Blickes zu würdigen. Elaines Geschäft kam in Schwung, aber der Haushalt litt. Der Teppich unter Adams blossen Füssen knirschte von den Bröseln und Frühstücksflocken.

»Wann hast du zuletzt gestaubsaugt?«, rief er nach oben. Er war schon dabei, den Putzschrank zu öffnen und das Gerät herauszunehmen.

Sie kam die Treppe heruntergehüpft, mit leuchtenden Augen und fast atemlos. »Ich habe einen Engel gesehen«, sagte sie. »Ein kleiner Engel flog vorüber. Er kam, um eine schlechte Stimmung zu vertreiben.«

Am nächsten Wochenende besuchte sie ein Meditationsretreat. Einen Monat später verbrachte sie eine ganze Woche auf einer Esoterikmesse und kam mit einem Foto ihrer Aura zurück, die eine Spezialkamera eingefangen habe. Adam starrte auf die roten, gelben und grünen Lichter, die um ihr vertrautes Gesicht waberten. »Du siehst aus wie eine Hexe«, sagte er.

Elaine bedachte ihn mit einem wütenden Blick. »Ich habe ein Medium konsultiert. Sie hat mir gesagt, dass ich die Gabe des Heilens habe.«

»Aber das weisst du doch schon«, sagte er. »Du hast so vielen Leuten geholfen.« Auch ihm hatte sie geholfen und ihm das Kreuz massiert mit Lavendelextrakt, gemischt mit warmem Jojobaöl.

»Da ist noch mehr«, erwiderte sie. »Das Medium sagte, mein spiritueller Lehrer sei ein Indianer. Und ein zweiter sei ein somalischer Krieger.«

Adam schnaubte. »Du wirfst gutes Geld zum Fenster raus für diese Sitzungen. Du musst dich auf deine Arbeit konzentrieren.«

»Nein, ich muss lernen, meine Energie zu kanalisieren und mit meinen Lehrern in Verbindung zu treten. Dann könnte ich die Kräfte lesen, die meine Klienten umgeben. Ich könnte *mit* meinen Lehrern arbeiten.«

Geranienöl bei Menstruationsbeschwerden, Petunie bei trägen Nieren, Muskatellersalbei gegen Gemütsverstimmungen. Die ätherischen Düfte hingen über ihm. Er wurde sie nur los, wenn er zur Arbeit ging.

Er arbeitete in Nachtschichten als Schweisser. Wenn er tagsüber döste, hörte er die New-Age-Musik herunterströmen.

Eine zweite schwarze Katze strich ums Haus. Elaine legte Wert auf proteinreiches Katzenfutter. Für die Familie kochte sie vollwertig und biologisch, obwohl Adam manchmal protestierte. Wenn er heisshungrig auf rotes Fleisch war, musste er sich allein in den Burger King setzen.

Im Sommer nahm sie die Mädchen mit und verschwand für zwei Wochen. Adam setzte das Übergewicht an, vor dem sie ihn bewahrt hatte. Er verlor seinen täglichen Trost, weil die beiden Kleinen nicht da waren. Oft war er besorgt, aber sie kamen gebräunt und gesund zurück. Er umarmte die Mädchen und sah zu, wie Elaine durchs Haus flatterte in ihrem Zigeunergewand.

»Wir sind mit der Messe herumgezogen«, erklärte sie. »Von Stadt zu Stadt. Das Wetter war prächtig. Wir haben Erdbeeren gepflückt und gepicknickt am Strand. In der ganzen Zeit haben sie kein einziges Mal ferngesehen!« Sie schien fast zu prahlen damit.

Adam fühlte sich umso mehr ausgegrenzt. »Willst du gar nicht fragen, was ich gemacht habe?«

Sie verschränkte die Arme über der Brust und fragte mit tonloser Stimme: »Also, was hast du angestellt?«

Er breitete absichtlich seinen langweiligen Alltag aus, Stunde um Stunde, Tag um Tag.

Aber sie hatte schon genug. »Du hättest eben mitkommen sollen. Warum hast du es nicht getan?«

»Weil du mich gar nie gefragt hast«, schrie er.

Er hatte diese Nacht freigenommen, um bei ihr zu sein, aber sie sass bloss im Bett und umschlang ihre Knie, als hätte sie Schmerzen. »Es gibt so viel, was ich tun will, so viel, was ich sehen will. Ich sollte eigentlich schon in Indien sein.«

»Es ist einfach nicht realistisch. Das war es nie. Man muss an die Mädchen denken, an das Haus ...«

»Du kommst immer mit demselben Lamento, aber ich bin dir voraus, Adam.« Sie wiegte sich hin und her. »Ich bin dir unendlich weit voraus. Das hat auch Indigo gesagt.«

»Wer zum Teufel ist Indigo?«

»Eine Hellseherin. Indigo kann schon ihr Leben lang durch das, was sie sieht, hört und riecht, mit dem Geist kommunizieren. Sie kann sich verblüffend genau in ihre Klienten einfühlen. Zu mir hat sie gesagt, dass jemand, der mir nahesteht, mich zurückhält.«

»Ich habe dich überhaupt nicht zurückgehalten. Ich habe dich immer unterstützt.«

»Sie hat dich gerochen, Adam! Sie hat das Fett und das Öl gerochen.«

»Das war's dann mit unserer Ehe, nicht wahr?«, sagte er.

Am nächsten Tag stellte Elaine ein Schild in den Garten: »Zu verkaufen.« Und dann ging alles ganz schnell.

Von Früchten

Das erste Mal begegnete ich dir – zwar nicht von Angesicht zu Angesicht, aber über deine Worte –, als ich in einem Erzählband von Frauen *Die Hochzeitspistole* las. Das war damals in den 1990er Jahren. Deine Stimme fesselte mich am meisten, und deine Geschichte war als einzige glasklar und mehrdimensional. Ich weiss noch, dass ich meine Periode hatte, als ich sie las. Es war am zweiten oder dritten Tag der Mens, nachdem die Anspannung und die Krämpfe nachgelassen hatten und nichts mehr übrig blieb als ein sanftes und gleichmässiges Fliessen. Es entspannte mich dermassen, dass ich fast schläfrig wurde davon. Dabei war ich keineswegs schläfrig, sondern hellwach für deine Stimme, herabgezogen und eingetaucht ins Hier und Jetzt der Blätter in meiner Hand. Ich ergab mich der heiteren Wahrnehmung der Passivität meiner Fortpflanzungsorgane, meiner Auszeit und der insgeheimen Genugtuung, dass ich nicht schwanger war und einen weiteren Monat Aufschub hatte. Ich sank in meinen Sessel und in mein Selbst hinein und sog deine Geschichte auf, verstand jede Anspielung und jeden Witz. Ich summte die Melodien der Lieder, die du nanntest, und sah das Strassengeflecht vor mir, das du entwarfst. Ich war deine ideale Leserin und so hingerissen, dass ich nicht einmal Zeit hatte für den Gedanken, dass es nie aufhören soll.

Es war das erste Mal, dass ich mich in Erfundenem wiedererkannte. Nicht mein inneres Selbst, das konnte ich zwischen den unwahrscheinlichsten Buchdeckeln erkennen: in Romanen, die Männer in fernen Jahrhunderten geschrieben hatten oder die an Orten spielten, von denen ich nicht einmal gewusst hatte, dass es sie gab. Aber in deinem Werk sah ich mein Land, meine Werte und die Milieus, in denen ich aufgewachsen war. Natürlich hatte ich davor schon afrikanische Literatur gelesen, die Klassiker, in denen ich Menschen, Wetter und Landschaft und das grosse Lebenspanorama wiedererkannte. Aber deine Geschichte war anders. Ohne Scham schriebst du über die obersten zehn Prozent. Über eine privilegierte Kindheit ähnlich wie meine. Eine hochgebildete Familie, die es sich leisten konnte, für Urlaub und Diplome nach London zu reisen. Eine Familie, in der die Kinder dazu erzogen wurden, sich anders (das heisst westlicher) zu kleiden, zu essen und zu sprechen als die Alten. Ich wusste sehr gut, wie das ausgehen würde, kannte diese Mischung aus Stolz und Anpassertum, den wachsenden Ärger darüber, sich rechtfertigen zu müssen, den Drang, innezuhalten und Dinge neu zu bewerten.

Ich war in den Zwanzigern, als ich dich zum ersten Mal las, und ich war mitteilsam und leicht zu beeindrucken. Sogleich wollte ich deine Freundin sein. Wir hatten so viel gemeinsam, waren jetzt beide hier, kamen aber von dort, bloss warst du zehn Jahre älter als ich. Ich wollte unbedingt mit dir über deine Geschichte sprechen; mir war, als ob ich dich schon kennen würde und wir uns früher oder später begegnen und blendend unterhalten würden. Deine Geschichte baute eine Brücke zu einer Welt, die ich nach meiner Heirat und Auswanderung hinter mir gelassen hatte. Eine Welt, die ich zu verlieren drohte, aber durch deine Worte wurde sie wieder lebendig, und ich konnte darin wohnen.

Ich schrieb meinen ersten Brief an dich von Hand und habe keine Abschrift mehr. Bestimmt hatte man zu dir auch schon gesagt: »Ich habe Ihren Roman verschlungen«, aber bei mir war es so, dass dein Roman mich verschlang. Der Schmerz der Heldin wurde zu meinem Schmerz, und ihre Probleme beschäftigten mich mehr als mein Leben. Tagelang vernachlässigte ich meine Kinder und meinen Mann. Ich blickte sie durch glasige Augen an, ich erledigte die Hausarbeit wie im Schlaf. Ich war bei dir, nicht bei ihnen.

Ich träumte von dir (oder vielleicht auch von deinen Heldinnen, ihr wart austauschbar). Schöne Träume, in denen wir Seite an Seite auf einer Treppe sassen wie kleine Mädchen. Wir sprachen nicht immer von Büchern, manchmal tauschten wir uns auch über unseren Alltag aus – über das Mamataxi, mürrische Verkäuferinnen und Zeitungsschlagzeilen –, und deine Bemerkungen zum Leben im Westen stimmten mit meinen überein. Wir waren Gleichgesinnte, und unsere Freundschaft beruhte auf geteilten Erfahrungen und Ideen.

Ich träumte immer wieder denselben Traum in leicht anderer Form. Wir beide auf einer Wippe, die sich hob und senkte, beide gleich gross und gleich schwer. Unser ungezwungenes Lachen, die Worte, die nur so aus mir hervorsprudelten. Ich erzählte dir dies und jenes. Wiederholte, was ich dir in meinen Briefen schon geschrieben hatte, und fügte Neues hinzu. Ich unterhielt mich mit dir über meine Freundinnen, über die Kinder und die Cousins und Cousinen, und du kanntest sie alle schon. Sie interessierten dich, denn du hingst an meinen Lippen und flochtest deine eigenen Bemerkungen ein: Details und Einsichten, die du eigens für mich in Worte fasstest. Du warst nie auf meine Vorstellungen und Darstellungen angewiesen, und unsere Gespräche plätscherten endlos dahin wie ein einziger Strom des Wohlwollens. Und selbst wenn der Traum vorüber war, blieben mir sein Glück und die Wärme erhalten, und sie durchströmten den Tag, als wollten sie ihn heilen.

Du gabst keine Antwort auf meine Briefe. Ein Jahr ging vorüber.

Dein zweiter Roman erregte mehr Aufsehen. Ich schnitt die Besprechungen aus den Zeitungen aus. Doch es fiel mir auf, dass selbst die guten herablassend waren und dich nur wenige angemessen würdigten. Nur einer sprach von einem »Meilenstein«, und ich war ganz einverstanden. Besser als die Besprechungen gefielen mir die Interviews mit dir. Ein Foto von dir und deinem kleinen Mädchen am Strand. Deine freimütigen Antworten. Angaben dazu, wo du zur Schule gingst und an welcher Uni du warst – und selbst zum Werdegang deiner Eltern. Eine solche Fülle, so grosszügig wie deine Prosa. Ich hatte nun so vieles, was ich zusammenstückeln konnte, um Leben und Dichtung in Übereinstimmung zu bringen, um Vermutungen anzustellen und hin und her zu rätseln. In mein bescheidenes und beschränktes Leben brachtest du Farbe und Abenteuer. Ich verehrte dich als den Inbegriff von Glamour und

Geistesgrösse. Das Lesen und Nachdenken über dein Werk verhalf mir zu stundenlangen Freuden.

Ich sprach oft von dir zu meinem Mann und zu Freunden, die deine Bücher nicht lasen und sich von deinen progressiven Ansichten und deiner Freizügigkeit abschrecken liessen. Mein Umfeld war konservativer als die Familien in deinen Büchern und somit auch als deine eigene. Ich hatte behauptet, ich hätte auf deine vertrauten Charaktere und Milieus angesprochen und mich darin wiedererkannt. In Wahrheit bewohnet ihr, du und deine Figuren, jedoch die liberalen Ränder, während ich bei der gemässigten Mehrheit verblieb. Meine Eltern und deine Eltern hätten sich gekannt, wären aber nie Freunde geworden. Sie wären Mitglieder desselben Clubs gewesen, und man hätte sie zu denselben Partys eingeladen, aber dann hätten sie sich an verschiedene Tische gesetzt. Mein Vater hätte von deinem Vater, einem gefeierten Journalisten, gehört. Und dein Vater hätte seinen Wagen bei der Toyota-Vertretung meines Vaters gekauft. Aber deine Eltern hatten aus Liebe geheiratet, während meine eine arrangierte Ehe eingegangen waren. Du hattest schon als Kind eine Schule in Grossbritannien besucht, während ich erst als Erwachsene hierherkam. Ich habe nie geraucht, Alkohol getrunken oder einen Bikini getragen. Wenn die Verwestlichung linear fortschritt und Assimilation das Fernziel war – was natürlich fraglich ist und bestimmt nicht politisch korrekt –, aber wenn es so wäre, so warst du mir um etliche Schritte voraus. Du passtest von Anfang an besser zu Grossbritannien als ich.

In meinen erdachten Gesprächen mit dir und in meiner Fanpost hielt ich dir manchmal deine gewagten Szenen vor und das sündige Benehmen deiner Heldinnen. Hoffentlich hast du mich nicht missverstanden, ich wollte dich weder angreifen noch belehren. Es war ein Na, na, na! in leicht missbilligendem Ton. Es wäre unredlich, nicht zuzugeben, dass deine expliziten Liebesszenen zum Reiz deines Werks beitrugen. Zudem prickelte es angenehm in meinem Kopf, wenn ich deine liberale Haltung einnahm. Doch in meinem alltäglichen Leben war ich so konventionell und gehemmt wie meine Umgebung.

War denn dein und das wagemutige Leben deiner Figuren das Leben, nach dem ich mich sehnte? An der Schule hatte ich aufgeschlossene Mädchen gekannt, die deinen jüngeren Heldinnen glichen. Mädchen, die strotzten vor Selbstvertrauen und die keine Schüchternheit hemmte. Sie hatten motorradfahrende Freunde, die sie unbeaufsichtigt trafen, und rauchten auch mal Gras. Solche Mädchen glitzerten ausserhalb meiner Reichweite. Ich brannte auf Anerkennung von ihnen – in einem Tagebucheintrag, den ich mit dreizehn verfasste, steht: »Wenn man sie fragt, wer dieses Mädchen (ich) ist, sollen sie antworten: Das ist die und die, sie ist ganz nett, aber ich kenne sie nicht so gut. Doch die Wirklichkeit sieht ganz anders aus: Sie kennen nicht mal meinen Namen!« Deine Heldinnen sind eine Wiedergeburt dieser strahlenden Mädchen, für die ich unsichtbar war. Es war also nicht so, verstehst du, dass deine Romane mich in eine andere Welt versetzten, sondern sie liessen mich ein zu Gesprächen und Unternehmungen, die mir verwehrt geblieben waren. Es war, als könnte ich beim Lesen mit Leuten verkehren, die einst an mir vorbeigerauscht waren. Danke für diesen Zugang.

Und dass du für mich da warst, als ich aus dem Krankenhaus entlassen wurde – als die Schmerzmittel nicht mehr halfen, war dein Taschenbuch meine Ersatzdroge. Du warst da, als wir umzogen – und ich die gebundene Ausgabe in das neue Regal von John Lewis[36] stellte. Und als ich die Fehlgeburt hatte – eine der Pflegerinnen hiess auch Selma. Als ich meinen ersten Laptop bekam – und dir darauf einen Brief schrieb. Als mein Vater starb – und seine Beerdigung aufs Haar der von dir beschriebenen glich. Als ich mich an der Open University einschrieb und dir davon in einem Brief berichtete. Als wir in Barcelona Urlaub machten und ich *Frutos de loto* in einem Buchladen beim Hotel entdeckte. Ich hatte *Fruchtlotus,* den mir liebsten all deiner Romane, für den *Richard & Judy Book Club*[37] besprochen, als man dort begann, nach Zuschauerempfehlungen zu fragen. In jenen Jahren wurdest du oft zu Unrecht ignoriert und durchweg unterschätzt. Ich war eine deiner ersten Verfechterinnen, längst bevor alle dich kannten.

Ich suchte nach dir in der Frühzeit des Internets. Schon vor Google gab ich deinen Namen bei AltaVista und Ask Jeeves[38] ein. Die erste E-Mail, die ich dir schickte, unterschrieb ich mit »Dein Fan aus Aberdeen«. Diese Signatur benutzte ich immer, damit sie ins Auge sprang und man sich an sie erinnerte. »Ach«, hörte ich dich innerlich gern sagen, »das ist wieder von dieser Frau aus Nordschottland.« Vielleicht wärst du ja auch stolz darauf, so hoch im Norden gelesen zu werden, obwohl ein grösseres Publikum über die Jahre und bei deinem zunehmenden Erfolg für dich wohl auch allmählich zur Selbstverständlichkeit wurde. Ich schrieb dir von der Scheidung meiner Eltern. Ich zucke inzwischen zusammen, wenn ich diese Mail wieder lese, und habe vor, sie zu löschen. (Ich werde sie alle löschen.) Als ich dir meine erste Mail schrieb, war mein Mann auf Geschäftsreise, mein jüngstes Kind fieberte, und es war Feiertag, so dass ich keinen Arzt mit ihm aufsuchen konnte. Meine Mens war verspätet, und ich hielt den Atem an und fürchtete, wieder schwanger zu sein. Zu allem Überfluss erhielt ich auch noch obszöne anonyme Telefonanrufe, die mich so verstörten, dass mir bei jedem Klingeln das Blut in den Adern gefror. Weil ich nicht schlafen konnte, schrieb ich dir von meiner Mutter.

Ein Kleinkind mit rasselndem, heissem Atem, das sich neben einem im Bett wälzt, ein herabbaumelnder Telefonhörer, ein Körper, der auf die ersten Anzeichen einer verspäteten Periode lauert – so etwas widerfährt den Frauen in deinen Romanen nicht. Sie haben nicht immer alles im Griff, aber ihr Wille ist jedenfalls stark und ihr Zutrauen gross. Sie stürmen triumphierend voran und besteigen Berge, widersetzen sich der Bereitschaftspolizei und filmen eine Löwin beim Gebären. Meine Mutter war deinen Heldinnen ähnlich. Darauf ging ich in meiner Mail ein. Sie war unverblümt und kraftvoll, eine Persönlichkeit, von der jeder sagte, sie sei ihrer Zeit voraus. Sie verliess meinen Vater, weil er ihr die Luft abschnürte. Sie ging und machte sich selbst auf den Weg, sorgte allein für sich und schöpfte ihr Potential aus. Die Geschichte meiner Mutter hätte dich nicht schockiert. Du wusstest, dass das westliche Bild von »der muslimischen Frau« ein reduziertes, vereinfachtes Klischee war. Meine Mutter war nicht mehr und nicht weniger muslimisch als andere, sie unterschied sich durch ihre Persönlichkeit, Bildung und vor allem durch ihre finanzielle Unabhängigkeit. In meiner Mail prahlte ich mit ihr, weil ich mit mir selber nicht angeben konnte. Ich konnte nicht schreiben, wie inständig ich meine Mens herbeiflehte, die Rückkehr meines Gatten und dass das Fieber meines Söhnchens nachlassen möge. Stattdessen schrieb ich davon, wie meine Mutter der Gesellschaft die Stirn bot und wie pionierhaft sie war. Ich überging das vernachlässigte Kind (mich), das dem Auto nachrannte, meinen Vater, der sich die ganze Nacht lang übergab, und die ätzenden Bosheiten der Leute. Dafür erzählte ich dir, wie sehr sie mich inspiriert habe, genau wie du. In jener Nacht träumte ich von einer Frau, die zugleich du und meine Mutter war. Sie umarmte mich, und ich weinte vor Erleichterung.

Dein Feminismus und der meiner Mutter waren sich ähnlich, hervorgebracht in derselben Stadt von denselben Einflüssen. Er bedeutete Empfängnisverhütung, Berufstätigkeit und die Weigerung, sich von irgendeiner Konvention oder Religion lähmen zu lassen. Diese Spielart des Feminismus war für Schwesterlichkeit nicht empfänglich. Andere Frauen mussten niedergetrampelt werden, wenn man nach ganz oben gelangen wollte, und Mitleid galt als Schwäche. Meine Mutter fand es zwar schade, dass ich ohne ihre Erziehung keine Chance hätte, aber gleichzeitig sah sie sich bestätigt. Sie opferte mich. Das waren ihre Worte, nicht meine. Sie hatte nicht ungern eine Tochter, die ihr nicht das Wasser reichen konnte. Meine Mutter wäre ja vielleicht ein Thema für dich. Ihre Not (wenn es denn eine war), ihr Kind zurücklassen zu müssen. Aber wir waren der Galgenstrick um ihren Hals – ihre Worte, nicht meine. Einmal fragte ich meine Mutter tatsächlich, warum sie mich nicht mitgenommen habe. Und sie lächelte nur traurig, weil schon die Frage meine Dummheit verriet. Sie hatte mich ebenso sehr wie meinen Vater verlassen wollen.

Meine erste Reise zu dir war eine grosse Sache für mich. Ich war noch nie allein gereist. Ist das zu fassen? Ich war achtundzwanzig und noch nie allein gereist. Er fragte mich, warum ich denn überhaupt gehen wolle. Was hast du da verloren? Was bringt dir das? Diese Fragen musste ich erst beantworten, um das nötige grüne Licht zu bekommen. Es hiess wochenlang Babysitter anweisen, Mahlzeiten zubereiten und die ganze Logistik klären. Ich kaufte ein neues Kostüm, machte eine Blitzdiät und leistete mir eine Gesichtsbehandlung. Die Finanzen waren eine Sache für sich. Da waren die Rückfahrkarte nach Edinburgh, der Eintritt zu deiner Lesung, der Preis deines neuen Bands, den ich ganz sicher kaufen und für den ich mich stolz in die Autogrammschlange stellen wollte. Warum stolz? Weil ich schon jahrelang für dich schwärmte und weil es mein allererstes Gespräch mit einer Autorin sein würde. Aber anstellen wollte ich mich nur für dich und sonst niemanden, das kannst du mir glauben.

Natürlich tat ich in der Nacht vorher kein Auge zu. Die ganze wachsende Aufregung und die aufflackernden unbegründeten Befürchtungen, die meinen Ausflug in Frage stellen wollten. Am Bahnhof bekam ich schweissnasse Hände, als ich ein Plakat für das Internationale Buchfestival in Edinburgh sah, auf dem dein Name stand. Ich hatte nicht bedacht, dass ich die Kinder vermissen würde. Mein leerer Schoss, der sich verkehrt anfühlte, das KitKat, das ich nicht teilen konnte, und all die Sehenswürdigkeiten, die an meinem Fenster vorbeizogen – aber es wäre unerträglich gewesen, dich in Schottland zu wissen und nicht da zu sein, um dich willkommen zu heissen.

Der Charlotte Square lag geschäftig im Sonnenlicht und Wind, und es wimmelte von Zelten und Menschen jeglichen Alters. Nachdem ich einen so weiten Weg gegangen war (im übertragenen Sinn), hatte ich es plötzlich eilig. Ich musste dich unverzüglich finden und betrat das Autorenzelt. Du warst in Bewegung, als ich dich zum ersten Mal sah. Ein Buffet war vorbereitet worden, und du warst dabei, es zu stürmen und deine Lieblingshäppchen aufzuspiessen, wobei du genau wusstest, was du wolltest, und deinen Teller mit sicherer Hand fülltest. Du warst so schön, wie ich es mir vorgestellt hatte, bis auf jene Zusatzenergie, ein Feuer, das man auf deinen Fotos nicht sah, ja fast ein Ungestüm. Ich trat zu dir, als du dich vom Tisch abwandtest, und grüsste dich wie eine Freundin. Du bliebst stehen, als wäre ich dir im Weg, und schrecktest vor meiner Vertraulichkeit und Anmassung zurück. »Schreiben Sie auch?« Bevor ich antworten konnte, musterten deine Augen mein Gesicht und huschten über meine Kleidung. Es war mir ja schon wie ein Wunder erschienen, dass ich es aus dem Haus geschafft hatte, ohne dass ein schmutziges Patschhändchen auf meinem Rock Spuren hinterliess oder ihn mit Ribena[39] bekleckerte. Aber verglichen mit deiner unangestrengten Eleganz fühlte sich mein neues Marks-&-Spencer-Kostüm unförmig an. Und nur zu schnell hattest du mich schon taxiert. »Ich bin Ihr Fan aus Aberdeen«, sagte ich. »Ich schreibe Ihnen …« Du bemerktest meinen Akzent, und deine Dichteraugen lasen die frühe Heirat, das abgebrochene Studium und eine überbordende Fruchtbarkeit an mir ab. »Das ist das Autorenzelt«, sagtest du und gingst weg, ohne dich einer Gruppe anzuschliessen oder jemand anderem zuzuwenden. Ein einziger Gedanke erschütterte mich: All die Briefe, die ich dir über die Jahre hinweg geschrieben hatte, und all die Mails bedeuteten dir nichts. Du hast nie ein einziges Wort gelesen, das ich geschrieben habe.

Ich trat zu den Liegestühlen und Eisständen hinaus und zu all den artigen Leuten, die sich zu benehmen wussten. Sie hatten mehr Bücher gelesen als ich und mehr Autoren getroffen. Ich wäre beinah zum Bahnhof gehetzt, doch die Vernunft behielt die Oberhand, und ich beschloss, deinen Vortrag wie geplant zu besuchen.

Während der Veranstaltung war ich stolz auf dich, denn deine Worte waren klug und verrieten eine Verletzlichkeit, die ich nicht erwartet hatte. Das Publikum war vorwiegend weiblich. Als man dich hinausbegleitete, hörte ich eine der Frauen sagen: »Sie ist sehr attraktiv.« Das wollte ich dir sofort erzählen. Ich stellte mir vor, wie wir an einem der Tische sitzen würden, die über den Rasen verstreut waren, unsere Kaffeetassen zwischen uns. Ich malte mir deine Erleichterung aus, dass die Lesung vorbei war. Aber noch während ich mir dies einbildete, wusste ich schon, dass es nicht dazu kommen würde. Du würdest dich nicht zu mir setzen. Ich kaufte deinen neuen Roman, aber ich stellte mich nicht in die Autogrammschlange.

Ich nahm den Zug zurück nach Aberdeen. Mein Schmerz war übertrieben, aber echt. Keine Heldin von dir wäre beschämt und gebrochen mit dem Zug in die Arme von Mann und Kindern zurückgekehrt und hätte bereut, dass sie sich überhaupt hinausgewagt hatte. Nach den ungeschriebenen Hausfrauenregeln hatte ich mir »einen Tag freigenommen«. Einen teuren noch dazu. Die Erwartung war, dass ich mich nun erfrischt und gutgelaunt wieder meinen Pflichten zuwenden würde. Stattdessen schlich ich betrübt durchs Haus und sann unserer verunglückten Begegnung nach.

Ich pflügte deine Romane durch, und die Antworten lagen in deinem Werk. Diese Seitenhiebe auf die Kopftuchträgerinnen. Solche Frauen waren nie die Heldinnen, Gott bewahre, oder auch nur deren Freundinnen oder Verwandte, sondern nur brave Bedienstete oder Passantinnen. Ich hatte diese Sticheleien nie richtig ernst genommen. Wir haben doch so viel gemeinsam, jammerte ich hinter deinem entschwindenden Rücken. Konntest du nicht hinter das Kopftuch sehen?

Die Preisverleihung, all diese Weissen, die Schlange standen, um dich reden zu hören, die erstklassigen Besprechungen deines jüngsten Taschenbuchs – all das muss dir zu Kopf gestiegen sein. Du wurdest grössenwahnsinnig und sahst auf deinesgleichen herab. Wir waren für dich zu reinem Erzählfutter geworden, du hast unser Leben benutzt, aber uns deine Gesellschaft verweigert. Ja, ich sollte das Ganze weglachen. Oder dir als moderne Konsumentin meine Kundschaft entziehen, wegen mangelnder Betreuung. Schliesslich gab es noch andere Autoren, die darauf warteten, gelesen zu werden.

Wochen später ereiferte ich mich immer noch gelegentlich über das Unrecht, aber die Kränkung liess von Tag zu Tag nach. Eine weitere Schwangerschaft verdrängte dich ganz in meinen Hinterkopf. Die Kinder gingen auf eine neue Schule, und mein Mann wurde befördert. Ein Jahr ging vorüber und dann weitere Jahre. Meine Familie wuchs, und ich war stolz auf meine Kinder und kümmerte mich um sie. Meine Söhne waren schon grösser als ich und benahmen sich mehr wie halbe Erwachsene denn wie bedürftige Kinder. Meine beiden kleinen Mädchen, so gleich und doch so verschieden, faszinierten mich. Ich war entzückt, wie nah sie sich waren, und über ihre grenzenlose, enge Freundschaft. Nur manchmal, wenn ich sie tuschelnd dicht nebeneinander auf der Treppe sitzen sah oder in perfektem Gleichgewicht auf beiden Seiten einer Wippe, fielen mir flüchtig meine Luftschlösser ein. Aber ich schrieb dir nicht mehr.

Ab und zu googelte ich immerhin deinen Namen, wie man einem alten Freund nachforscht. Deine Karriere hatte eine neue Wendung genommen. Du begannst für Kinder zu schreiben. Du tatest dich mit deinem Bruder zusammen, dem Künstler, und schriebst Bilderbücher, mit denen du *Tausendundeine Nacht* für ein modernes, technikbegeistertes globales Publikum auffrischen wolltest. Ich bewunderte dich für die Zusammenarbeit mit deinem Bruder. Sie zeigte, wie authentisch du warst und nach wie vor unseren Familienwerten verbunden. Trotzdem kaufte ich nur eins deiner neuen Bücher, das sich an *Ali Baba und die vierzig Räuber* anlehnte. Da waren meine Söhne schon zu alt dafür, und meine Töchter zogen die *Powerpuff Girls*[40] vor. (Das war, lange bevor du *Sindy die Seefahrerin* schriebst, die moderne weibliche Entsprechung des Sindbad.) Als die Zwillinge noch ganz klein waren, lehnten sie alles ab, was auch nur entfernt nach afrikanischer oder islamischer Kultur klang – mitsamt deinen Büchern. Das enttäuschte mich, denn sie sollten doch stolz sein auf ihr Erbe. Zum Glück war es nur eine Phase, die sie überwanden, je älter und aufmerksamer sie wurden.

Die Geburt der Zwillinge war ein Wendepunkt für mich gewesen. Ich war entschlossen, keine weiteren Kinder mehr zu haben und mein Fernstudium zu beenden. Ehrlich gesagt drehte ich zwar immer noch das Radio lauter, wenn man dich in der *Woman's Hour*[41] interviewte, und ich bewunderte deine neue Frisur auf dem Foto im *Telegraph,* aber brennend war mein Interesse nicht mehr.

Das nächste Mal begegnete ich dir fünfzehn Jahre später, in Abu Dhabi. Wir waren wegen der Arbeit meines Mannes umgezogen, und nachdem wir uns eingelebt hatten, fand auch ich einen Job. Ich wurde zunächst Assistentin und dann Koordinatorin bei einer gemeinnützigen Stiftung im Bildungssektor, die bei Kindern die Liebe zum Lesen förderte. Mein Leben veränderte sich, als ich anfing, mein eigenes Geld zu verdienen. Ich konnte mir jetzt eine Teilzeithilfe leisten und für den Schulbus der Kinder aufkommen. Von der Last des Mamataxis und der meisten Hausarbeit befreit, stürzte ich mich in meine neue Aufgabe und begann mich wohl zu fühlen. Und Spass am Shopping und am Strandleben zu haben. Ich entspannte mich in dieser familienfreundlichen Umgebung, wo die Kinder lange aufblieben und der Lebensrhythmus gemächlicher war.

Dein Name tauchte bei meiner Arbeit oft auf. Die frühen tabubrechenden Romane waren inzwischen vergessen – manche waren vergriffen, und es gab sie auch nicht auf dem Kindle. Du warst jetzt berühmt für deine aufbauenden Kinderbücher. Ihre Hoheit Scheicha Hadia, unsere Stiftungspräsidentin, lobte sie. Ich mochte Scheicha Hadia wegen ihrer spontanen Wärme und natürlichen Art. Sie strahlte in ihrer schwarzen Abaja und der Designer-Sonnenbrille Kompetenz gepaart mit Ungezwungenheit aus. Bei den Sitzungen fingerte sie an ihrem Handy herum, reinigte sich die

Hände mit Feuchttüchlein oder befreite ihre Füsse aus den Sandalen und rieb sie über den Teppich. Einmal traf ich sie im Gebetsraum an, wo sie unter den gebeugten Rücken der Angestellten und Raumpflegerinnen nicht auffiel.

Wir luden dich zu einem Besuch im Emirat ein. Auf Wunsch von Scheicha Hadia solltest du sieben Schulen besuchen, an denen wir Gratisexemplare deiner Bücher verteilen würden. In der Woche, bis deine Antwort kam, hatte ich Besuch von meiner Mutter. Nach all den Jahren ohne Begegnung bemühte ich mich sehr um Anerkennung und scheute weder Zeit, Geld noch Anstrengung, um anzugeben. Sie hatte früher alles, was mein Leben im Wesentlichen ausmachte, missbilligt, so dass ich entzückt war, dass ihr Abu Dhabi gefiel. Sie schätzte die internationale Schule der Kinder, war beeindruckt von unserem Wohnkomplex und somit auch von meinem Gatten und seiner Arbeit, mit der er für so komfortable Verhältnisse aufkommen konnte. Aber das Beste von allem war, wie angenehm überrascht und anerkennend sie von meiner Arbeit sprach. »Du hast ewig gebraucht«, sagte sie, »aber schliesslich hast du doch noch etwas aus dir gemacht! Ich hatte dich schon abgeschrieben.« Solches von Verachtung durchzogene Lob schmerzte, und ich schloss mich ein-, zweimal im Bad ein und weinte. Trotzdem war ich erleichtert, dass ich in ihrer Achtung gestiegen und unsere Beziehung herzlicher denn je war. Nach aussen bewältigte ich den Besuch gut, ohne ein einziges Missgeschick oder einen Streit. Doch musste die Selbstbeherrschung an mir gezehrt haben, denn nach Mutters Abreise nahm ich den Nachmittag frei, verbrachte den restlichen Tag erschöpft im Bett und mochte nicht einmal mehr aufstehen und kochen.

Ich war weder traurig noch bedrückt. Fühlte mich nur wie eine vorübergehend abgeschaltete Maschine. In *Fruchtlotus,* den ich für deinen stärksten Roman halte, hört ein Mann auf, seine Frau zu lieben. Einfach so. Zugegeben, es ist faszinierend, wie Liebe enden kann, wie sie einfach so versiegen kann wie der Strahl eines Wasserhahns, wie eine lange Nacht, die der Morgenröte weicht, wie ein süsser Geschmack, der noch etwas auf der Zunge verharrt und dann geht. Der Mann im Roman verlässt seine Frau nicht wegen einer anderen, aber am Ende des Buchs wissen wir, dass er es tun wird. Du ersparst uns subtil die Details, aber wir wissen, dass der Verrat lauert. Er liebt die Protagonistin nicht mehr und ist offen und vorbereitet auf ein neues Abenteuer, während sie sich weiter plagt mit den Kindern und der Kränkung ihrer Weiblichkeit.

Du holtest mich aus dieser vorübergehenden Krise mit deiner Mailnachricht, wie sehr du dich auf einen Besuch in Abu Dhabi freutest und den Stiftungszweck unterstütztest. Und schon genehmigte ich die Flugtickets in der Businessclass von Etihad, das Fünfsternehotel und den Wagen mit Chauffeur. Deine Nachfrage nach kostenlosem WLAN-Zugang in deinem Hotelzimmer beantwortete ich persönlich. Zusätzlich zu den Schulbesuchen veranstalteten wir auch eine eintägige Schreibwerkstatt für Kinder, bei der du die Eröffnungsrede halten solltest. Wir buchten für dich auch ein exklusives Dinner mit der Scheicha. Für alle anderen Mahlzeiten war das grossartige Emirates Palace Hotel zuständig.

Du erinnertest dich nicht mehr an mich oder die Fanpost, die ich dir vor langer Zeit gesandt hatte. Das hatte ich auch nicht erwartet. Ich war inzwischen eine andere Frau, älter und selbstbewusster. Auch du sahst gesetzter aus. Dein Haar war zwar gefärbt, aber leichte Tränensäcke lagen unter deinen Augen, und deine tiefe Raucherstimme machte dich älter. Doch du warst immer noch wunderschön und kraftvoll. Und verglichen mit Edinburgh verströmtest du ein entspanntes Wohlwollen. Abu Dhabi gefiel dir – dieses Wüstenwunder, eine futuristische Welt voller Zukunftsglauben und verschwenderischen Wachstums. Du schenktest mir besondere Beachtung als der Einzigen in der Stiftung, die aus deinem Heimatland stammte. Vor Jahren hatte ich mir diese Verbindung ersehnt. Und jetzt war sie da.

Miteinander unterhielten wir uns in unserem Dialekt, und ein paarmal tauschten wir wissende Blicke und Insiderwitze aus. Alles harmlos und die Arbeit betreffend – aber für mich war es genug. Der alte Wunsch, deine Freundin zu sein, flackerte auf. Alles wurde zusammengehalten von meinem Stolz darüber, wie viel ich erreicht hatte seit jenem Tag in Edinburgh. Als ich von meiner Bewunderung für deine frühen Romane sprach, tat ich es, ohne mich kleinzumachen. Meine Briefe von einst erwähnte ich nie. Ich war abgeklärt und professionell. Meine Position in der Stiftung war zu bedeutend, als dass ich dich bei jedem Schulbesuch begleitet hätte; ich traf dich an den offizielleren Veranstaltungen und auch beim Dinner. Insgeheim haderte ich ein wenig deswegen. Mit im Wagen zu sitzen und sich durch das Verkehrsgewühl von einer Schule zur nächsten zu kämpfen hätte sicher mehr Zeit mit dir bedeutet, aber Scheicha Hadia beanspruchte meine ganze Aufmerksamkeit. Der Erfolg deines Besuchs hatte langfristige Folgen für die Stiftung; darum strebten wir vor allem eine positive Reaktion unserer Gönner, der lokalen Medien und des Bildungsministeriums an.

Ich muss zugeben, dass wir dir die Schreibwerkstatt für Kinder aufs Auge drückten. Es tut mir leid, dass ich trotz deiner Einwände darauf beharrte. Um deinen Widerstand zu brechen, lud ich den in Dubai ansässigen Nahostvertreter deines Verlags zum Workshop ein und liess eine Übernachtung für ihn, seine Frau und seinen Knirps im Beach Rotana springen. Seine Rolle würde darin bestehen, dich daran zu erinnern, wie günstig sich dein Besuch auf die Verkaufszahlen deiner Bücher auswirkte, und zwar dermassen, dass deine erfreuten Verleger in London nachdruckten.

Meine Strategie ging auf – wenn auch knapp. Nach einigem Schnauben und Prusten nahmst du vor den Kindern Platz. Du machtest ein paar allgemeine Bemerkungen zum Schreiben und zur Wichtigkeit von Büchern. Alles ausgezeichnete Argumente, die Scheicha Hadia gefielen. Dann waren die Kinder mit dem Vorlesen ihrer Geschichten an der Reihe. Den Kopf über ein geöffnetes Notizbuch gebeugt, kritzeltest du dunkle, kantige Linien; du zeichnetest Gitterstäbe, gebrochene Flügel und schattierte Gesichter. Das sah ich, weil ich neben dir sass, wie um dich symbolisch einzuhegen, damit du nicht fliehen konntest! Du warfst Wollknäuel und krummen Draht, Topfkratzer und gemusterte Raster aufs Papier. Du kritzeltest wie wild und zucktest zurück vor dem, was du hörtest. Nicht einmal blicktest du auf zu dem stotternden Jungen, der damit kämpfte, zu lesen, was er geschrieben hatte. Zu dem Mädchen, das sich hin und her wiegte und dazu einen frei erfundenen Vers vortrug. Oder zu dem ernsten Jungen, der keine Vorstellung von Grammatik hatte.

Der schlimmste Moment sollte kommen, als die Kinder für ein Autogramm von dir anstanden – in den Büchern, die die Stiftung an sie abgegeben hatte. Zugegebenermassen standen sie nicht wirklich an, sondern wimmelten überall herum und waren ziemlich laut. Sie schoben dir ihre Bücher unter die Nase und schubsten einander aus dem Weg. Als eines dir ein Exemplar der *Kleinen Raupe Nimmersatt* unterjubelte, verlorst du die Geduld. »Dieses Buch ist nicht von mir«, zischtest du. »Ich werde kein Buch signieren, das nicht von mir ist!« Mit einer schon verloren geglaubten Wendigkeit schoss ich von meinem Platz auf, schnappte mir ein Exemplar von *Ali und die vierzig Bösewichter* und drückte es dem Mädchen in die Hand. Die störende *Raupe Nimmersatt* entzog ich blitzschnell deinen Blicken. Danach verlief alles ziemlich glatt.

Es war dein letzter Abend in Abu Dhabi, an dem Ehrendinner mit Scheicha Hadia, das so viel Vorbereitung gebraucht hatte. Ich sass neben ihr und du gegenüber. Die Stimmung war entspannt und du ebenso. Du sprachst ausführlich von deinem Bruder, dem Künstler, der an deinen Büchern mitwirkte. Mir schoss durch den Kopf, dass deine Familie dich vielleicht unter Druck gesetzt hatte, ihn beruflich voranzubringen. Ich bewunderte dich dafür, dass du bei der Scheicha für ihn warbst. Sie war es gewohnt, dass man sie um einen Gefallen bat. Manche brauchten Arbeit, Aufenthaltsgenehmigungen oder Empfehlungen. Sie war darauf gefasst, und obwohl du sehr zurückhaltend warst mit konkreten Bitten, war das Terrain für die Zukunft vorbereitet. Beim nächsten Mal würde unsere Stiftung höchstwahrscheinlich auch deinen Bruder einladen.

Wie üblich wischte sich Scheicha Hadia zwischen den Gängen die Finger mit Feuchttüchlein ab. Sie öffnete jeweils ihre Handtasche, zog die Packung hervor, riss sie auf und entnahm ihr umständlich ein parfümiertes Tüchlein. Es roch üblicherweise nach Amber, aber jetzt schien sie zu einer alkoholfreien, antibakteriellen Marke gewechselt zu haben. Ich kannte ihre Gewohnheit und befürchtete manchmal gar, dass es eine Zwangsstörung sein könnte. Darum war ich entsetzt über eine leicht sarkastische Bemerkung von dir, nachdem sie das Dinner verlassen hatte. Es war nur ein beiläufiges Flüstern, einzig für mich bestimmt, in unserer Mundart. Vielleicht galt deine Verachtung für den Hidschab, die mir jetzt zwar weniger offensichtlich schien als damals in

Edinburgh, eben auch der wallenden schwarzen Abaja der Scheicha. Ich lächelte über deine witzige Bemerkung, aber mit dem Herzen war ich nicht dabei.

»Ich brauche eine Zigarette«, sagtest du, als der Rest unserer Gesellschaft sich vom Tisch erhob. »Kommt jemand mit nach draussen?«

Ich bot dir meine Begleitung an. Wir verliessen das Hotel durch eine Seitentür, die sich auf eine Zufahrt zur belebten Autobahn weiter weg öffnete. Im Gegensatz zu den heruntergekühlten Innenräumen war hier alles feucht und still. Die Luft war abgasgeschwängert. Die Schwaden schimmerten über den glänzenden Limousinen, die auf den Parkservice warteten. Die Hotelportiers gingen geschäftig hin und her in ihren schweren Theateruniformen, die für dieses Klima völlig ungeeignet waren.

Du wirktest erleichtert, dass du morgen nach Hause zurückfliegen konntest. Und unbekümmert, als du deine Zigarettenpackung aus der Handtasche zogst. »Sie rauchen wohl nicht? Ich sehe schon, dass Sie nicht der Typ dafür sind.«

Ich schüttelte den Kopf. Du zündetest dir schon eine an. Stimmt ja, ich war nicht der Typ. Trotzdem schwang in deinen Worten etwas Beleidigendes mit, eine unnötige Betonung, dass wir anders waren. Erst allmählich begriff ich, was du schon an jenem ersten Tag in Edinburgh erkannt hattest: dass wir nie Freundinnen würden.

Jetzt war ich an der Reihe, dich zu mustern mit Augen, die nicht die einer Romanschriftstellerin waren.

Ich sah, dass du schön warst, aber nicht sexy, eher begabt als begnadet, feingliedrig, nicht füllig. Und ich war das Gegenteil. »Ich hoffe, Sie haben Ihren Aufenthalt hier genossen«, sagte ich.

Deine Antwort war die gleiche, die ich am Morgen schon im Lokalradio gehört hatte. Wortwörtlich. Nur fügtest du jetzt noch bei, dass deine Mutter hier in den 1970er Jahren als Gynäkologin gearbeitet und einen Prinzen entbunden habe. Auch dies war mir nicht neu. Ich hatte es in deinem Artikel über die Arbeit deiner Mutter im *O, The Oprah Magazine*[42] gelesen.

Ich fragte bloss, weil ich es jetzt konnte: »Lesen Sie je Ihre Fanpost?«

»Von den Kindern?«

»Von der Leserschaft im Allgemeinen.«

Du zucktest die Achseln. »Ich bin keine Briefkastentante. Und ich will mir auch nicht sagen lassen: ›Schreib doch über mich.‹«

Du hattest genau diese Worte auch schon in einem Interview geäussert: »Ich bin keine Briefkastentante.« Obwohl du jetzt an deiner Zigarette zogst, kam ich mir vor wie in der Gegenwart einer undurchdringlichen, unnachgiebigen Statue. Sie liess mich die Stimme auf dem Blatt vermissen, die flüchtigen Leben, denen du eine Form gegeben hattest.

Da war nichts weiter, was ich von dir empfangen konnte. Kein Zugewinn zu dem, was ich schon in meinem Bücherregal hatte.

Später ging ich nach Hause, und statt nach den Kindern zu sehen, die Küche aufzuräumen oder den Tisch für das Frühstück am anderen Morgen zu decken, ging ich zu Bett und nahm mir ein weiteres Mal meinen Lieblingsroman vor.

Bunte Lichter

Ich weinte ein wenig, als der Bus an der Charing Cross Road allmählich voller wurde und an den Steinlöwen des Trafalgar Square vorbeifuhr. Kein richtiges Weinen mit Schluchzern und Seufzern, nur ein paar dumme Tränen und Wasser, das mir aus der Nase tropfte. Es war nicht der karibische Schaffner, der an dem Tag mein Abo kontrollierte, sondern ein gelangweilt wirkender Junge. Der karibische Schaffner ist sehr freundlich zu mir; er sagt, ich sähe einer seiner Töchter ähnlich und er wolle eines Tages den Sudan besuchen, um Afrika endlich kennenzulernen. Wenn ich ihm erzähle, dass wir für Brot anstehen und Zucker nur auf Bezugsschein erhalten, blickt er verlegen drein und wendet sich ab, um bei anderen Passagieren einzukassieren. Ich weinte um Taha oder vielleicht aus Heimweh, nicht bloss nach meinen Töchtern oder meiner Familie, sondern weil ich krank vor Verlangen nach der Hitze, dem Schweiss und dem Wasser des Nils war. Das Wort »Heimweh« trifft es gut, wir haben nicht ganz das gleiche Wort im Arabischen. Auf Arabisch hätte man meinen Zustand als »Sehnsucht nach dem Heimatland« oder als »Entfremdungsschmerz« bezeichnet, und tatsächlich fühlte ich mich fremd an diesem Ort, über den sich um vier Uhr nachmittags eine unnatürliche Dunkelheit senkte und wo die Menschen ungerührt ihren Geschäften nachgingen, als ob nichts geschehen wäre.

Ich war in einem Land, in dem Taha nie gewesen war, und trotzdem war mir die Erinnerung an ihn näher als seit Jahren. Vielleicht lag es an meiner ungewohnten Einsamkeit, vielleicht erschien er mir in Träumen, an die ich mich nicht erinnerte. Oder war es, weil mir schwindlig war im Kopf von all dem Neuen um mich herum? Ich war in London und hatte beim BBC World Service einen Jahresvertrag. Jeden Tag, wenn ich die Nachrichten auf Arabisch verlas, drang meine Stimme kühl und fern zu meinem Ehemann in Kuwait und zu meinen Eltern, die sich in Khartum um meine Töchter kümmerten.

Jetzt war ich schon älter, als Taha gewesen war, als er starb. Er war damals zehn Jahre älter als ich und hatte mich gehätschelt und verwöhnt, wie meine anderen Brüder auch. Als er starb, gab mein Gemüt ein wenig nach und hat sich seitdem nie mehr ganz aufgerichtet. Wie könnte ein junges Gemüt den plötzlichen Tod eines Bruders an dessen Hochzeitstag auch einfach so hinnehmen? Ich empfand ihn zunächst als haarsträubenden Irrtum, aber das war eine Illusion, ein Trugbild. Der Todesengel macht keine Fehler. Er ist ein verlässlicher Diener, der, wann und wo die Vorsehung es will, pünktlich zur Stelle ist. Taha hatte keine Vorahnung seines Todes. Er war ungeduldig und nervös, aber nicht deshalb, nicht wegen dieses vorzeitigen Endes. Unerträglich war der Gedanke an seinen mutmasslichen Schock und wie sehr er sich vergebens gegen das Unvermeidliche aufgelehnt hatte. Auch niemand sonst hatte etwas geahnt. Wie auch, wo wir doch alle in den Hochzeitsvorbereitungen steckten und unser Haus voll Verwandter war, die uns beim Zubereiten des Hochzeitsmahls halfen?

Aus den trüben Fenstern sah ich »Gulf Air« auf Arabisch und Englisch an die Türen der Fluggesellschaft geschrieben und malte mir aus, wie ich eines Tages ein Ticket kaufen würde, um Hamid in Kuwait zu besuchen. Das Schicksal unserer Generation ist anscheinend die Trennung: von unserem Land oder unserer Familie. Wir sind bereit, überallhin zu gehen, auf der Suche nach der Arbeit, die wir zu Hause nicht finden. Hamid sagt, es gebe viele Sudanesen in Kuwait, und er hofft, dass ich vielleicht nächstes Jahr mit den Mädchen zu ihm kommen könne. Jede Woche telefoniere ich mit ihm, es sind lange, ausgiebige Gespräche. Wir lassen gesalzene Telefonrechnungen auflaufen, scheinen uns aber einfach nicht kürzerfassen zu können. Er erzählt mir amüsante Geschichten von den Emiren, deren Pferde er kuriert. Im Sudan verhungert oder verendet ständig das Vieh, von dem so viele Menschen leben. Aber einer der wenigen einheimischen Tierärzte ist fort und arbeitet im Ausland mit Tieren, die rein zum Vergnügen gehalten werden. Warum? Um seinen Töchtern eine gute Ausbildung zu ermöglichen und damit er mit der neuesten Forschung auf seinem Gebiet Schritt halten kann. Damit er mit einem angemessenen Gehalt begründen kann, weshalb er all die Lebensjahre in seine Ausbildung gesteckt hat. Da dachte ich an Tahas kurzes Leben und wunderte mich.

In der Regent Street musste der Schaffner seine Trägheit abschütteln und weitere Leute davon abhalten zuzusteigen. Der Bus kam nur langsam voran im Vergleich zu den Kauflustigen, die durch die hell erleuchteten

Strassen wimmelten. Die Schaufenster wetteiferten mit origineller Dekoration, und neue Lämpchen, zusätzlich zur Strassenbeleuchtung, schmückten sie. Lichterketten wanden sich um die kleinen Bäume auf dem Asphalt und spannten sich über die Strasse. Festliche Dezemberbeleuchtung. Blaue, rote und grüne Lichter, raffinierter als die einfachen Glühbirnenschnüre, mit denen wir in Khartum die Hochzeitshäuser schmücken.

Aber die Lämpchen für Tahas Hochzeit leuchteten in jener Nacht nicht wunschgemäss. Als die Nacht hereinbrach, war er schon beerdigt, und wir trauerten, statt zu feiern. In der Trauerzeit wurde das Hochzeitsmahl von den Besuchern nach und nach verzehrt. Die Frauen sassen drinnen auf Matratzen am Boden, die Männer auf wackeligen Metallstühlen in einem Zelt, das vor unserem Haus aufgeschlagen worden war, und der Strassenstaub lag unter ihren Füssen. Aber sie tranken Wasser und Tee und nicht den süssen Orangensaft, den meine Mutter mit ihren Freundinnen zubereitet hatte, indem sie kleine Früchte mit Zucker einkochte. Der ging an eine Nachbarin, die kühn genug gewesen war, um danach zu fragen. Ihre Kinder schleppten das Süssgetränk in grossen Plastikflaschen ab, mit glänzenden Augen und erwartungsvoll feuchten Lippen.

Als Taha starb, fühlte ich mich wund, und lange Zeit blieb ich gläsern. Der Tod war mir so nahe gekommen, dass ich davon fast erheitert war; ich erkannte klar, dass nicht nur das Leben, sondern auch die Welt vergänglich ist. Doch mit der Zeit verschloss sich mein Herz, und die Nöte des Alltags nahmen mich gefangen. Ich hatte mich von dieser Verletzlichkeit distanziert, und es war gut, sie nun wiederzufinden und erneut zu trauern. Tahas Leben: Während eines guten Teils davon war ich noch gar nicht da, aber ich erinnere mich an die Zeit seiner Verlobung und an meine eigene heimliche Eifersucht auf seine Braut. Konfuse Bewunderung und der Wunsch zu gefallen. Sie war Studentin an der Universität und wirkte in meinen kindlichen Augen so eloquent und selbstbewusst. Ich weiss noch, dass ich sie im Studentinnenwohnheim besuchte, während Taha, die Hände in den Hosentaschen, draussen am Tor auf uns wartete und mit den Füssen Muster in den Staub zeichnete. Ihr Zimmer war fröhlich und unordentlich: Kleider und Schuhe lagen herum, und farbige Poster hingen an der Wand. Es wimmelte von den schwatzenden Bewohnerinnen und ihren Freundinnen, die ein und aus gingen und die letzten Kekse aus der geöffneten Packung auf dem Tisch stibitzten, den Gebetsteppich ausliehen oder ihre Lider mit Kajal aus einem Silberfläschchen nachzogen. Sie musterten mein Gesicht, um Ähnlichkeiten mit Taha zu entdecken, und lachten über Scherze, die ich nicht verstand, während ich lächelnd und nervös auf einer Bettkante sass und kein Wort hervorbrachte. Später besuchten wir mit Taha ein Konzert auf dem Fussballfeld, an dem eine Studentengruppe sang. Ich war sehr berührt von einem Lied in Form eines Briefs, den ein politischer Gefangener an seine Mutter schrieb. Tahas Braut schrieb mir die Verse später auf und summte die Melodie; sie sah bezaubernd aus, und Taha lobte ihre elegante Handschrift.

In den Schaufenstern posierten Puppen, kühle Fremde in der hektischen Betriebsamkeit der Oxford Street. Wolle, schwere Seide und Satinkleider. »Taha, soll ich heute Abend das rosa oder das grüne Kleid tragen?«, hatte ich ihn am Hochzeitsmorgen gefragt. »Schau, in diesem grünen sehe ich wie eine Wassermelone aus.« Sein Zimmer war ein Anbau ans Haus, wo einst eine Veranda gewesen war; ein Fenster im Flur blickte immer noch hinein, und die Tür bestand aus Fensterläden. Er schlief nie in seinem Zimmer. Am frühen Abend schleppten wir alle unsere Betten nach draussen, damit die Laken kühl waren, wenn es Zeit wurde, zu den Sternen hinaufzustaunen. Wenn es regnete, machte das Taha nichts aus; er zog sich sein Leintuch über den Kopf und schlief weiter. Wehten dicke Staubwolken heran, rüttelte ich ihn an der Schulter, um ihn zu wecken und dazu zu bewegen, ins Haus umzuziehen, und er schnauzte mich bloss an, ihn in Ruhe zu lassen. Am Morgen war sein Haar dann voller Staub, und Sand klebte in seinen Ohren und zwischen seinen Wimpern. Dann nieste er und warf mir mangelnde Beharrlichkeit vor, weil ich es nicht geschafft hatte, ihn ins Haus zu locken.

Er lächelte mich an in meinem grünen Kleid; sein Koffer – halbvoll – lag geöffnet auf dem Boden; er lehnte sich gegen die Fensterläden und hielt sie mit seinem Gewicht zu. Das Zischen in den Töpfen und die Bratendünste drangen hindurch, das Klirren leerer Wassergläser, die nach Weihrauch dufteten, und ein Hammerschlag auf einen Eisblock, dessen Splitter wütend durch die Luft flogen, zerfielen und sich auflösten, wenn sie auf den warmen Boden trafen. Jemand rief ihn, eine Tante wölbte ihre Hand über den Mund und liess mit starker, hin- und herschnellender Zunge einen Jubeltriller los. Als andere mit einstimmten, stieg das Geheul in Wellen auf, bis das ganze Haus davon erschallte. War es ein Tonband, oder sang da jemand das einfältige Liedchen *Unser Bräutigam, honigsüss*[43]? Wo liesse sich je einer finden wie er?

Auf meine Frage wegen des Kleids gab er mir eine offensichtlich unsinnige Antwort, die ich dennoch glauben wollte: »Du wirst heute Abend noch schöner sein als die Braut.«

Der Bus fuhr nach Norden, und wir kamen an Regent's Park und der Zentralmoschee vorbei; alles war friedlich und dunkel nach dem Gedränge der Einkaufsstrassen. Ich war froh, dass es keine bunten Lichter mehr gab, denn die sind fröhlich, aber falsch. Ich hatte auch schon solche in den Händen gehabt und von jeder Glühbirne den Staub abgewischt und zu Taha gesagt: »Warum hast du die dem Elektriker abgenommen, wenn sie doch so staubig waren?« Und er hatte mir geholfen, sie mit einem orangefarbenen Tuch, das er für das Auto benutzte, abzureiben, denn er hatte es eilig, sie um das ganze Haus herum aufzuhängen. Ich hatte ihn damit geneckt, dass es keine ordentliche Abfolge der Farben gab. Wir lachten zusammen und versuchten, uns einen Reim darauf zu machen, aber da herrschte der reine Zufall, das Chaos. Dann kam sein Freund Hamid und sagte, er wolle ihm helfen, sie aufzuhängen. Ich bat

Taha, mir ein Geschenk aus Nairobi mitzubringen, wo er seine Flitterwochen verbringen würde, und Hamid hatte mir ins Gesicht geschaut, in seiner lockeren Art gelacht und, ohne seinen Neid zu verbergen, gesagt: »Er wird keine Zeit haben, um dir Geschenke zu besorgen.« Damals waren Hamid und ich noch nicht einmal verlobt, und seine Worte machten mich verlegen, und ich wandte mich ab von seinem Blick.

Es waren die Lichter, die Taha umbrachten. Die planlosen, abgenutzten Lichterketten, die jahrelang von Haus zu Haus für Hochzeiten vermietet worden waren. Ein blanker Draht unter Strom, aus Unachtsamkeit berührt. Eine Fahrt Hals über Kopf ins Krankenhaus, wo ich beobachtete, wie eine streunende Katze ihren mageren Körper an den Beinen des Totenbetts unseres Bräutigams rieb. Und in den überfüllten Gängen hockte man auf dem Boden, und das Wehklagen um Taha wurde von den schmutzigen Wänden geschluckt; träge Fliegen summten, und grossmütige Menschen gaben einem Fremden Raum und weinten um ihn, dem sie noch nie begegnet waren.

Meine Mutter, stets eine gläubige Frau, klagte und schluchzte, aber sie streute sich keine Asche aufs Haupt oder zerriss ihre Kleider, wie es manche unwissende Frauen tun. Sie wiederholte bloss unablässig: »Hätte ich diesen Tag doch nie erleben müssen.« Für Hamid war der Schock vielleicht am grössten, denn er war bei Taha, als er die Lichter aufhängte. Später erzählte er mir, dass er nach der Beisetzung am Grab verweilt hatte, nachdem die anderen Männer gegangen waren.

Er hatte gebetet, um die Seele seines Freundes im entscheidenden Augenblick der Befragung zu stärken. In jenem Moment im Grab, im Zwischenreich zwischen Tod und Ewigkeit, wenn die Engel die Seele fragen: »Wer ist dein Gott?« Und dann muss die Antwort ohne Zögern erfolgen, ohne »ich weiss nicht«. Die Antwort muss rasch und mit Zuversicht kommen, und um diese Gewissheit inmitten von Tahas mutmasslichen Ängsten hatte Hamid gebetet.

Ich war schon seit fast sieben Monaten in London, und noch nie hatte ich jemandem von Taha erzählt. Ich dachte, es würde geschmacklos klingen oder man fände es einen schlechten Witz; aber Stromschläge hatten auch schon andere in Khartum getötet, die ich gar nicht persönlich kannte. Da war ein Junge, der an einen Laternenpfosten gepinkelt hatte, aus dessen Sockel blanke Drähte heraushingen. Ein Mädchen an meiner Schule hatte einen Kühlschrank abgetaut, kauerte barfuss in einer Pfütze aus geschmolzenem Eis, und die Steckdose war zu nah. Die jüngere Schwester des Mädchens war in meiner Klasse, und wir fuhren allesamt – vierzig Mädchen – zu ihr, um die Familie daheim zu besuchen. Unterwegs sangen wir Lieder, als ob es ein Schulausflug wäre, und ich kann nicht anders als mit Vergnügen an jenen Tag zurückdenken.

Mit der Zeit verschlechterte sich die Beziehung zwischen meiner Familie und Tahas Braut. Es wurden keine sorgfältig zubereiteten Mahlzeiten zwischen den Müttern mehr ausgetauscht. An den beiden Id, an denen wir zum einen das Ende des Fastenmonats Ramadan und zum andern das Opferfest feierten, besuchten unsere Familien einander nicht mehr. Aus Pflichtgefühl hatten meine Eltern angeboten, dass sie einen anderen meiner Brüder heiraten könne, aber sie und ihre Familie hatten abgelehnt. Stattdessen heiratete sie einen ihrer Cousins, der nicht sehr gebildet war, weniger als Taha jedenfalls. Manchmal sah ich sie in den Strassen von Khartum mit ihren Kindern, und wir grüssten einander nur, wenn unsere Blicke sich begegneten.

Im Andenken an Taha errichtete mein Vater eine kleine Schule in seinem Heimatdorf am Blauen Nil. Ein Schulzimmer aus Lehm, in dem kleine Kinder lesen und schreiben lernen sollten. Das beste Liebeswerk an den Toten ist eine Einrichtung von Dauer, die langfristigen Nutzen bringt. Doch wie andere Schulen hatte auch diese laufend Probleme: keine Bücher, teures Papier, schlecht besucht, da die Kinder manchmal zu Hause ihren Eltern helfen mussten. Aber mein Vater gab nicht auf, und die Schule war für ihn eine Art Steckenpferd in seinem Ruhestand geworden. Sie diente ihm auch als guter Grund für häufige Reisen von der Hauptstadt ins Dorf, wo er seine alten Freunde und seine Familie besuchte. Was meine Mutter für Taha tat, war schlichter. Sie kaufte einen *sir*, einen grossen Tontopf, und befestigte ihn an einem Baum vor unserem Haus. Im *sir* war Wasser, das hielt er kühl, und ein rundes Holzstück diente als Deckel, auf dem ein Trinkbecher aus Zinn stand. Frühmorgens füllte ich ihn mit Wasser vom Kühlschrank, und tagsüber konnten die Passanten, die von der gleissenden Sonne erhitzt und durstig waren, daraus trinken und im Schatten des Baums ruhen. In London begegnete ich der gleichen Idee: Erinnerungsbänke, die man in Gärten und Parks aufstellte, wo die Leute ausruhen konnten. Meine Mutter mochte nie glauben, dass sich irgendwer freiwillig in die Sonne setzte, aber sie hatte auch nie so kalte und dunkle Abende wie diese erlebt.

Es war nun Zeit für mich, aus dem Bus auszusteigen, denn an Lord's Cricket Ground, Swiss Cottage und Golders Green waren wir schon längst vorbei. Meine Haltestelle war kurz vor der Endstation, und es waren nur noch wenige Fahrgäste da. Wenn der Bus mich abgesetzt hatte, würde er wenden und seinen Rundkurs wiederaufnehmen. Auch mein Kummer um Taha bewegt sich in einem Kreislauf über die Jahre und schwillt an und ab. Er ist flüchtig und schwer vorhersehbar wie das Auftauchen des karibischen Schaffners. Vielleicht ist er morgen Abend wieder im Bus. »Schön, diese Weihnachtsbeleuchtung, was?«, wird er fragen, und ich, dankbar, in der abweisenden Dunkelheit und Kälte ein vertrautes Gesicht zu sehen, werde antworten: »Ja, ich mag die bunten Lichter.«

Die Circle Line

Käse schmilzt in London wie nirgendwo sonst. Altes vermischt sich mit Neuem wie nirgendwo sonst. Eine gesegnete Stadt. Aber ein Mädchen kann herzzerreissend schluchzen auf Londons Strassen, und niemand wird stehen bleiben, niemand wird eine Miene verziehen oder fragen, warum. Oh, Stadt der Chancen, der Karriereleitern und des Ruhms, du hast mir einen Neubeginn versprochen und dass ich mein Glück machen könnte. Aufsteigen und hoch hinauswollen. Aber ich werde älter und sehe zu, wie die Chancen verkümmern und die Wege zusammenlaufen. Ich erlebe, wie sich alles verengt und zugeht.

Diese Schrumpfung führt zu einer bescheidenen Existenz und zum Scheitern. Sie öffnet die Falltür zur unvermuteten Senkgrube ruchloser, wahnwitziger Missetaten. Letztes Jahr wurde mein Verlobter wegen Geldwäsche verhaftet. Ich hatte keine Ahnung davon, nicht den blassesten Schimmer. Ein Glück, dass du nicht mit ihm abgestürzt bist, sagen die Leute zu mir. Wie es in meinem Herzen aussieht, kümmert sie nicht.

Nachdem ich mit ihm Schluss gemacht hatte, begann meine Mutter mir andere Heiratskandidaten zu schicken. Es ist einfacher, sie hier in London zu treffen. In Abu Dhabi hätten wir einen Anstandswauwau gebraucht, wenigstens pro forma. Hier können wir allein sein. Hier geht alles schneller: von der gehemmten ersten Begegnung bis zum Durchschauen des schönen Scheins, und man fängt

Feuer oder gibt eine Bindung auf, bevor sie offiziell wird. Hier gesteht man uns einen natürlicheren Anfang zu.

Das Summen einer Nachricht von ihr weckt mich. Wir skypen, während ich meinen Toast esse. Sie ist drei Stunden voraus und aufgekratzt: »Nach unserer tragischen jüngsten Erfahrung müssen wir uns an Familien halten, die wir kennen.«

Es ist nett von ihr, »unserer« zu sagen und meine Beschämung zu teilen. Aber es könnte auch ein Trick sein, um mich mürbezumachen. Ich kenne ihre Schliche. Sie fährt beherzt fort: »Erinnerst du dich noch an Hischam, den Sohn von Doktor Suad? Du musst dich noch an ihn erinnern von damals, als wir uns in Alexandria begegneten. Wie alt warst du da? Dreizehn oder vierzehn? Ich habe ihm deine Telefonnummer gegeben. Er ist nur für ein paar Tage in London. Ihr müsst euch treffen.«

Ich krame aus meinem Gedächtnis eine zwanzigjährige Erinnerung an Hischam hervor: ein magerer Junge in marineblauer Badehose, der im Seetang stochert. »Den kann man essen! Den kann man essen!«, sagt er. Doch niemand anders teilt seine Aufregung. Als ich vierzehn war, wusste ich schon, in wen ich verknallt war und wen ich mochte und wen nicht. Ich hatte Hischam mit vierzehn geprüft und entschieden, dass er nicht mein Typ war.

»Ich bin beschäftigt«, sage ich zu meiner Mutter.

»Du bist vierunddreissig.«

»Dreiunddreissig.« Ich habe im November Geburtstag.

Ihre Laune kippt. »In ein paar Jahren wird deine Situation nicht mehr zum Lachen sein.«

Das hat sie mir immer wieder gepredigt. Von den dahinfliegenden Jahren und sinkender Fruchtbarkeit; von meinen immer hartnäckigeren Gewohnheiten und dass kein Mann vollkommen sei. »Und was ist bei ihm der Haken?«, frage ich. Denn die Anwärter haben alle einen Mangel: Der Erste, den sie mir schickte, war zu klein; der Zweite machte den Mund nur auf, um zu sagen, er hasse London, und mit dem Dritten hätte es passen können – schliesslich sind aller guten Dinge drei –, aber er gestand, dass seine Familie ihn gedrängt habe, sich mit mir zu treffen, obwohl er in ein anderes Mädchen verliebt sei, das anscheinend nicht in Frage kam. Der Vierte war zu religiös.

»Du«, seufzt meine Mutter. »Du bist das einzige Hindernis.«

Er ruft mich an, als ich gerade den Hyde Park betrete. Bevor ich mich an mein Feierabendjogging mache und schwer zu atmen beginne. Es ist sonnig heute. Mädchen rekeln sich im Gras, und ihr Lippenstift schmilzt in der Sonne. Ich schreite an Ghettoblastern und stinkenden Hunden vorbei und an tropfendem Eis, mit dem man sich zu den Kindern bückt. Hischam erzählt mir, er logiere in einem Hotel in Bayswater. Er habe bei der Hilfsorganisation gekündigt, mit der er eineinhalb Jahre in Darfur gewesen sei. In ein paar Tagen werde er den Zug nach Edinburgh nehmen, um seinen Bruder zu besuchen, der dort studiere.

»Abends gebe ich Privatstunden in Arabisch«, sage ich. »Erstaunlich, wie viele Leute das heutzutage lernen wollen. Und sie sind bereit, gut dafür zu bezahlen!«

Er lacht und sagt, das klinge ja gut, das klinge interessant. Ich bleibe stehen und blicke zum Spielplatz hinüber. Ein übergewichtiger arabischer Junge stapft keuchend durch den Sandkasten. Seine philippinische Nanny steht über ihm und stemmt ihre dünnen Arme in die Hüften. Dieser Job hat sie ihrer blühenden Heimat entrissen, über Doha oder Bahrain. Ein paar Monate lang wird sie über Londons mattes Gras gehen. Auf den Ferienfotos und Videoclips wird sie eine exotische Blume im Hintergrund sein.

»Tut mir leid, von deiner aufgelösten Verlobung zu hören«, sagt er.

Ich murmele eine Antwort.

Hischams Stimme klingt weit weg, als ob er den Blick abwende. »Geldnot kann einem die Kehle zuschnüren. Aber manche Leute kennen weder Zurückhaltung noch moralische Bedenken.«

Wenn ich auf etwas keine Lust habe, dann auf eine Diskussion über meinen Ex. Also sage ich leichthin: »Du bist ein Philosoph geworden, Hischam.«

»Stimmt. Und ich bin fasziniert von der Circle Line – wie von allen ungenau benannten Dingen.«

»Wie bitte?«

»Bei der U-Bahn. Ich habe die Circle Line genommen, und sie brachte mich nicht an meinen Ausgangspunkt zurück. Anscheinend fahren die Züge nicht mehr durchgehend im Kreis. Stattdessen verkehren sie jetzt im Halbkreis, und es gibt eigentlich zwei Routen.«

Jetzt fällt mir seine Schrulligkeit wieder ein. Wie kauzig er manchmal war und manchmal gefühlvoll. Wie feierlich er Wissen zum Besten gab, Dinge, die er gelesen oder im Fernsehen aufgeschnappt haben musste. »Der Merlin ist eine Falkenart. Der Nil ist der längste Fluss weltweit. Seetang kann man essen.« Und jetzt soll ich ihm London zeigen.

Wir vereinbaren, uns morgen zu treffen; vielleicht wird es nicht so heiss sein wie heute. Zu dieser Jahreszeit vermisse ich Abu Dhabi am meisten. Ich vermisse die grosszügigen Einkaufszentren und das Gebläse der Klimaanlagen. Hier ist es, als ob die Sonne des Empire ihre Aufwartung machen wollte. London platzt aus den Nähten vor Touristen, ganzen Flugzeugladungen voll. Touristen mit mächtigem Appetit, schweren Geldbörsen, geifernden Mündern und vorquellenden Augen.

»Verfluchte Ausländer!«, kreischt eine bedrängte Mutter, als sie sie und ihr Kleinkind beim Erstürmen eines Busses in der Oxford Street fast niedertrampeln. »In jedem verfluchten Sommer.«

Die Busse sind voller Frauen. Frauen mit Kinderwagen und eingefallene Alte, zittrig auf den Beinen. Verträumte Schulmädchen, belauert von Quälgeistern. Die langsamen roten Busse sind würdevoll wie die Königin.

Diese Stadt, ein grosszügiger Schmelztiegel von watschelnden Matronen mit schwarzer Abaja und Gesichtsschleier, die in der Harley Street Fachärzte konsultieren; von schmollenden Halbwüchsigen, die sich bei Madame Tussauds amüsieren wollen. Das Gold des alten Ägypten, das kalt in einem Museum ruht. Tennis in

Wimbledon und die Tauben vom Trafalgar Square. Und Ordnung und Fairness; die Verpflichtung, die Dinge wenigstens ein bisschen besser zu machen. Unter dem Marble Arch spüre ich die Last der Geschichte.

Auf den Strassen Nasenringe, Dreadlocks, Skinheads mit von einer Nadel durchstochener Braue, Männer in Frauenkleidern, Hunde gekleidet wie ihre Herrchen, ein in die Höhe gerecktes Plakat: »Jesus kommt.«

Doch es ist auch eine Stadt der Mode. Fast jeder in London sieht gut aus. Es liegt an der Frisur und an den neuen Kleidern. Die Londoner bemühen sich und vertrauen den Seiten der Hochglanzmagazine. Oder man setzt auf den Turban oder den Sari: Nigerianerinnen in paradiesgrünen Gewändern und so ausladenden Kopfbedeckungen, wie nur sie sie tragen können.

Im U-Bahnhof unten ist es wärmer. Ich rätsle, wie Hischam nach all den Jahren wohl aussehen mag. Ich frage mich, warum ich ihn nie auf Facebook gesucht habe. Jubilee Line, Metropolitan Line. Crystal Palace und Marble Arch. Was soll ich ihm von der Circle Line sagen? Und davon, dass Oxford Circus kein Zirkus ist?

Er kann London erst richtig kennen, wenn er im Winter da ist, mit seinem Nebel, den Handschuhen und der Weihnachtsbeleuchtung. Dann winken Geheimnisse unter den dunklen Mänteln und kahlen Bäumen, in den wabernden Atemwölkchen und um die Laternen. Es ist auch wichtig, zu wissen, dass am Speakers' Corner nicht alle wahnsinnig sind. Nicht alle.

Wir treffen uns nahe der Regent Street in einem Café mit den Fotos verstorbener Hollywoodstars und einer amerikanisch angehauchten Speisekarte. Zehn Uhr morgens fühlt sich früh an für London. Sauber, nicht zu viel Verkehr und keine zu grosse Hitze.

Ein Anfall von anhänglicher Wehmut erfasst mich bei seinem Anblick. Seine Schultern sind breiter, sein Haar ist kurz geschnitten. Ich sehne mich flüchtig nach dem Rausch unserer Jugend, nach den kratzenden Badekleidern und dem Sonnenbrand, nach der tosenden See und unseren freundlich lachenden Eltern im Hintergrund. Was, wenn ich nie Kinder haben sollte? Hischam bestellt einen Cappuccino und ich einen Eiskaffee Extravaganza, den ich zum ersten Mal probiere. Er ist süss, und ganz oben in dem hohen Glas schwimmt eine dicke Schicht weisser Sahne. Er schmeckt unglaublich gut.

»Nimm noch einen«, sagt er. Ich bin schockiert über den Vorschlag und fasziniert. Ich sage nein. Das wäre ja gierig: so viel Eis und Sahne.

Das zweite Glas reicht länger. Ich ziehe am Strohhalm, ganz unten ist Karamell. »Da ist Karamell drunter«, sage ich und biete ihm an davon. Er schüttelt den Kopf.

Ich war vier, als meine Eltern nach Abu Dhabi zogen. Im plötzlichen Geldrausch fütterten sie mich bei McDonald's und Pizza Hut und verwöhnten mich, bis ich nichts anderes mehr essen wollte. Zwei Jahre lang ass ich nur noch Junkfood, bis ich krank wurde. Es war ein Kampf, mich davon zu entwöhnen und dazu zu bringen, eine richtige Mahlzeit zu mir zu nehmen.

Noch lange fühlte sich Grünzeug sonderbar an und kitzelte meinen Gaumen.

»Wie lange willst du dich noch in London verstecken?«, fragt er.

Ich erschrecke und stürze mich in eine lange, hektische Erklärung. Ich prahle mit meinem regelmässigen Jogging im Park und mit dem neuen Auto, das ich kaufen will. Er soll mich bloss nie bemitleiden.

Er sagt, er sei ausgebrannt nach den achtzehn Monaten in Darfur. Er sagt, er könne von den Zuständen in den Lagern nicht reden. Er breitet die Hände aus und schliesst die ganze Umgebung ein: die bequemen Sessel und die anklagenden Essensreste auf den Tellern.

»Du bist zu empfindsam für diese Art Arbeit«, sage ich.

Er lacht und nimmt es nicht übel. »Vielleicht heisst älter werden genau das«, sagt er, »dass man von sich selber enttäuscht wird. Und jetzt muss ich mich erst mal an normales Geplauder gewöhnen und an einen Alltag, in dem es nicht alle zwei Minuten einen Notfall gibt. Aber ich werde noch keinen neuen Job suchen. Ich warte, bis mein Erspartes aufgebraucht ist.«

Er sagt, er schreibe eine Erzählung über einen Uniprofessor. Er zitiert auswendig daraus: »Gebückt starrte der Professor in sein Whiskeyglas und liess es langsam kreisen und kreisen. Die Eiswürfel klirrten. Der Professor sagte (mit nur leicht schwerer Zunge und in einem Ton, als verrate er ein Geheimnis): ›Ich glaube, die Erde wird sich ewig drehen und drehen, drehen und drehen … und gar nie aufhören.‹«

»Ist das alles?«, frage ich. Durchs Fenster beobachte ich den zunehmenden Verkehr. Fahrräder schlängeln sich zwischen den schwarzen Taxis durch.

»Nein, denn sein Freund reagiert …«

»Was für ein Freund?«

»Da sitzt ein Freund neben ihm, sein Saufkumpan.« Hischam sagt »Saufkumpan« ganz langsam, als wäre es ein Fremdwort. Vielleicht will er betonen, dass er vom Alkohol die Finger lässt. Er betont jede Silbe: *Sauf-kum-pan*. »Der schreibt eine Biographie über Pascal«, fügt Hischam stolz hinzu.

»Tatsächlich?«

»Ja, und das erwidert er dem Professor, als der sagt, die Erde werde sich ewig drehen und drehen und nie aufhören. Er sagt – und seine Stimme ist auch etwas belegt, aber die Zunge nicht so schwer –: ›Ich setze ganz auf ihr Ende.‹«

»Und dann?«, frage ich, und meine Finger greifen nach meinem Handy.

»Fertig, das ist meine ganze Geschichte. Kennst du die Pascalsche Wette[44] nicht?«

»Nein.«

»Pascal sagt, es sei vernünftig, zu wetten, dass Gott existiert, denn in diesem Fall hast du alles zu gewinnen und nichts zu verlieren. Wenn du wettest, dass Er nicht existiert, und es sich dann weist, dass es Ihn doch gibt, verlierst du alles. Wettest du hingegen darauf, dass Er existiert, und es weist sich, dass es Ihn nicht gibt, so verlierst du nichts.«

Hischam lächelt, und in meinem Gehirn arbeitet

es, damit ich mithalten kann. Er war schon so, als er jung war. Ich verstand nicht die Hälfte von dem, was er sagte, oder wie er zum Beispiel Grateful Dead[45] hören konnte. Und nun zeichnet er die Circle Line auf eine Serviette.

Ich blicke auf die Zeichnung. Die Circle Line ist nicht fortlaufend. Sie fährt nicht in einer Endlosschlaufe. Sie hat ein Ende. »Das ist die grundlegende, bedeutsamste Annahme«, sagt Hischam. »Wird die Welt enden oder ewig weiterbestehen? Wird die Zeit enden oder nicht? Eine Gerade hat einen Ausgangspunkt und einen Endpunkt, ausser sie führt ins Unendliche – und das Unendliche muss ein anderer Ort sein, nicht dort, wo die Gerade begann. Ein Kreis hingegen verspricht Stetigkeit und kommt immer rundum an denselben Dingen vorbei. Es ist vernünftig, darauf zu wetten, dass die Welt – wie wir sie kennen – ein Ende nehmen wird.«

Was er da sagt, klingt ja nicht neu. »Das weiss doch jeder. Was denkst du denn, was die Leute Tag für Tag tun? Das Beste aus allem machen, bevor es zu spät ist.«

»Sie wissen das also schon«, sagt er. »So klar ist das.«

Irgendwie ist es klar und doch auch wieder nicht. Durch das Fenster sehen die Busse zielstrebig aus. Und die Schritte der Passanten stampfen und hämmern einen Marsch, den ich leise vernehme. Kommt, tanzt doch mit. So schöne Geschäfte … und auf dem Gehsteig wird Softeis verkauft. Esst, bummelt, shoppt, stopft eure Plastiktüten voll, lauft und springt auf den nächsten Bus auf. Im Getriebe der Innenstadt haben alle denselben Wunsch: mehr ausgeben.

Gibt es denn nichts, was jeder hat, jeder einzelne Mensch?

Ich bin überrascht, mit welcher Sicherheit Hischam antwortet: »Zeit, jeder hat Zeit. Aber wenn der Professor in meiner Geschichte sich täuscht und die Erde einmal aufhört, sich ewig weiterzudrehen, wird selbst die Zeit aufhören.«

Eine Nachricht erscheint auf meinem Handy. Meine Mutter fragt: »Wie findest du Hischam?«

Ich könnte zurücktexten: »Weiss nicht« oder »so weit, so gut«. Aber ich ignoriere sie.

Wir verlassen das Café. Er passt sich meinem Schritt an. Das zählt für mich. Es ist bedeutsam und wird geschätzt, auch uneingestanden. Wir gehen an Hamleys und an Liberty[46] vorbei. Wir ignorieren die Abzweigung in die Carnaby Street.

Essen, bummeln, shoppen mit Plastiktüten in der Hand, laufen, um auf den nächsten Bus aufzuspringen. Die Wahrheit liegt in der Bewegung selbst. Enttäuschung ist in jedem Schritt enthalten. Weil er uns Takt um Takt dem Ende näher bringt. Die Welt dreht sich schnell, und es gibt Hoffnung. Es ist, als würden wir von einem Riesenrad ergriffen, das uns in die Höhe hebt, hoch hinauf und im Kreis herum, hinunter und wieder hinauf.

Dank

Für ihre Initiative zu diesem Band, der meinen allerersten Kurzgeschichten – »Bunte Lichter« und »Der Strauss« – neuere Arbeiten, wie »Die Circle Line« und »Von Früchten«, zur Seite stellt, bin ich Lynn Gaspard sehr dankbar.

Als ich die Erzählungen durchsah, wurde ich mir der vielen Menschen bewusst, die mir in all den Jahren geholfen haben und denen ich zu grossem Dank verpflichtet bin.

Mein Ehemann Nadir Mahjoub, mein erster Leser, hat mich stets ohne Zögern unterstützt und ermutigt, auch wenn ich immer wieder damit »drohte«, das Schreiben aufzugeben.

Dem allerersten Caine-Prize-Jurorenteam – mit seinem Vorsitzenden Ben Okri, mit Véronique Tadjo, William Boyd und dem verstorbenen Professor Alvaro Ribeiro – danke ich für ihre Auszeichnung der Erzählung »Das Museum«. Diese wäre nicht zu ihrer Kenntnis gelangt ohne Becky Nana Ayebia Clarke, diese grosse Fürsprecherin der afrikanischen Literatur, der ich und viele andere so viel verdanken.

Todd McEwen, in den frühen 1990er Jahren Writer in Residence an der Central Library in Aberdeen, danke ich für sein Echo auf frühe Entwürfe und für die Förderung meines Selbstverständnisses als Autorin.

Herzlichen Dank auch meiner Freundin Irene Leake für ihre inspirierenden Kommentare und für ihre ermutigende Art.

Dank gilt auch allen Verlegern und Herausgebern für die Erstpublikation der folgenden Erzählungen:
»The Museum« in *Opening Spaces,* hrsg. von Yvonne Vera (Heinemann AWS 1999)
»Majed« in *Wasafiri* 32 (2000)
»Coloured Lights«, »Souvenirs«, »The Ostrich« und »The Boy from the Kebab Shop« in meinem Band *Coloured Lights* (Polygon 2001)
»Something Old, Something New« in *Scottish Girls About Town* (Pocket Books 2003)
»Farida's Eyes« in *Banipal* 44 (2012)
»Summer Maze« in *Jalada/Transition,* »Fear« (2017)
»The Circle Line« in *Gulf Coast* 29.1 (2017)
»Pages of Fruit« in *Freeman's: Home* (Grove Press 2017).

Anmerkungen der Übersetzerin

1 Hausberg von Edinburgh.
2 Islamischer Gebetsruf.
3 »Cricket, tolles Cricket im Lord's, wo ich's gesehen hab«: Calypso-Song, der 1950 nach einem legendären Sieg des Cricketteams der West Indies über die englische Mannschaft auf dem Rasen des Lord's-Stadions in London entstand.
4 Frucht einer Palme aus dem Niltal, auch Lebkuchenpalme genannt.
5 Frucht des Afrikanischen Affenbrotbaums.
6 Hibiskustee; Lupinen; Kichererbsen; Syrischer Christusdorn.
7 Lamm-Joghurt-Eintopf; Fladenbrot; Lamm-Okra-Eintopf; Muskrauteintopf.
8 Nordafrikanisches wallendes Gewand mit Kapuze.
9 Viertes Tagesgebet der muslimischen Gläubigen, am frühen Abend gebetet.
10 Die erste Sure des Korans.
11 In Schottland häufiges Dialektwort für »ja«.
12 Name des Flughafens von Aberdeen.
13 *Ein Mann zu jeder Jahreszeit,* Film von Fred Zinnemann (1966). – *Rita will es endlich wissen,* Film von Lewis Gilbert (1983). – *Die Stunde des Siegers,* Film von Hugh Hudson (1981).
14 Kaninchenfigur in Walt Disneys *Bambi*-Filmen, benannt nach ihrem schlagenden linken Hinterfuss.
15 Arab. »ich schwöre (bei Gott)«.
16 Im islamischen Volksglauben Segenskraft, mit der Gegenstände aufgeladen werden können.
17 Sesampaste, die in der arabischen Küche verwendet wird.
18 Arab. »Namensfest«.
19 Doyen der zeitgenössischen ägyptischen Literatur (1911–2006) und Nobelpreisträger (1988). Von ihm stammt auch der weiter unten zitierte Roman *Der Dieb und die Hunde* (1961).
20 Ägyptische Schriftstellerin und Professorin (1923–1996); ihr weiter unten genanntes Hauptwerk mit dem deutschen Titel *Das offene Tor* erschien 1960.
21 Ägyptische Autorin (*1949), einige Erzählbände von ihr sind auf Deutsch im Lenos Verlag erschienen.

22 Erzählband des ägyptischen Autors Jachja Taher Abdallah (1938–1981).
23 Aus: »Erinnerung an Wallada«. In: *Der Diwan und die Briefe.* Hrsg. v. Muhammad Sayyed Kilani. Kairo 1932, S. 171f. (zit. nach: Aleya Khattab. »Zur Geschichte der mittelalterlichen Lyrik in Europa. ›Trüge mich der frische Morgenhauch …‹. Sprache der Liebe, Sprache der Natur. Zur Poesie des arabisch-andalusischen Lyrikers Ibn Zaydun [1003–1071] aus Córdoba«. In: *Kairoer Germanistische Studien* 18 [2008/2009], S. 189–240, hier S. 212.)
24 Roman (1958) von Paul Gallico (1897–1976), auf Deutsch 1959 unter dem Titel *Ein Kleid von Dior* erschienen.
25 Britische Supermarktkette.
26 Lautmalerische Namen der Comicfiguren, mit denen die Firma Kellogg's für ihre Frühstücksflocken wirbt.
27 Arab. »Gott sei gepriesen«.
28 Britischer Profiboxer jemenitischer Abstammung (* 1974).
29 Traditionelle Kleidung aus Südasien, mit langem Hemd, das locker über der Hose getragen wird.
30 Indisches Fladenbrot aus Vollkornmehl.
31 Arab. »Gott sei Dank«.
32 Arab. »der (westliche/christliche) Fremde, Ausländer«.
33 Arab. »Ende«.
34 Schottischer Silvesterabend.
35 Indische Gemüseboulette mit Kichererbsenmehl.
36 Britische Kaufhauskette.
37 Rubrik in der Talkshow *Richard & Judy*, die von 2001 bis 2009 im britischen Fernsehen ausgestrahlt wurde.
38 Frühe Internet-Suchmaschinen in den 1990er Jahren.
39 Britische Fruchtsaftmarke.
40 Amerikanische Cartoonserie um drei kleine Superheldinnen.
41 Radiosendung der BBC.
42 Zeitschrift, benannt nach ihrer Gründerin, der Talkshow-Moderatorin Oprah Winfrey.
43 Populäres sudanesisches Hochzeitslied.
44 Berühmtes Argument für den Glauben an Gott, benannt nach dem französischen Mathematiker und Philosophen Blaise Pascal (1623–1662).
45 Amerikanische Rock- und Folkrockband (1965–1995).
46 Spielwarengeschäft und Luxuskaufhaus im Londoner West End mit seiner berühmten Einkaufsstrasse Carnaby Street.

LEILA ABOULELA IM LENOS VERLAG

Minarett
Roman
Aus dem Englischen von Irma Wehrli
340 Seiten, gebunden, mit Schutzumschlag
ISBN 978 3 03925 005 9

»Leila Aboulela stellt die Bedeutung des Glaubens in der Diaspora differenziert und vielschichtig dar. (...) In ihrem Roman erhalten wir wichtige Einblicke in das Denken und Fühlen von Frauen mit und ohne Hidschab, erfahren von versehrten und intakten Familienverhältnissen, von Politisierung und Radikalisierung, starken Frauen und schwachen Männern.«
Axel Timo Purr, Neue Zürcher Zeitung